Лучшее лекарство от скуки – авантюрные детективы Татьяны Поляковой:

Татьяна Полякова

– Я смотрю на тебя издали –

ЭКСМО
Москва

УДК 82-3
ББК 84(2Рос-Рус)6-4
    П 54

Оформление серии *С. Груздева*

      Полякова Т. В.
П 54   Я смотрю на тебя издали : роман / Татьяна Поля-
      кова. — М. : Эксмо, 2012. — 352 с. — (Авантюрный де-
      тектив).

         ISBN 978-5-699-60287-2

Я смотрю на тебя издали... Я люблю тебя издали... Эти фразы как рефрен всей Фенькиной жизни. И не только ее... Она так до конца и не смогла для себя решить, посмеялась ли над ней судьба или сделала царский подарок, сведя с человеком, чья история до боли напоминала ее собственную. Во всяком случае, лучшего компаньона для ведения расследования, чем Сергей Львович Берсеньев, и придумать невозможно. Тем более дело попалось слишком сложное и опасное. Оно напрямую связано со страшной трагедией, произошедшей одиннадцать лет назад. Тогда сожгли себя заживо в своей церкви, не дожидаясь конца света, члены секты отца Гавриила. Правда, следователи не исключали возможности массового убийства, а вовсе не самоубийства. Но доказательства этой версии так и не смогли обнаружить. А Фенька смогла. Но как ей быть дальше, не знает. Ведь тонкая ниточка истины, которую удалось нащупать, тянется к ее любимому Стасу...

                                             УДК 82-3
                                             ББК 84(2Рос-Рус)6-4

Дорога оказалась скверной. Время от времени машину подбрасывало, и тогда я открывала глаза и хмуро оглядывалась. Уснуть не удавалось, впрочем, я на это не особенно рассчитывала. Жизнь моя давно вступила в ту фазу, где бессонница вещь вполне обыденная. Днем кое-как справляешься с тоской, улыбаясь и болтая без умолку, а ночью, оставшись одна, безуспешно пытаешься избавиться от назойливых мыслей. Странная жизнь в режиме ожидания. Правда, теперь прибавилась еще одна проблема: неизвестно, чего я жду. Раньше я хотя бы могла ответить на этот вопрос: жду, когда Стас здесь появится или когда я вдруг наберусь смелости и нагряну туда, где жил он, — в славный город Санкт-Петербург. Мы встретимся, и, возможно, из этого что-то получится. Говорю «что-то», потому что точного ответа и на этот вопрос я не знала. Но моей святой вере это, конечно, не мешало. А если у человека есть вера, ему в этом мире живется не в пример легче, по крайней мере, так утверждают умники.

Не могу сказать, что мне было уж очень легко, но, безусловно, стало хуже, когда Стас обосновался в нашем городе. Мы встретились, то есть можно было смело сказать: мечты сбылись хотя бы в том, что касалось первой части моих ожиданий, но ничего хорошего из той встречи не вышло. Удивлять это вряд ли должно, но от боли не избавило.

Стас был где-то рядом, не думать о нем я не могла, но исправно делала вид, что меня это не касается. Вероятно, актриса из меня никудышная, потому что ни склонность к болтовне, ни моя улыбка от уха до уха сестрицу Агату обмануть не могли, хотя адресовались в основном ей. Комедии, которые я разыгрывала, по идее, должны были внушить сестре убежденность, что со мной полный порядок. Мое состояние она определила как «любовные мытарства», предлагала с ними завязывать и ставила в пример себя. Надо признать, со своими мытарствами она справлялась куда лучше, называла Берсеньева своей бывшей любовью и отношения с ним упорно считала вполне дружескими. По пятницам, когда мы встречались теплой компанией, Агатка награждала его приятельским поцелуем, их дружба росла и крепла, причем до такой степени, что они уже пару раз встречались наедине, пили кофе и мило болтали, по словам Агатки. Однако, несмотря на явный прогресс, сестрица признавалась, что иногда вместо дружеского поцелуя ей хотелось влепить ему хорошую затрещину.

После памятного свидания со Стасом прошло несколько месяцев, и с тех пор мы ни разу не встречались, хотя в городе численностью в полмиллиона жителей случайная встреча скорее правило. То ли Стас очень старался, чтобы такая встреча не состоялась, то ли звезды были к тому не расположены. И я понятия не имела, хорошо это или плохо. Если верить Агатке — хорошо, и даже очень, но согласиться с этим было все-таки трудно. Одно я знала абсолютно точно: твердости сестрицы у меня нет и в помине, и, доведись мне повстречать свою «былую любовь», вести себя так, как она с Сергеем Львовичем, я бы не смогла. И пытаться не стоит. В общем, приходилось признать: то, что судьба держит нас с ним на расстоянии, скорее хорошо.

Дабы я окончательно не свихнулась от своих душевных переживаний, сестрица старательно загружала меня делами, что было проще простого: я работала в ее адвокатской конторе, и она искренне считала, что может распоряжаться моим временем по своему усмотрению. Будь я в ином расположении духа, непременно бы возмутилась, но теперь, против обыкновения, не только терпела, но даже была рада этим самым делам, по большей части не особо нужным ни мне, ни ей. Все лучше, чем лежать на диване в попытках найти выход там, где его, похоже, просто не имелось.

Эту поездку смело можно было считать одним из таких никчемных дел. Школьная подруга Агатки выходила замуж, жених ее жил в соседнем областном центре. Судьба их свела на семинаре, потом они примерно полгода встречались, то он наведывался к ней, то она к нему, пока не решили, что далее по жизни должны двигать рука об руку. Свадьбу играли в городе, где проживал жених, и сестрица с удовольствием откликнулась на приглашение. Ясно, что мне на этой свадьбе делать было нечего, но сестрица сказала: «Поедешь со мной». Я попыталась возразить, честно признавшись, что школьную подругу Агатки припоминаю с большим трудом, и то после того, как сестрица сунула мне под нос фотографию своего выпускного класса, где счастливая невеста Ольга Кириллова была запечатлена рядом с Агаткой. В тот же вечер Ольга позвонила мне на мобильный и сказала, что ждет меня и очень обидится, если я не приеду. Интересно, что ей наплела сестрица? Впрочем, для ее изворотливого адвокатского ума это плевое дело.

Свадьбу назначили на субботу, но мы отправились в пятницу вечером, хотя никакой необходимости я в этом не видела: до соседнего областного центра всего-то двести километров, и преодолеть их мы могли максимум за три часа. Но Агатка настояла на том, чтобы ехать в пятницу, заночевать в гостинице (квартира жениха мало приспособлена к слету гостей), а утром, выспавшись и прогулявшись по городу, не спеша подготовиться к бракосочетанию: сделать прическу, купить цветы и прочее в том же духе.

Настойчивость сестрицы вызвала у меня кое-какие подозрения. В пятницу вечером мы по уже заведенному порядку должны были ужинать в компании Сергея Львовича — бывшей Агаткиной любви — и Димки. И намерения сестрицы отправиться после насыщенного трудового дня за двести километров могли быть продиктованы вовсе не желанием спасать меня от весенней депрессии. Вероятно, дружба с Сергеем Львовичем требовала куда больших душевных сил, в чем Агатка признаваться не желала.

На свадьбе сестрица вела себя очень мило, особенно с многочисленными друзьями жениха, против обыкновения, ни разу не дав понять, что господь создал их по какой-то нелепой прихоти, а потом горько сожалел об этом. Мужики Агатку побаивались и предпочитали держаться на расстоянии, но только не в этот раз. Моя сестрица пользовалась оглушительным успехом, умудрившись затмить невесту, и в воскресенье вечером до машины, стоявшей на парковке возле гостиницы, нас вызвались проводить сразу четверо мужчин, и, по крайней мере, двое из них искренне надеялись, что встреча с моей сестрицей станет чем-то большим, нежели случайное знакомство. Я, в отличие от Агатки, была вялой и общением пренебрегала, решив, что у сестры сегодня бенефис, а значит, мне напрягаться ни к чему. Но на прощание ручкой махала охотно, желая тем самым доставить удовольствие сестрице. Однако, как только гостиница осталась позади и группа мужчин исчезла из поля зрения, Агатка нахмурилась и вроде бы даже забыла о моем присутствии, по крайней мере, рта не открывала.

— А этот с хвостиком ничего, — заметила я без особой, впрочем, уверенности.

— Ага, — кивнула Агатка.

— Чего «ага»? Может, это судьба...

— Что за хрень, — в досаде перебила она, покачав головой, я было решила, определение «хрень» относится к моему высказыванию, но тут она продолжила: — По сравнению с ним прочие мужики совсем не выглядят...

— Ты имеешь в виду Берсеньева? — спросила я, прекрасно зная ответ.

— Интересно, — хмуро продолжила Агатка, не обращая внимания на мои слова. — Он в самом деле так хорош или это я совсем без мозгов, оттого мужик средней паршивости кажется мне бесценным сокровищем?

— Ты считаешь Сергея Львовича бесценным сокровищем? — насторожилась я.

Агатка взглянула с неудовольствием, заподозрив меня в издевке, которой и в помине не было.

— Это образно, — фыркнула она и вновь покачала головой. — Просто пытаюсь понять, что не так.

— Он не сокровище, — заметила я. — Но и назвать его мужиком средней паршивости язык не поворачивается. Если мне дозволено будет сказать, истина аккурат посередине.

— По-твоему, моя бывшая любовь все еще настоящая? — засмеялась Агатка. Я пожала плечами. Спорить с Агаткой себе дороже, особенно в таких вопросах. — Я точно знаю, что ничего у нас с Берсеньевым не будет, — продолжила она. — И Юра действительно неплохой парень. Но встречаться с ним совершенно не хочется.

— Должно пройти время, — философски заметила я и нарвалась.

— Ага, чему ты яркий пример. Годы идут, а в твоей башке все те же тараканы.

— Будем считать, что я исключение из правил.

— Знаешь, в чем твоя проблема? — принялась мне вправлять мозги Агата. — Ты упорно цепляешься за свою любовь. Она куда важнее самого Стаса. Улавливаешь?

— Не очень. Мы о чьей любви сейчас говорим?

— Со мной, по крайней мере, все ясно, — проворчала она. — Я пытаюсь. Может, выходит не так хорошо, как хотелось бы... должно пройти какое-то время, тут ты права... и все встанет на свои места. А ты...

— Отвали, — попросила я ласково, отвернулась к окну и сделала вид, что впадаю в дрему.

— Наградил господь сестрицей, — буркнула Агатка в ответ.

— Ты зануда, — не осталась я в долгу. — Вылитая мамуля. Решай свои проблемы, а я со своими как-нибудь разберусь.

— Как же, разберешься... плывешь по течению, как известная субстанция...

Наконец Агатка все-таки замолчала, а я в самом деле попыталась уснуть, не очень-то рассчитывая на удачу и злясь на сестру. Мы могли бы обсудить ее потенциальных женихов, что, безусловно, скрасило бы нам дорогу, а заодно избавило бы меня от мрачных мыслей, а теперь они тут как тут и отделаться от них не представляется возможным.

Шея у меня затекла от неудобной позы, я выпрямилась, посмотрела на Агатку, а потом за окно.

— Где мы? — спросила, зевая.

— Хрен знает, — ответила сестрица. — Только что проехали какой-то поселок.

Я перевела взгляд на навигатор, до границы областей оставалось примерно тридцать километров. Движение на трассе в пятницу вечером оказалось весьма оживленным. Возникало ощущение, что мы едем в тоннеле, слева и справа вереница фур. Вместо трех часов, как предполагалось, мы потратили куда больше времени, потому что шел ремонт моста, движение открыто лишь в одну сторону, в результате образовалась огромная пробка. Вряд ли мост за выходные отремонтировали, по этой причине мы решили возвращаться другой дорогой. На карте она, по крайней мере, была. Была и в действительности. Рытвины и ухабы, конечно, имелись в изобилии, но, если не придираться, выглядела дорога ничуть не хуже, чем в прочих местах, где довелось побывать.

Весна в этом году выдалась ранняя, и снег, как это часто у нас случается, сошел вместе с асфальтом. Кое-где асфальт вспучило, приходилось объезжать «ежи» на дорогах, именно так их незамедлительно окрестила Агатка.

Дорога, если верить карте, на сорок километров длиннее федеральной трассы, соединявшей два областных центра, зато машин практически нет. По крайней мере, в настоящий момент мы пребывали в одиночестве, и никаких тебе ремонтных работ на мосту, впрочем, как и самого моста.

По обеим сторонам дороги высились лишенные листьев березы вперемешку с елями. Места здесь были, если верить молве, дикие и тянулись на сотни километров, это уже не молва, а факт, о чем свидетельствовал навигатор. От нечего делать я продолжила разглядывать карту, ближайший населенный пункт в двадцати километрах. Это прямо по шоссе, а леса слева и справа и вовсе необитаемы.

— Странно, что в наше время еще сохранились подобные места, — подумала я вслух.

— Глухомань, — кивнула Агатка. — Говорят, грибов тьма. У Верки где-то здесь дача.

— Не здесь, ближе к границе, — ответила я. Верка — секретарь Агаты. Насколько я знала, к дачной жизни она особых пристрастий не питала, впрочем, как и мы с сестрицей, но о грибах всегда говорила с большим воодушевлением. Я взглянула на часы, скоро начнет темнеть. Пейзаж за окном и так радостным не назовешь, а в темноте тут, должно быть, чувствуешь себя весьма неуютно. Я вздохнула, устраиваясь в кресле поудобнее, как вдруг Агатка сказала:

— Что за черт...

Впереди на дороге показался мужчина. Откуда он взялся, оставалось лишь гадать, наверное, вышел из леса, потому что машин поблизости не было, не говоря уж о жилье. Совершенно пустынная дорога... Мужчина на обочине с большим трудом сделал несколько шагов нам навстречу, как-то нелепо размахивая руками, а потом упал лицом вниз. Я невольно зажмурилась, представив, как он навернулся физиономией. Агатка притормозила, но останавливать машину не стала, просто объехала мужика. Он продолжал лежать без движения.

— Пьяный, что ли? — буркнула Агатка, двигая вперед малой скоростью, я разглядывала мужчину, высунувшись в окно.

— Откуда он тут взялся? — сказала я и еще раз посмотрела на карту.

— Может, дела у него в соседней деревне. Или сердечная подруга, — предположила Агатка.

— Между ближайшими населенными пунктами больше двадцати километров, — ответила я. — Здесь и правда глухомань.

— Бешеной собаке сто верст не крюк.

— Особенно если она выпьет лишнего, — согласно кивнула я и тут же добавила: — Скоро стемнеет, движение здесь не ахти, но кто-то может в темноте мужика не заметить, если он в сторонку не отползет.

— Должен же он очухаться.

— Смотря сколько выпил. Опять же неизвестно, куда поползет, если очухается, к обочине или на середину дороги.

— Ну, и чего ты предлагаешь? — разозлилась сестрица.

— Ничего, — отмахнулась я. — Просто мысли вслух о тяжелой мужской доле.

— Если он до ночи собрался тут лежать, то непременно замерзнет, — неожиданно заявила Агатка.

— Дураков и пьяниц господь бережет. Подберет кто-нибудь.

— Кто? — продолжала она злиться, вот только неясно, отчего свой гнев обратила на меня, в конце концов, я сижу рядом с ней, а не валяюсь на обочине. — Ты здесь хоть одну машину видишь? А если кто-то и появится, то предпочтут, как и мы, проехать мимо.

— Разделяю твою озабоченность отсутствием у граждан сознательности. Но скажи на милость, кому нужен этот алкаш?

— С чего ты вообще взяла, что он алкаш? — взъелась Агатка, останавливая машину.

— А кто? Чего нормальному человеку в лесу-то бродить? Грибы собирать в марте месяце?

— Вот именно, — кивнула Агатка, делая выводы противоположные моим.

Конечно, оставлять мужика на дороге опасно, но как поступить в такой ситуации? Куда его везти? До ближайшего населенного пункта и там вытолкать где-нибудь возле магазина? А он опять на дорогу полезет.

— Может, у него машина в кювет улетела, а мы не заметили? — с сомнением глядя на меня, спросила сестрица.

— Не было там никакой машины, я внимательно смотрела... А чего стоим? — проявила я интерес, Агатка сурово нахмурилась, а я вздохнула: — Давай либо вперед, либо назад.

Она лихо развернулась и втопила педаль газа. Я вторично вздохнула, но решение сестры скорее порадовало. Разумеется, мужик просто пьяница, как они попадают на дорогу в неурочное время, ведомо одному господу, однако этот все-таки меня тревожил. Хотя причину я назвать затруднялась и по-прежнему не знала, что мы с ним будем делать. То есть как Агатка переживет появление на заднем сиденье своей роскошной тачки дурно пахнущей маргинальной личности, которая, придя в себя, может доставить массу хлопот двум юным и сердобольным созданиям. Скорость Агатка развила нешуточную, лихо объезжая «ежей» и ямы, а я радовалась хотя бы тому, что не надо беспокоиться из-за внезапного появления какого-нибудь зоркого сокола, который с радостью слупит с нас немалые деньги за гонки по бездорожью.

Правильно говорят, не поминай черта, особенно к ночи. Менты сродни чертям, стоит о них подумать, как они тут как тут. Впереди, на том самом месте, где лежал предполагаемый алкаш, я увидела джип без каких-либо надписей на борту, а вот рядом с ним замер дядя в форме. Наш мужик лежал тут же, его мент и разглядывал. Судя по форме, это не дэпээсник, здесь, скорее всего, оказался случайно и, как и мы, озаботился судьбой мужика. Двигатель джипа работал, багажник открыт, что показалось немного странным. Он что, алкаша в багажник загрузить решил? Хотя почему бы и нет, чего в салон-то грязь тащить? В любом случае наш страдалец в надежных руках, и мы можем спокойно развернуться и продолжить свой путь.

Но Агатка рассудила иначе. Вместо того чтобы развернуться, остановилась у обочины и, не сказав мне ни слова, вышла из машины и направилась к парочке. Мент в погонах майора, выпрямившись, наблюдал за ее приближением без видимого удовольствия.

— Что случилось? — громко спросила Агата. Мужчина в форме не спешил отвечать, стоял и смотрел на нее. — Вы что, сбили человека? — не унималась сестрица. По части задеть за живое ей не было равных, вот и сейчас мужчина нахмурился и сказал резко:

— Не болтайте глупостей.

— Глупостей? Человек лежит на дороге... если вы его не сбили, чего ему здесь лежать?

— Вот и я подумал «чего»? Потому и остановился.

— «Скорую» вызвали? — наклоняясь к мужику, что так и лежал лицом вниз, поинтересовалась Агатка.

— Да, — помедлив, ответил майор. — Но доберутся они сюда не скоро.

Агатка присела на корточки, деловито нащупала артерию на шее мужчины.

— Он жив.

— Конечно, жив, — кивнул майор. — Иначе в «Скорую» звонить не стоило.

Что-то в этом майоре было не так, то есть объяснить, что не так, я затруднялась, но чувство возникло неприятное. Я достала мобильный. Связи на одно деление. Поспешно набрала номер отца, один гудок, а потом связь прервалась. Может, у майора другой оператор? Или рация в машине?

— Как думаете, его сбила машина? — не унималась сестрица.

— Не знаю. Я не врач. А вы?

— Что — я? — не поняла Агата.

— Вы врач?

— Нет. Я — адвокат.

— Сейчас ему врач куда нужнее адвоката, — усмехнулся майор. — Так что не вижу необходимости в вашем здесь присутствии.

Если б я несколько минут назад не видела, как мужик выскочил на дорогу, непременно бы решила, что сбил его майор, а теперь спешит избавиться от нас, чтобы тихо смыться. Может, он его раньше сбил? Мысль совершенно нелепая: а вернулся тогда зачем? Я перевела взгляд на джип. Не похоже, что он побывал в аварии. Хотя грязи на нем столько, что наверняка не скажешь. Номер так заляпан, что разобрать его невозможно. По каким болотам носило нашего майора? Происходящее по неведомой причине нравилось мне все меньше и меньше.

Хотя майор выразился предельно ясно, Агатка не спешила убираться восвояси. И я догадывалась почему: ситуация ей, как и мне, не нравилась. И сейчас она пыталась решить, что делать. Здравый смысл настойчиво советовал отчаливать. Но вряд ли Агатка особо к нему прислушивалась.

— Я вот думаю, может, не стоит ждать «Скорую», лучше отвезти парня в больницу? — произнес майор вроде бы с сомнением.

— А больница далеко?

— Почти тридцать километров. Но «Скорой» все равно оттуда добираться, так что, может, у меня быстрее получится?

Кстати, разумное предложение. Но восторга у меня почему-то не вызвало.

— Вдруг его трогать нельзя? — нахмурилась Агатка.

Майор пожал плечами. Не он сбил парня, по крайней мере, пятнадцать минут назад мента поблизости не было, а если он сделал это раньше, глупо сюда возвращаться. То есть майор вроде бы ни при чем... точно ни при чем. Тогда какого черта он мне так не нравится? Не он сам, конечно, а его поведение... Нормальное поведение. Ехал мент по дороге, увидел человека, лежащего на обочине, вышел посмотреть, тут нас нелегкая принесла. Если бы не мы, майор, вполне вероятно, отправился бы дальше, считая, что в воскресенье ему отдыхать положено, а не возиться с неподвижным мужиком, такого добра и в рабочие дни за глаза... Но при нас он уехать не может, все-таки страж закона и ему надлежит быть примером сознательности. Мы бы уехали, он бы уехал... хотя теперь не рискнет, даже если мы отчалим, вдруг решим завтра справиться о судьбе алкаша? И окажется майор в неприятном положении. Оттого сейчас и злится. «Может, он с рыбалки домой торопится, — продолжала я гадать. — Не зря тачка вся в грязи, лазил где-то по лесной дороге... В форме на рыбалку? Мой бывший муж, журналист, утверждает, что форма у ментов вроде второй кожи, они с ней так срастаются, что могут спать в фуражке, а не только на рыбалку ездить. Его послушать, так в фуражке они даже скорее засыпают и спят, точно младенцы».

Я направилась к сестрице, изрядно утомившись ожиданием в машине.

— Наверное, стоит попытаться самим оказать ему помощь? — проговорила сестрица, которая, судя по всему, изводила себя теми же мыслями, что и я.

— Вы же сказали, его трогать нельзя, — съязвил майор, еще молодой мужчина с весьма суровой внешностью.

Майор не успел договорить, а Агатка уже потянула алкаша за плечо. Я увидела грязную, давно не бритую физиономию. Свежая ссадина над бровью, лицо опухшее, под глазом синяк. По виду бомж. Одежда соответствовала: разбитые кроссовки, спортивные штаны с дырой на коленке, старая засаленная куртка, давно потерявшая цвет. Мужчина оказался моложе, чем я ожидала, то есть, наверное, был совсем молодым, не больше двадцати пяти лет, хотя образ жизни наложил на него свой отпечаток.

Между тем он глухо застонал, а я вздохнула с облегчением: слава богу, жив. А потом недовольно покосилась на Агатку. Чего она, в самом деле? Какое нам дело до бомжа? Пусть мент голову ломает, что с ним делать. Просто бросить его он точно не рискнет.

Уверена, будь у нас возможность обсудить все это с сестрицей, она бы со мной согласилась. Но из упрямства продолжала сидеть возле бомжа.

— Принеси аптечку, — сказала она мне. — Там нашатырь должен быть.

— Да он просто пьян, — сказал мент, глядя куда-то в сторону. — Зря врачей побеспокоим.

— Спиртным от него не пахнет, — нахмурилась Агатка, я вернулась к машине за аптечкой, а мент вновь съязвил:

— Откуда такое человеколюбие?

— Родители правильно воспитали, — серьезно ответила Агата.

И тут я увидела автобус. Наверняка на свет мы с ним появились в одно и то же время, а может, он чуть раньше, но ветеран бодренько катил навстречу, покряхтывая на подъеме, черный дым валил из выхлопной трубы. На стекле табличка «Коровино», это поселок дальше по дороге, я видела его на карте.

Иногда человек действует, вроде бы не отдавая отчета в собственных поступках, импульсивно, не задумываясь. Со мной в тот момент было именно так. Я припустилась к Агаткиной машине, достала из бардачка записную книжку, в специальном кармашке которой был вставлен карандаш, и бросилась навстречу автобусу, размахивая руками, чтобы водитель точно меня не проглядел. Автобус остановился, водитель открыл дверь, предназначенную для пассажиров, и я вскочила в автобус, где, сонно ежась, сидели с десяток человек. Водитель смотрел на меня с некоторым недоумением. Я обратила внимание, что Агатка с ментом тоже смотрят на меня, Агатка с веселой усмешкой, майор сведя брови у переносицы, он вроде бы собрался идти к автобусу, по крайней мере сделал шаг, но вдруг передумал.

— Вы одна поедете? — спросил водитель.

— Я не поеду. У меня к вам просьба. — Я быстро записала номер телефона отца, вырвала страничку из блокнота и протянула мужчине вместе с тысячной купюрой. — Здесь связи нет. Позвоните родителям, вот номер, скажите, где мы... И еще, вызовите «Скорую» и полицию.

— А что случилось? — нахмурился мужчина.

— Когда мы с сестрой подъехали, майор был уже здесь. Говорит, нашел парня на дороге. Но я сомневаюсь. Сказал нам, что вызвал «Скорую», однако связи тут нет, в общем, мы останемся, пока парня не заберет «Скорая». Если честно, нам немного страшновато.

Водитель перевел взгляд на майора, а потом на купюру.

— Я позвоню. И денег не надо. Все сделаю. Может, не стоит вам... — он не договорил, но его мысль была предельно ясна.

— Попробуйте втолковать это моей сестрице, — усмехнулась я и пошла к двери. Пассажиры, сбросив остатки сна, с интересом поглядывали на дорогу.

Автобус тронулся с места, а я побрела к Агатке. Мент наблюдал за моим приближением с кривой ухмылкой.

— Он позвонит в «Скорую», — сказала я как можно спокойнее. — Поторопит их...

Парень у наших ног вдруг пошевелился.

— Я тебя просила аптечку принести, — недовольно напомнила сестрица.

В этот момент впереди между деревьями возник джип и начал выбираться на асфальт. Вероятно, где-то там была проселочная дорога, о наличии которой я не догадывалась. Ничего, кстати, удивительного, если на карте она не обозначена. Может, дороги и вовсе не было, а вот джип был. Разбрасывая в стороны ошметки земли, он выехал на дорогу. Окна в грязи, номер, само собой, не разберешь. Мне бы порадоваться появлению граждан, но радость где-то запропастилась. Я заметила, как напряглась Агатка. Может оттого, что мы вдруг разом подумали: и джип нашего майора, и тот, что теперь приближается к нам, носило по одному и тому же бездорожью.

Машина остановилась, и очам предстала парочка типов в темных куртках. Крупные и быстрые, очень похожие на защитников в американском футболе. Они поспешно направились к нам.

— Проблемы? — спросил один, у него был свежий порез на скуле, а ухо напоминало пельмень. Так я его мысленно и окрестила. Мент смерил его взглядом, выражая недовольство то ли их появлением, то ли вопросом.

— А с этим что? — спросил второй, указав в сторону лежавшего парня.

— Понятия не имею. Ждем «Скорую», — ответил майор, снял фуражку и поскреб затылок.

Ответ парочку вроде бы удивил, по крайней мере, оба смотрели с легким недоумением, переводя взгляд с майора на нас с Агаткой.

— Я не понял, в чем проблема? — хмыкнул Пельмень и с неясной целью сделал шаг к парню на дороге.

— Никаких проблем, — резко ответил мент.

— Да?

Троица таращилась друг на друга, а я вдруг решила: они знакомы, но почему-то не спешат в этом признаться. Взгляд майора и его интонация точно предостерегали от поспешных телодвижений.

— Девушки проявили сознательность, — заговорил майор с ухмылкой. Парни быстро переглянулись, а майор добавил: — Автобус остановили...

— Зачем?

— Хотят быть уверены, что этот бомж окажется в больнице.

Внезапно стало очень тихо. Я чувствовала напряжение, исходящее от всей троицы, не просто напряжение, угрозу. Агатка повернулась ко мне и сказала:

— Хватило ума отцу позвонить?

— Само собой, — кивнула я, радуясь, что в кои-то веки довелось угодить сестрице. — Думаю, он появится раньше здешних ментов, а может, и раньше «Скорой».

Я не успела договорить, Пельмень вдруг скользнул вперед и оказался за спиной Агатки.

— Отвали, — не поворачивая головы, сказала она.

— А батя-то у нас прокурор, — заявила я, чувствуя, как сердце застучало с бешеной скоростью. — Соседней области, но с местным наверняка знаком.

— Вот и двигали бы к бате, — скривился Пельмень, второй тип теперь стоял за моей спиной.

— «Скорая» приедет, тогда и двинем.

— А чего это вы родней вздумали козырять? — удивился мент и даже смог выжать из себя улыбку.

— А не нравитесь вы мне. Ни вы, ни здоровячки, что за спиной пасутся.

— Ну, я не денежка, чтобы всем нравиться, — хохотнул он. — А вы давайте-ка поезжайте себе с миром, — кивнул он мужикам. — Девчонок вот напугали, они черт-те чего навыдумывать могут.

Я замерла, стараясь ничем не выдать своего беспокойства, полминутная заминка, показавшаяся несуразно долгой, а потом оба типа потопали к своей машине. Тот, у кого с ушами был порядок, проходя мимо меня, потянулся в карман за телефоном, рукав куртки чуть приподнялся, и я увидела на запястье татуировку. В первое мгновение я решила, это что-то вроде лодки, потом сообразила — глаз, примерно так его изображают на долларовых банкнотах. Под ним надпись: «Он видит». Парни сели в джип, развернулись, машина стремительно набрала скорость и скрылась из вида за ближайшим поворотом.

— Завидую, — хмыкнул мент, провожая их глазами, с момента появления парочки он заметно к нам подобрел, а сейчас и вовсе старался выглядеть эдаким отцом родным. — Я бы тоже уехал.

— А что мешает? — спросила Агатка.

— Ну... могут не так понять...

Минут через двадцать послышался звук сирены, а вслед за этим появилась «Скорая».

Врач, женщина лет тридцати, склонилась над нашим бомжом, а мы отошли в сторону. Теперь нам ничто не мешало убраться восвояси, но мы не спешили.

— Что скажете? — спросил мент.

— Без сознания. Крови нигде не видно, руки-ноги вроде целы. Надо везти в больницу.

Мент помог водителю загрузить парня на носилки, и машина через пять минут направилась в соседний городок. Майор поехал следом. Мы, само собой, за ним. Во-первых, нам было по пути, во-вторых, начатое дело следует доводить до конца.

На дорогу ушло минут двадцать пять, убедившись, что парня отправили в приемный покой, мы решили, что миссия наша выполнена, причем с лихвой. Майор, кстати, в больницу не поехал, свернул чуть раньше. Мы успели заметить вывеску на двухэтажном здании, куда он направлялся, — отделение полиции.

Покинув районный городок, мы выехали на шоссе. Агатка все это время упорно молчала, я потерла нос, повернулась к ней и спросила:

— И что это было, по-твоему?

— Хрен знает, — недовольно ответила она. — Парень в больнице, это главное.

— Ага, — кивнула я и вновь потерла нос. — Мент мутный, — добавила с сомнением.

— Точно. У меня до сих пор поджилки трясутся.

— С чего это вдруг? — задала я вопрос исключительно с целью сравнить Агаткины впечатления со своими собственными.

— Сдается мне, — хмыкнула сестрица, — мы сегодня прибавили работы своим ангелам-хранителям. Хорошо, что ты сообразила автобус остановить.

— Ты считаешь, ребятишки могли создать вакансию в твоей адвокатской конторе?

— Сразу две. Не будь свидетелей, неизвестно, как бы эти типы себя повели.

Я согласно кивнула.

— Тебе не показалось, что мент и эти двое хорошо знакомы?

— Переглядывались весьма красноречиво. Наш майор поспешил донести до их сведения, что им лучше вести себя смирно. И они весьма неохотно убрались.

— Вот именно, неохотно. Он мент, а они неизвестно кто, но вели себя довольно нахально.

— Думаешь, они этого парня искали? — помолчав, задала вопрос Агата.

— Очень похоже. Вот только на фига им какой-то бомж?

Она пожала плечами, в этот момент зазвонил мой мобильный.

— Папа, — сказала я, взглянув на дисплей. И ответила.

— Ефимия, где вы находитесь? — в голосе отца явное беспокойство.

— Только что пересекли границу области.

— Мне позвонил какой-то мужчина, сказал, что по твоей просьбе. Изъяснялся довольно бестолково...

— Все в порядке, папа. Извини. Увидимся — все расскажу.

— Ждем вас с большим нетерпением. На дороге поаккуратней.

— Ну вот, теперь придется объясняться с предками, — вздохнула я, убирая телефон.

— Это лучше, чем скончаться в расцвете лет, — сказала Агатка вполне серьезно.

Напряжение понемногу ослабевало, я вновь попыталась уснуть, однако не преуспела. И порадовалась, когда мы наконец въехали в родной город.

— Чего отцу поведаем? — на всякий случай поинтересовалась я.

— Что было, то и расскажем.

— С комментариями или без? Я имею в виду наши впечатления?

— Папа тяготеет к фактам, а факты сейчас выглядят так: две насмерть перепуганные дурочки навыдумывали целый детектив.

В общем-то, я была с ней согласна.

Дверь открыла мама, быстро окинула нас взглядом с головы до ног и вроде бы вздохнула с облегчением.

— Мойте руки, — кивнула в сторону ванной. — У меня ужин стынет.

Вскоре мы сидели за родительским столом. Мама считала, что обсуждать серьезные проблемы за ужином не стоит, это плохо сказывается на желудке. Оттого мы с объяснениями не спешили, решив, что это подождет. Папа не выдержал первым:

— Так что у вас стряслось?

Я взглянула на Агатку, предлагая ей выступить в роли нашего адвоката. Сестрица не подвела. Рассказ ее сводился к следующему. Мы увидели, как на дорогу выскочил мужчина и грохнулся на асфальт. Решив, что это пьяный или попросту бомж, мы поехали дальше, но тут в нас взыграла гражданская совесть и мы вернулись. Далее все по пунктам, но без излишних эмоций.

— У нас создалось впечатление, что майор не хотел, чтобы мужчина оказался в больнице.

— С какой стати? — удивилась мама.

Агатка пожала плечами:

— Просто впечатление.

Ответь так я, мама непременно бы фыркнула, мои впечатления доверия у нее никогда не вызывали. Агатка совсем другое дело.

— Ну а когда эта парочка появилась, мы вообще здорово струхнули...

— Вы поступили правильно, — выслушав Агаткин рассказ до конца, сказал папа. — История действительно странная...

— Пустынная дорога, и все такое... — Агатка развела руками. — Скорее всего, мы просто перенервничали.

— И что за необходимость торчать на дороге в компании подозрительных типов? — вдруг разозлилась мама. — Вернулись, увидели полицейского и ехали бы себе домой. Я всегда считала, что у моей старшей дочери хватает благоразумия никуда не соваться. Это от младшенькой можно ждать чего угодно. Если ей никто по голове не шваркнет или хотя бы не попытается, она просто места себе не находит.

— Августа, — возмутился папа.

— Что, Августа? — мама грохнула ложкой по столу. — Сумасшедший дом. На кой черт, скажите, вам этот бродяга? Пойду пить капли... Агата, сестра дурно на тебя влияет.

Мама удалилась, а папа вздохнул, сочувственно глядя на нас.

— Папа, — полезла я. — Ты не мог бы... — Я очень хорошо знала, что отец не любит пользоваться своим служебным положением, но решила, что случай сейчас особенный.

— Завтра свяжусь с коллегами, — неожиданно легко согласился он. — В чужой монастырь соваться не принято, однако любой запрет когда-нибудь непременно нарушишь. Документов при нем не было?

— Майор сказал, нет.

— А на маму не обижайтесь, она себе места не находила после этого звонка...

Мама вскоре вернулась, и я поспешила рассказать о свадьбе, особо подчеркнув, каким успехом пользовалась Агата у молодых и совершенно свободных мужчин. Надо заметить, мамуля неоднократно пыталась пристроить мою сестрицу, и тема ее увлекла. Вечер прошел вполне мирно. Я думала, Агатка при первой возможности поспешит смыться, но тихие семейные радости ее в этот раз совсем не доставали. Засиделись допоздна. Я перебралась на диван, поближе к папе, и покидать родительское гнездо тоже не спешила.

— Уже поздно, — заметила мама. — Оставайтесь ночевать.

И мы остались.

Среди ночи я отправилась в туалет. Бывшая комната Агатки, которая, кстати, за ней так и осталась, как, впрочем, и моя за мной, была как раз напротив. Подумав, я осторожно приоткрыла дверь, вглядываясь в темноту и не решаясь войти.

— Не таись, — сказала сестрица, раздался щелчок, вспыхнула настольная лампа, и я увидела, как сестра хмурится от света. Прошла и села на ее постель.

— Не спится?

— Вроде того. Из головы не выходит этот парень на дороге.

— Сочувствую. Со мной та же история. Может, махнем завтра в этот городишко, узнаем, что к чему?

— Мамуля-то права, — хмыкнула Агатка. — Тянет тебя на приключения. И на меня ты дурно влияешь, потому что, похоже, меня тоже тянет.

Утром мы отправились по домам, чтобы переодеться, а заодно настроиться на рабочий день. Я-то рассчитывала, что мы отправимся в уездный городок, выяснить, как чувствует себя наш бомж, но Агатка поднялась не с той ноги и язвительно напомнила, что выходные закончились и не худо бы о работе подумать. Иногда она так похожа на нашу маму, что это всерьез тревожит. В общем, Агатка высадила меня у подъезда моего дома, буркнув:

— Не вздумай опаздывать. — И отчалила.

В моем коммунальном раю царила тишина. Жила я по-прежнему одна, соседи упорно здесь не появлялись и квартирантов не пускали, хотя я не раз намекала, что в компании мне веселей, а деньги у них не лишние. Когда-то их бескорыстие спонсировал Славка, мой бывший возлюбленный, но мы уже давно разошлись, и оставалось лишь гадать о причинах охлаждения соседей к их собственности. Хотя, если верить Дуське, Славик заплатил им за год вперед... Я принялась от безделья высчитывать месяцы. Оказывается, пребывать в одиночестве мне предстоит еще долго. Переодевшись, я сварила кофе и устроилась на подоконнике. Мысли скакали, точно блохи, от моей независимой женской доли к бомжу на дороге и проторенной тропой возвращались к Стасу. Дикая помесь любопытства и душевных мытарств. Любопытство, то есть бомж, в то утро все же перевешивало, и я решила, что это хорошо.

Кофе я выпила, зачем-то прошлась по квартире, заглядывая во все комнаты, а потом устроилась на диване. И незаметно как уснула, а открыв глаза, поняла, что опаздываю на работу как минимум минут на сорок. Странно, что сестрица до сих пор помалкивает. Тут я додумалась взглянуть на мобильный и увидела, что он полностью разряжен. Домашний телефон отключили еще в пятницу, потому что я забыла вовремя оплатить квитанцию, и подключат его только завтра.

Такое начало дня ничего хорошего не сулило. Я рысью устремилась к входной двери, гадая по дороге, заведется моя машина или нет. С машиной был порядок, что немного воодушевило. На всех парах я летела к родной конторе, придумывая отмазку для сестрицы. Но она даже не понадобилась. Стоило мне войти в комнату, которую я делила с двумя помощницами Агатки, как стало ясно: в королевстве случилось страшное. Девчонки напоминали воробьев в трескучий мороз, дверь в кабинет Агатки была закрыта, оттуда доносился ее голос, и высказывалась она весьма нелицеприятно. Отучить ее от крепких выражений не под силу даже маме, хотя при родителях она обычно сдерживается. Но их рядом не было, и сестрица дала себе волю. Секретарь Агаты, Вера, носилась из кабинета в приемную с заполошным видом и на мой вопрос досадливо махнула рукой.

— Чего шумим? — обратилась я к девчонкам.

— Не знаю, — испуганно ответила Ирина. — Агате кто-то позвонил, и начался дурдом. Тебе повезло, сестра не заметила, что ты опять на работу опоздала.

— Задержалась, — поправила я и пошла к Агатке.

Разговор по телефону она как раз закончила и отбросила мобильный в сторону. Он пролетел по гладкой столешнице и свалился на пол. Я его подобрала, положила на краешек стола и уставилась на Агату.

— Недружественные нам гуманоиды высадились в городе? — спросила я, дав ей возможность отдышаться.

— Гуманоиды — фигня. Тимоха сбежал, вот гаденыш... — Агатка в досаде покачала головой и вновь схватила мобильный. А я вздохнула. Тимоха, как его называла Агатка, по паспорту Тимофей Александрович Бубнов, оболтус девятнадцати лет, был типичным сынком богатых родителей, которые ему во всем потакали. Парень болтался по ночным клубам, злоупотреблял всем, чем только можно, то и дело искушая судьбу. До недавнего времени она к нему благоволила, однако в конце концов утомилась, и он нарвался. Кто на кого в действительности нарвался, должен был выяснить суд, мы, то есть в основном, конечно, Агатка, стремились доказать, что Тимоха в общем-то не так плох, в смысле, не хуже других, и драку затеял молодой человек по фамилии Коростылев, а Тимохе пришлось отбиваться. Коростылев пятью годами старше и тоже оболтус, Тимоха не только моложе, но и комплекцией помельче, оттого и схватился за бутылку, которой Коростылева огрел. Весьма неудачно для последнего. Картину сильно портил тот факт, что и раньше Тимоха дрался не раз и не два, тяготел к бутылкам и стульям, чему имелись свидетельства в виде полицейских протоколов. Но Агатка надеялась, он отделается условным сроком. На мой вопрос, отчего бы не предоставить парня его судьбе, раз уж его так тянет в места не столь отдаленные, она ответила, что тюрьма еще никого не делала лучше, и я, конечно, с ней согласилась. И вот теперь такой подарок.

— А что за надобность в бега срываться? — спросила я, когда Агатка вторично отложила мобильный, на сей раз он остался на столе.

— Ночью Коростылев скончался в больнице.

— Упс, — только и смогла произнести я.

— Не упс, а трындец, причем полный. Идиот...

— Что будем делать?

— Поеду к родителям оболтуса.

— Думаешь, они в курсе? — засомневалась я.

— Само собой. Кто-то предупредил их еще ночью, и этот гаденыш двигает теперь к украинской границе.

— Могу поехать с тобой, — предложила я.

— Без надобности. — Агатка схватила сумку, сунула в нее мобильный и направилась к двери. Я поплелась за ней.

В свете последних событий заговаривать о нашем бомже даже не стоило. Агатка уехала, а я, устроившись за своим столом, обложилась бумагами.

Вернулась сестрица ближе к обеду. Мы, само собой, сидели тихими мышками с невысказанным вопросом на устах. Агатка окинула нас взглядом и сказала, вроде бы просто подумав вслух:

— Ему же хуже.

Из чего я заключила, что переговоры с родителями оболтуса успехом не увенчались. Сестрица закрылась в кабинете, и никто из нас не рискнул ее побеспокоить. Хотя меня так и подмывало сорваться в районный городок. Однако сматываться с работы в такое время без высочайшего согласия не стоило, а лезть с нашим бомжом к Агатке тем более. Сестрица сама о нем вспомнила в обеденный перерыв. Я-то думала, неприятности мы будем переживать на голодный желудок. Вера, в голову которой явилась та же мысль, заказала пиццу, и тут из кабинета выплыла Агатка и спросила сердито:

— Чего сидим, как на похоронах? — Затем перевела взгляд на меня и добавила: — Идем обедать.

И мы отправились в ближайшее кафе, к радости девчонок, которые смогли перевести дух. По дороге Агатка и заговорила на весьма интересующую меня тему:

— Отец звонил. Бомж скончался ночью, не приходя в сознание. — Признаться, новость не особенно удивила, но в душе зрело беспокойство. — Если верить врачам, а кто им не поверит, — продолжила Агатка, — причина смерти вовсе не ДТП.

— Тогда отчего скончался?

— Сердечный приступ.

— Он же совсем молодой, — удивилась я.

— У бомжей жизнь тяжелая, — хмыкнула Агатка. — Если батя сказал «сердечный приступ», значит, так и есть.

— Я что, спорю?

— Установить личность покойного не удалось. Документов при нем не было, и пока парнем никто не интересовался.

— И что он делал вдали от цивилизации, тоже никого не заинтересовало?

— Кому это надо? — поморщилась Агатка. — Человек умер от сердечного приступа. Найдется родня, похоронят по-христиански, нет, значит, закопают через положенное время...

— И дело с концом, — поддакнула я.

— Какое еще дело? — возмутилась сестрица, в этот момент мы вошли в кафе, и разговор на время пришлось прервать.

Пока ждали заказ, Агатка таращилась в окно и сурово хмурилась, я-то была уверена, занимает ее исключительно беглый Тимоха, но сестрица вдруг взглянула на меня и произнесла:

— Похоже, скончался он очень кстати...

— Ты майора имеешь в виду?

— И майора, и ту парочку. Может, у меня опять приступ паранойи, но впечатление такое, что он был им очень нужен. Живой или мертвый...

— Мертвый предпочтительней?

— Вот уж не знаю.

Нам принесли заказ, Агата вяло жевала, а мне даже изображать интерес к еде не хотелось.

— Слушай, может, я завтра с утра сгоняю в этот городишко? Вдруг повезет и узнаю что путное?

— Он скончался от сердечного приступа, — напомнила Агата.

— Может, так, а может, и нет. Хотелось бы все-таки убедиться...

— Кто бы сомневался, — фыркнула сестрица. — Мамуля-то права, тебя хлебом не корми, только дай влезть в дерьмо.

— Дерьмо, я чувствую, там присутствует.

Я думала, Агатка продолжит язвить, но она согласно кивнула.

— Разберемся со своим и полезем в чужое.

— Тебе необязательно.

— Думаешь, я забыла, как у меня от страха кишки сводило там, на дороге?

— Такое не забудешь.

— Вот именно.

— Так я съезжу? — заискивающе спросила я.

— Соваться туда в одиночку даже не мечтай. Разберемся с Тимохой и нагрянем в тамошние края.

Я вздохнула, не рискнув возражать. Сразу после обеда сестрица вновь отлучилась, и мы совершали трудовой подвиг уже без нее. В конторе в тот день она больше не появилась. В половине седьмого девчонки отправились домой, а я позвонила Агатке:

— Есть новости?

— Хороших нет, — буркнула она и отключилась.

Сдав офис на охрану, я побрела к своей машине. Мысль провести вечер в одиночестве удачной не показалась. Можно было завернуть к кому-нибудь из подруг или, на худой конец, в кино сходить. Однако и эта идея энтузиазма не вызвала. Отчего бы не махнуть в уездный городишко под названием Ремизов? Сестрица будет сильно гневаться, если узнает, что я ее ослушалась, но докладывать ей о своих передвижениях необязательно. Отправлюсь прямо сейчас, переночую в гостинице и в восемь утра начну наводить справки, народ в глухомани встает рано. Дорога пустынная, и доберусь я за час, на все уйдет часа три, не больше, значит, к одиннадцати я уже появлюсь на работе. Совру, что зубы прихватило или просто проспала. Рассчитывать на то, что Агатка мне поверит, можно лишь в припадке святой наивности, но ежели к тому моменту я раскопаю что-то путное, это уже не будет иметь значения, а если не раскопаю — тем более.

В общем, не особенно раздумывая, я завела машину и направилась в Ремизов, очень надеясь, что из этой поездки выйдет толк. Что за толк я имела в виду, объяснить не так просто. Папа определенно сказал, что труп не криминальный. Человек, которому он звонил, вне всякого сомнения, прежде чем дать ответ, навел справки. Вот только никакой уверенности, что ему доложили все как есть. Хотя высокому начальству врать опасно, а отец мог обратиться лишь к человеку высокого ранга. Вроде все ясно, и о бомже можно забыть, но не получалось. Напротив, смутные подозрения, что дело нечисто, лишь увеличивались, хотя внятного объяснения я этому не находила. Дорога, как известно, располагает к размышлениям, и я вдруг подумала: может, я просто дурака валяю? Готова заняться чем угодно, лишь бы избавить себя от бесконечных мыслей о своей несчастной любви? Ладно, у меня бегство трусцой в никуда, а у Агатки? Сестрица не из робкого десятка, и если клацала зубами на дороге, по собственному признанию, значит, тому была причина.

Впереди возник указатель «Ремизов», а вслед за этим появились первые дома. Я включила навигатор и направилась в центр. С моей точки зрения, гостиница, хотя бы одна, должна находиться именно там. Дороги в этом богом забытом городишке даже у человека, привычного к экстремальной езде, вызывали скрежет зубовный. Я мысленно простилась с подвеской и помянула отцов города недобрым словом, правда, их хоть поминай, хоть нет, дороги лучше не станут.

Поглядывая по сторонам в поисках гостиницы, я попыталась объехать очередную яму, и тут прямо перед капотом возник какой-то псих в ярко-желтой куртке. Я крутанула руль и колесом угодила в соседнюю яму, до краев заполненную талой водой, и с ног до головы окатила психа. Он поспешно отпрыгнул назад, но напрягался понапрасну, куртку это не спасло. Впрочем, не только куртку, но и брюки, брызги были даже на его физиономии. Не успев прийти в себя от испуга, я открыла окно и проорала:

— Если ты на кладбище спешишь, мог бы выбрать другую машину.

— Повезло, — съязвил он. — Блондинка за рулем.

— Переход вон там, — ткнула я пальцем.

— А автобус напротив, — не остался он в долгу. — Все, отчалил. Теперь ждать замучаешься.

И в самом деле, автобус на противоположной стороне площади не спеша отъехал от остановки, а парень побрел к переходу, пытаясь отчистить куртку рукой в перчатке, только размазывая грязь.

Во мне заговорила совесть, конечно, он сам виноват, и все же... Я малой скоростью двигала за ним, замерла на светофоре, он шагнул с тротуара, а я спросила:

— На свидание опаздываешь?

— Домой, — буркнул парень.

— Ну, так садись, отвезу.

Он взглянул с недоверием, а я предупредительно распахнула дверь. Он плюхнулся рядом, широко улыбнулся и сказал:

— Привет.

На вид ему было лет двадцать пять, светлые волосы выбивались из-под спортивной шапки, брови темные, глаза карие и губы пухлые, девчонки обзавидуются. В целом выглядел неплохо. Меня он тоже рассматривал и, судя по всему, остался доволен.

— Говори, куда ехать, — сказала я.

— Для начала надо развернуться.

Пока я искала разворот, он продолжал улыбаться. Как видно, испачканная куртка его больше не печалила.

— Приезжая? — спросил весело.

— На номера внимание обратил?

— В нашем городе нет таких красивых девушек.

— Может, у тебя со зрением проблемы? В бардачке салфетки...

Салфетки он достал, откинул козырек и, разглядывая себя в зеркало, не спеша вытер лицо.

— Меня Юра зовут, — заявил он и протянул руку. Я торопливо ее пожала и незамедлительно угодила в очередную яму.

— Да что же у вас за дороги такие?

— А у вас лучше?

— Не намного.

— Я далеко живу, — порадовал он. — Это я к тому, что не худо бы познакомиться. Тебя как зовут? Или это страшная тайна?

— Нет никакой тайны. Зови Фенькой.

— Как? — удивился он.

— Ефимией Константиновной, если тебе так больше нравится.

— Фенька? Это которая керосин пила и гвозди ела?

— Похвальное знание отечественной литературы.

— Слушай, а может, мы где-нибудь посидим, выпьем кофе?

— Ты ж домой спешил? — удивилась я. — К жене и детям?

— Не-а, к маме и папе. Но к ним можно и завтра заглянуть. Так как насчет кофе? Я угощаю.

— Идет. Но плачу я, компенсация за твою грязную куртку.

— Тогда сворачивай, здесь рядышком кафе, девушку вроде тебя пригласить туда не стыдно.

Через десять минут мы сидели в кафе, а еще через полчаса я уже жалела, что согласилась сюда отправиться. Юрка оказался ужас каким разговорчивым, и ладно бы просто болтал, он без конца лез с расспросами. Я было хотела с ним проститься, но в конце концов передумала. Чем себя занять в гостиничном номере? Телевизор смотреть? С таким же успехом можно Юрку слушать.

— По делам к нам пожаловала? — веселился он, уминая пирожные.

— Ага. Что-то вроде командировки. Кстати, приличная гостиница в городе есть?

— Есть-есть, не в деревне живем. Провожу и помогу устроиться, у меня там тетка администратором.

— Сам-то где трудишься?

— В больнице.

— Санитаром? — усмехнулась я.

— Врачом. Зубным, — добавил он с легкой заминкой, чем очень меня расстроил. Я-то решила, что больница здесь, скорее всего, одна, и собралась спросить, не знает ли он чего о моем бомже.

— А почему на автобусе? — в отместку спросила я. — Своей машиной не обзавелся?

— Пока нет.

— Недавно работаешь? Профессия у тебя должна быть доходной.

— Я же в государственной поликлинике, а не в частной лавочке.

— Кто-то должен безвозмездно зубы дергать, — кивнула я.

— Вот именно, безвозмездно, — хихикнул он. — С моей зарплатой впору всю жизнь пешком ходить. А ты где работаешь?

— В адвокатской конторе, — не стала я врать.

— А здесь...

— Зачем я здесь, тебе знать необязательно.

— Понял, — произнес он. — Этика и все такое...

В кафе мы просидели около часа, потом Юрка сопроводил меня в гостиницу. Устроилась я без проблем, свободных номеров пруд пруди, то ли оттого, что цены производили впечатление, то ли просто потому, что желающих оказаться в этом городе было немного.

Машину я оставила на парковке, неутомимый Юрка вызвался показать мне город. Я заподозрила, что смотреть тут нечего, и все-таки согласилась. Обижать парня не хотелось. Он, конечно, болтун, зато веселый и добродушный. Простились ближе к полуночи. Я предложила отвезти его домой, но оказалось, что живет он неподалеку, в квартире, которая раньше принадлежала его бабушке. Само собой, мы обменялись номерами мобильных, звонить ему я не собиралась и искренне надеялась, что ему это тоже в голову не придет.

Оказавшись в номере, я приняла душ, сетуя на то, что не захватила зубную щетку, и расположилась на постели, такой широкой, что при желании здесь смогли бы устроиться человек пять. «Ни о чем не думать», — приказала я себе и глаза закрыла. За окном темно и тихо, на душе сумрачно и беспокойно. Однако довольно скоро я уснула.

Будильник я завела на семь, но проснулась даже раньше. Вновь пожалела о зубной щетке, точнее, о ее отсутствии, и поплелась завтракать. В ресторане я оказалась в одиночестве, а накормили меня от пуза, что временно примирило меня с действительностью. Погода в то утро выдалась скверная, то ли дождь, то ли снег... ветер продувал насквозь, и пока я шла к машине, успела продрогнуть. Часы показывали ровно восемь, и я заторопилась в больницу.

Поначалу все шло гладко. Я без труда выяснила, куда поступил наш бомж, и смогла поговорить с заведующей отделением. Молодая женщина с длинными волосами, заплетенными в косу, и мягкой улыбкой встретила меня довольно приветливо.

— Вы родственница? — спросила она.

— Нет. Мы с сестрой проезжали мимо, когда мужчину обнаружили на дороге. Я просто хотела узнать, как его дела.

— К сожалению, должна вас огорчить. Молодой человек умер.

— ДТП?

— Нет. Сердечный приступ. Мы ничего не могли сделать. Организм крайне истощен. На теле многочисленные синяки и ссадины.

— Его кто-то избил?

— Не в тот день, когда его привезли, а значительно раньше. На теле следы побоев, жестоких побоев... У него были сломаны ребра, перелом ключицы, не обошлось без повреждений внутренних органов... В больницу он вряд ли обращался.

— И все это привело к смерти?

— Я уже сказала, умер он от сердечного приступа. На все вопросы ответит патологоанатом, в том числе когда мужчина получил травмы.

— То есть ДТП в воскресенье вечером можно исключить? — нахмурилась я.

— Судя по характеру травм, его неоднократно избивали. Ко всему прочему, у него обморожены конечности, в общем, картина довольно ясная: молодой человек без определенного места жительства, в их среде побои не редкость. Вчера приходили из полиции, пытаются установить его личность... Но, по опыту знаю, это не всегда возможно. К сожалению. Поверьте, мы сделали все, что могли. Сюда доставили уже практически труп. Я, признаться, удивлена, что он смог протянуть несколько часов, видимо, дело в возрасте, организм молодой...

— И вдруг сердечный приступ... — пробормотала я.

— Люди, ведущие подобный образ жизни, не заботятся о своем здоровье, — пожала она плечами. — По статистике, бомжи живут в среднем семь лет. Кто-то умирает раньше, кто-то чуть позже... драки и убийства в их среде тоже не редкость. Этому повезло, нашлись люди, решившие помочь, и доставили его в больницу. А мог умереть в лесу. Впрочем, точно так же, как и в городе. — Она вздохнула и выразительно посмотрела на меня. Стало ясно: я отнимаю у человека время.

— Вскрытие уже было?

Врач пожала плечами:

— Если у патологоанатома нет срочной работы...

— Где я могу его найти?

— Патологоанатома? — вроде бы удивилась женщина. — Морг во дворе, одноэтажное здание.

Я поспешно простилась и вскоре уже направлялась к одноэтажному приземистому строению из белого кирпича с решетками на окнах. Разговор с врачом вызвал двойственное чувство. С одной стороны, вроде бы все ясно: бомж, он и есть бомж, отмороженные ноги и синяки вовсе не удивляют. С другой стороны, диагноз «сердечный приступ» настораживал. Парень ведь совсем молодой. Сломанные ребра и ключица... А если все-таки ДТП? Но кто-то стремится его скрыть. Кто? Мент? Майора рядом не было, когда мы увидели бомжа. Допустим, сбил его кто-то другой, а майор явился заметать следы. Но врач определенно сказала, что травмы получены раньше. Трудно заподозрить ее во лжи. И все же что-то тут не так...

Я замерла перед металлической дверью и не сразу сообразила, что на двери отсутствует ручка. Зато слева на стене дверной звонок. Я надавила кнопку и стала ждать. Послышались шаги, дверь распахнулась, и я увидела мужчину лет шестидесяти, на нем был халат, мятый и грязный, так что назвать его белым язык не поворачивался. Голова у мужика абсолютно лысая, кустистые брови и глаза с дурнинкой. То ли пьян, то ли малость не в себе.

— Ну?

— Мне бы патологоанатома, — пискнула я, невесть чего испугавшись.

— Зачем тебе патологоанатом? — все согласные он безбожно переврал, получилось очень смешно, однако смеяться я себе отсоветовала. — Ладно, заходи, — милостиво кивнул он.

Я вошла и первым делом наткнулась взглядом на катафалк, под белой простыней лежал труп, видна была лишь макушка, заросшая темными волосами, но я все равно поежилась. Мужик довольно гукнул, наблюдая за мной. А я мысленно чертыхнулась.

— Там, — ткнул он пальцем в глубь коридора, и я пошла, глядя себе под ноги и очень боясь увидеть что-нибудь лишнее.

Дверь в кабинет была открыта, я подняла глаза и вздохнула с облегчением. Обычная комната, белый кафель, белый стол, стеллажи с документами.

— Ираида Максимовна, это к вам, — произнес дядька, вновь все переврав, а я сказала:

— Здравствуйте.

За столом сидела женщина неопределенного возраста, седые волосы коротко подстрижены, маска из марли держалась на одном ухе, которое казалось несуразно большим, возможно, из-за ее прически. Тетка напоминала завсегдатая тифозного барака. Сходство добавляла ее крайняя худоба и бледность. А вот взгляд не сулил ничего хорошего. Гражданочки с таким взглядом командуют матросней, нацепив красный бант на грудь, и зовут народ на баррикады. А если революция не подоспела, просто портят жизнь ближним в меру сил. Лицо узкое, все из острых углов, могло принадлежать мужчине. Ни намека на косметику. Скорее всего, она из тех, кто считает использование губной помады первородным грехом. В довершение картины тетка мяла в руке сигарету без фильтра.

— Слушаю, — сказала резко, и я поняла, что везенье мое на этом закончилось. Примерно так и вышло.

Выслушав мой короткий рассказ, Ираида закурила, помахала рукой, разгоняя дым, и спросила:

— Я не поняла, чего вы от меня хотите?

— Причину смерти, — начала я, но она перебила:

— Сердечный приступ...

— Врач рассказала о многочисленных травмах...

— Смерть наступила в результате сердечного приступа, — перебила тетка. — И мне непонятно, с какой стати вы беспардонно пользуетесь моим временем. Если я ничего не путаю, вы ему не родственница и даже не знакомая. Все, на что я считала нужным указать, есть в заключении.

— Можно взглянуть на него?

— На заключение? — сурово нахмурилась женщина. — Да с какой стати? Вы, случайно, не из газеты? А то тут ходят некоторые в поисках дутых сенсаций...

— Я не из газеты, я из адвокатской конторы, о чем уже успела вам сообщить, — разозлилась я. — И меня очень интересует причина, по которой погиб этот человек.

Тут я почувствовала некое движение за своей спиной, оглянулась и увидела мужчину, который, войдя в кабинет, в нерешительности замер на пороге. И едва не брякнула «привет», потому что узнала Юрку, он меня, конечно, тоже узнал и, судя по всему, как и я, здорово удивился. Но, слава богу, у него хватило ума словесно этого не выразить. На вошедшего тетка внимания не обратила, занятая вправлением мне мозгов, Юрку попросту игнорировала.

С удивлением он быстро справился, а кабинет покинул. Тетка предложила мне сделать то же самое. Спорить с ней бессмысленно, лысый, с интересом наблюдавший за нашей перепалкой, оживился, когда тетка бросила ему начальственно:

— Проводи.

Мне ничего не оставалось, как направиться к выходу. Не успела я малость успокоиться, оказавшись на свежем воздухе, как зазвонил мобильный. Звонил Юра. Так как я сама собиралась ему звонить, его догадливость пришлась очень кстати.

— Так вот что у тебя за командировка, — весело произнес он.

— А ты чего в морге делаешь, тебе же зубы рвать положено, — усмехнулась я.

— Не говорить же девушке при первой встрече, что я покойников кромсаю. Многих, знаешь ли, это пугает.

— Только не меня. Вчера к вам поступил...

— Да слышал я ваш разговор, — заявил Юрка.

— Отлично, значит, повторяться не надо. Как насчет добрых дел?

— Со всем моим удовольствием. Короче, так. Мегера наша после двух уйдет, тогда и поговорим. А сейчас, извини, не могу, мне с ней работать, а испортить жизнь человеку она может очень легко. Я тебе позвоню.

Юра отключился, а я заспешила к машине, прикидывая, что теперь делать. Вскоре стало ясно: звонить Агатке. Ей вряд ли понравится, что я наплевала на ее запрет, но опоздание на два часа еще можно худо-бедно объяснить, а вот на весь рабочий день затруднительно. По-любому придется сдаваться. Ждать до двух часов не хотелось, тем более нет уверенности, что будет толк от разговора с Юрой. Вполне возможно, ничего особенного он не сообщит, и выйдет, что я напрасно сестрицу растревожу. Сообщит или нет, а поговорить необходимо. Если Юрка подтвердит слова злющей тетки, смело ставим на этой истории крест. Бомж умер своей смертью, а ребра ему переломали недоброжелатели, которых, при его образе жизни, пруд пруди.

Отъехав от больницы на значительное расстояние, я приткнула машину в каком-то переулке и отправилась бродить по городу. Со вчерашнего вечера интересней он не стал, но чем-то занять себя надо. Решив, что достаточно подготовлена к нагоняю, я набрала номер Агатки.

— Ну и где ты? — задала она вопрос, не дожидаясь слов приветствия, которые я так тщательно готовила.

— Я...

— Берусь отгадать с первого раза: неприметный городок в российской глубинке?

— Ничего себе, — восхитилась я. — Да ты просто экстрасенс. Мы могли бы зарабатывать неплохие деньги.

— С тобой только язву заработаешь. Ну почему бы для разнообразия сестру не послушать?

— Ты сама говоришь, в конторе от меня немного пользы, а узнать, в чем тут дело, очень хотелось.

— Узнала?

— Пока ничего особо ценного. Парень умер от сердечного приступа.

— А ты думала, бате будут лапшу на уши вешать?

— Не бате, а человеку, которому он звонил. Я здесь успела завести интересное знакомство. После двух его продолжу. Может, и всплывет чего...

— Большая просьба: не старайся сделать так, чтобы о твоем интересе знал весь город, включая детей и собак.

— Само собой.

— Само собой, — передразнила Агатка, и мы простились, я с заметным облегчением. Теперь по улице я припустилась резво, и город мне даже начал понемногу нравиться.

Ближе к двум я забрела в кафе выпить чаю, тут и позвонил Юрка.

— Путь свободен, жду в гости.

— Это в морге, что ли? — фыркнула я.

— Извини, но ничего другого предложить не могу, должен быть на рабочем месте.

— Сейчас подъеду, — сказала я. И поспешила к машине.

Очень скоро я уже стояла перед знакомой дверью и давила на кнопку звонка. Вновь ожидала увидеть лысого, но дверь мне открыл Юра.

— Прошу.

— Ты один? — шепотом спросила я.

— Один. Пришлось придумать срочное поручение для нашего санитара, не то непременно мегере донесет. Морг у нас в городе один, и если я лишусь работы, придется готовиться к переезду. А у меня мама с папой в весьма преклонном возрасте, в общем, переезд я не планирую.

— Понятно.

Мы прошли в кабинет, точную копию того, где мне уже довелось побывать. Юрка включил чайник, достал банку с растворимым кофе и спросил:

— Чем тебе этот бомж так интересен?

Я объяснила, как могла, не видя необходимости что-то скрывать.

— Так отчего он умер? — в свою очередь задала я вопрос.

— Сердечный приступ, — пожал плечами Юрка, ставя передо мной кружку с кофе и устраиваясь за столом напротив.

«Ну, вот, — с тоской подумала я. — Стоило здесь столько времени болтаться».

— Сердце у него было ни к черту, несмотря на возраст, — продолжил Юрка. — Но... — он назидательно поднял палец и сделал выразительную паузу. — Кое-что наводит на размышления.

— Ты бы не тянул, вдруг мегеру нелегкая принесет.

— Вскрытие проводили вчера, ближе к вечеру, а через пару часов после этого у нас появился местный шериф, хотя не его это дело — по моргам болтаться. Они с мегерой малость пошептались, и она села писать отчет о проделанной работе. У парня ребра переломаны и ключица, синяков и ссадин целый букет, но в отчете об этом сказано очень коротко. «Следы застарелых побоев».

— Вот как, — нахмурилась я.

— Вот так, — радостно кивнул Юрка, словно находя в этом что-то забавное. — Но это еще не все. Покойников боишься?

— А чего их бояться? Они не кусаются.

— Тогда пошли. — Он легко поднялся, а я запаниковала.

— Куда?

— В предбанник. Это мы так нашу каморку зовем. Отопления в ней нет, и жмурики день-два лежат себе, никого не беспокоя. У нас, знаешь ли, все по старинке. — Он уже несся по коридору, и я за ним.

Мы оказались в небольшой комнате без окон, вдоль стен что-то вроде полок, на которых лежали три тела, прикрытые простынями. Я почувствовала настоятельную потребность оказаться на улице, однако поспешила взять себя в руки. Юрка между тем подошел к полке и мне кивнул, предлагая приблизиться, стянул простыню. Я зажмурилась, сосчитала до тридцати, а потом открыла глаза. Труп выглядел лучше, чем я ожидала, по крайней мере, на ногах удалось устоять. Я торопливо отвела взгляд от жуткого вида шрама, начинавшегося от горла и заканчивавшегося в паху, и сосредоточилась на лице бомжа. Но не оно, как выяснилось, заинтересовало Юрку.

— Взгляни на его руки. — Он ухватился за кисть покойника и продемонстрировал мне. Весьма характерная отметина, точно след от веревки. — То же самое на другой руке. И на ногах.

— То есть парня держали со связанными конечностями? — спросила я.

— Это не веревка. Скорее наручники. Или кандалы.

— О господи. Кандалы-то откуда?

— Вот уж не знаю. От веревки другой след, можешь мне поверить. Этот от железа.

— Чудеса. — Я достала мобильный и сделала несколько фотографий, Юрка не возражал. — Пошли отсюда, — попросила я, закончив.

Мы вернулись в кабинет, где нас ждал успевший остыть кофе.

— И что ты обо всем этом думаешь? — спросила я.

— Это ты думай, — хохотнул он.

— С какой стати вашему шерифу о каком-то бомже беспокоиться?

— Ну, допустим, не хотел лишней работы, вот и попросил мегеру не особенно усердствовать.

— А что, если парень побывал в каталажке, где и получил многочисленные переломы? Ему удалось сбежать, а менты не хотят выносить сор из избы, вот и шифруются. Документов при парне нет...

— Ага. Держать труп негде, и если через день-два его никто не хватится, закопают тихо-мирно, и привет. Но... — Юрка вновь поднял палец, призывая внимать и шевелить мозгами. — Парень не из местных, не то уже хватились бы. Больница тоже одна. Опять же у нас секреты долго не держатся, и если б был какой грех на ментах, слухи бы уже расползлись по городу. А я ничегошеньки не слышал, хотя больница — место бойкое.

— Тогда вовсе ничего не понятно, — разозлилась я. — А как вообще обстановка в городе?

— Все как у всех, — порадовал Юрка. — Менты крышуют клубы с игральными автоматами, которых вроде бы нет, ну и так, по мелочи... Но Шериф живет не бедно.

— Это что, прозвище?

— Ага. Бандиты, какие были, давно перевелись, — продолжил Юра. — Их с успехом заменяют менты. Вечером можно спокойно пройтись почти везде. Квартирные кражи редкость, народ Шерифа уважает.

— А ты?

— А мне с ним, к счастью, пересекаться не доводилось.

— Как его звать-то?

— Фамилия Колокольцев. Евгений Андреевич, если не ошибаюсь.

— Что ж, — сказала я поднимаясь. — Спасибо тебе. Если вдруг услышишь что интересное...

— Обязательно позвоню, — кивнул он и пошел провожать меня до двери.

Собственно, ничего больше меня в этом городе не держало, можно смело убираться восвояси. Но уже в машине меня посетила еще одна идея: заглянуть в местное отделение полиции. Не скажу, что идея гениальная, учитывая подозрения, что менты к этому делу имеют некое отношение. Возможно, им действительно работать лень, но могло быть иначе. И вовсе не лень причина суеты, а кое-что посущественнее. В этом случае мое настойчивое любопытство вряд ли придется им по вкусу. Однако я довольно быстро смогла убедить себя, что мое появление особого удивления и беспокойства вызывать не должно. Если уж я способствовала тому, чтобы бомж оказался в больнице, естественно поинтересоваться успехами нашей славной полиции в деле установления его личности.

Недолго думая, я свернула к известному мне зданию и, приткнув машину на парковке, быстро поднялась на крыльцо. Двустворчатая дверь была гостеприимно открыта. Помещение, в котором я оказалась, выглядело образцово. Стены недавно покрасили, потолок сверкал белизной, глаз радовали новенькие стеклопакеты, а линолеум под ногами был чист, несмотря на весеннюю грязь в городе. Просторный холл поначалу показался пустым. Справа комнатенка, отделенная решеткой, две скамейки ждали нарушителей. За стеклянной перегородкой с надписью «дежурный» признаков присутствия этого самого дежурного не угадывалось. Я прислушалась. Тишина. А между тем рабочий день в разгаре. То ли в городе тишь да гладь и менты в кабинетах спят, то ли пребывают в трудах и заботах вне родных стен. Я подошла к стеклянной перегородке, убедилась, что за столом никого нет, и громко откашлялась, надеясь привлечь внимание. Дверь по соседству распахнулась, и появился молодой мужчина в форме, с чашкой чая в руках.

— Вы ко мне? — спросил равнодушно.

— Наверное.

Дежурный занял свое место, с некоторым сожалением отодвинул чашку в сторону и на меня уставился.

— Слушаю.

Я начала объяснять, а он меня разглядывать с недоумением на физиономии. Недоумение все росло, и когда я замолчала, он еще некоторое время смотрел выжидающе, точно сомневался в том, что мой рассказ окончен.

— От меня-то вы чего хотите? — нахмурился он, так и не дождавшись продолжения.

— Я хотела бы знать, кто этот человек. Фамилия, имя... Это удалось установить?

— Зачем вам его фамилия? Он же умер.

— Но фамилия-то осталась?

— Вам-то она зачем? — не унимался парень.

— Возможно, у него есть родственники, они ведь должны знать, что с ним произошло.

— Конечно, должны. Как только мы установим его личность, сразу же им сообщим.

— Значит, пока не установили?

— К нам никто не обращался, — пожал он плечами.

— А если не обратятся, вы что, сами искать не будете?

— Кого? — вздохнул он.

— Родных.

— Девушка, чего вы от меня хотите? — вновь вздохнул он. — Я вашего бомжа знать не знаю...

В этот момент за моей спиной послышались шаги, дежурный вытянул шею и заметно подобрался, я оглянулась и увидела знакомого майора, он шел по коридору в нашу сторону. Взглянул на меня и усмехнулся.

— Опять вы?

— Точно, — не стала я спорить. — А вы здесь какими судьбами?

— Я тут самое главное начальство, — хмыкнул он.

— Местный Шериф? — полюбопытствовала я.

— Точно, — о своем прозвище он, конечно, знал, а вот то, что его знаю я, ему не понравилось. — Вам полюбился наш город, — засмеялся майор.

— Не особенно.

— Что на этот раз? — Он подошел вплотную, облокотился на стойку, за которой сидел дежурный, и на меня уставился.

— Хотела узнать, как дела у нашего подопечного...

— Я объяснил девушке... — начал дежурный, но под взглядом майора примолк.

— Он умер, — сообщил тот. — Сердечный приступ.

— Я была в больнице.

— Не сомневаюсь. Вы очень настойчивая девушка. Кстати, а где ваша сестра?

— Вы установили личность покойного? — спросила я.

— Пока нет. Сегодня мне позвонили из управления. Выходит, ваш отец действительно большая шишка?

— А вы сомневались?

— Не могу понять, неужели молодой красивой девушке нечем себя занять и она тратит свое время на то, чтоб узнать фамилию какого-то бомжа.

— Вы-то с этим не спешите, — съязвила я.

— Занимайтесь своим делом, — посуровел он. — И не учите меня, как я должен выполнять свою работу.

— Зря вы так, — я выдала свою лучшую улыбку, но ответной улыбки не удостоилась. — Просто меня учили все доводить до конца. И уж если нам довелось встретиться с этим парнем, я хотя бы должна знать его имя.

— Узнаете, не сочтите за труд сообщить его мне.

— Это что, шутка? — спросила я.

— Всего доброго. Не думаю, что мы увидимся вновь. — Он сказал это насмешливо, но все равно прозвучало как угроза.

— Ничего, — вздохнула я. — Обещаю не переживать. — И направилась к выходу.

Оказавшись в машине, я выехала с парковки, но почти тут же притормозила, остановилась в сотне метров от отделения. Почему я это сделала, объяснить трудно. Должно быть, сработала интуиция.

Вскоре появился майор. Спустился с крыльца, вызвав легкое удивление: он был без куртки, следовательно, покидать рабочее место не собирался. Все оказалось просто. Майор отошел в сторону и стал звонить по мобильному. Разговор был недолгим, и говорил в основном майор. Он хмурился, нервно двигаясь, пять шагов в одну сторону, потом в другую. Чего ж ему в своем кабинете не говорилось? В тишине и уюте? Неужто боится чужих ушей? Много бы я дала, чтоб услышать этот разговор, и почти не сомневалась: он связан с моим настойчивым интересом к покойному. Майор захлопнул мобильный и вернулся в здание, а я завела мотор.

Вскоре я покинула город, но вместо того чтобы на шоссе свернуть направо, свернула налево. Хотела еще раз взглянуть на то место, где мы чуть не столкнулись с бомжем. Нашла я его без труда, ориентир — две сросшихся сосны в виде буквы V, на которые я обратила внимание в прошлый раз.

Оставив родное железо на обочине, я совершила увлекательную прогулку и довольно скоро увидела проселочную дорогу, хотя назвать ее дорогой язык не поворачивался, а решить проехать по ней на моей «Ауди» мог только сумасшедший. У меня хватило ума этого не делать. Но ножками прошлась, сколько смогла. Сапоги не жалко. Однако, дважды нырнув в холодную жижу почти по колено, я поняла: пора возвращаться. В ближайшей луже отмыла сапоги от грязи и, устроившись в «Ауди», внимательно рассмотрела карту. Если верить ей, поблизости никаких населенных пунктов. На северо-востоке две деревни, но до них километров двадцать, не меньше. Что здесь делал наш бомж, по-прежнему не ясно. Допустим, он сбежал от полицейских, пока не будем гадать, чем он им досадил и почему они на него осерчали. Но в лес-то с какой стати соваться, затеряться куда проще в большом городе. То есть двигать в сторону областного центра или районного городишки по соседству... на билет у бомжа денег нет, а бесплатно в автобус не посадят. Вся надежда на сердобольных водителей грузовиков. А если он боялся погони и по дороге идти не рискнул, оттого и оказался в лесу и, только почувствовав себя плохо, поспешил на шоссе, ближе к людям? Все вроде логично, но ближайший районный город в другой стороне, а до областного центра он бы лесом двое суток шагал. Если не трое. От Ремизова куда сподручней рвануть в нашу область, тут тебе и крупный населенный пункт рядом с границей, и до областного центра не в пример ближе.

— Что-то не так, — пробормотала я и проехала еще с километр. Здесь тоже оказались проселочные дороги, на шоссе рядом с одной из них даже был указатель «Лесхоз, 5 км». Но, наученная горьким опытом, соваться туда я не стала. Следовало признать: я зря трачу время. Скорее из упрямства я вышла из машины, поглазела по сторонам, а потом отправилась в родной город.

Несмотря на конец рабочего дня, покидать контору, судя по всему, никто не спешил. Девчонки пребывали на своих рабочих местах, дверь в святая святых была закрыта, что означало: сестрицу беспокоить не следовало.

— Где тебя носит? — проявила интерес Ирка, увидев, как я устраиваюсь за столом.

— Дела государственной важности, — ответила я.

— Между прочим, мы весь день точно проклятые...

— Не ворчи, наживешь изжогу и лишние морщины. Оно тебе надо?

— Фенька, ты пофигистка, — влезла Кристина. — У сестры неприятности, а тебе хоть бы что.

— Мысленно я была с вами. Новости есть?

— Нет.

— Ну, нет так нет. Будем работать.

Девчонки дружно фыркнули, а я занялась бумагами. Вера прошла в кабинет сестрицы, и та углядела меня за рабочим столом.

— Явилась? Заходи.

Девчонки проводили меня заинтересованными взглядами. Дождавшись, когда Вера покинет кабинет, я устроилась на диване. Агатка встала, потянулась с хрустом и подошла ко мне.

— Ну?

Я рассказала о знакомстве с Юрой и своем гостевании в морге.

— Повезло. Из всех мужиков в городе под колеса чуть не угодил патологоанатом.

— Так город-то маленький. Сейчас фотографии покажу.

Я подошла к компьютеру, подсоединила к нему свой мобильный, на экране появились фотографии.

— Черт, — буркнула Агата.

— Извини, это, конечно, не фотосессия на Багамах, зато качество неплохое. Обрати внимание на его запястья и щиколотки.

— Его что, связанным держали?

— Юрка говорит, следы от железа.

— Наручники — это понятно. А на ногах что?

— Кандалы.

— Вы там с Юркой на пару приключенческий роман не затеяли писать?

— Мне сейчас не до романов. И Юрику я верю.

— Н-да, — Агатка прошлась по кабинету. — Чудны дела твои, господи...

— Примерно так же я и подумала, когда он о кандалах сказал. Сломанные ребра, ключица... и менты почему-то стараются все это скрыть.

— По-твоему, парню от них досталось? Но кандалы у ментов откуда?

— Вот уж не знаю.

— Черт, Тимоха из головы не выходит, теперь еще и это, — пожаловалась сестра.

— Как думаешь, ты сможешь пережить еще одну новость?

— Валяй.

— Наш майор — начальник тамошней полиции.

— Откуда знаешь?

— Встретились с ним в отделении.

— Туда-то ты зачем поперлась? — рявкнула Агатка.

— Надеялась выяснить, установили личность покойного или нет. Сразу после моего ухода майор звонил кому-то. По мобильному. И почему-то предпочел сделать это на улице.

— Понятно. Кого-то предупреждал. Парня где-то держали, хотя кандалы — это скорее Юркины фантазии. Наш бомж сбежал. Майор и те двое его искали.

— Парочка на ментов не похожа.

— Но интересы у них общие. Что делать собираешься?

— Я? — спросила я с возмущением.

— А кто? У меня другая головная боль — Тимоха. Могу осуществлять общее руководство.

— Вот спасибо. К бате не сунешься, остается бывший. Поговорю с ним. Фотография есть, может, удастся узнать, кто такой этот парень.

Агатка кивнула, посмотрела на часы и сказала:

— Пора по домам. Толку-то здесь сидеть.

Агатка вскоре уехала, а вслед за ней отправилась домой и я. Собралась заскочить в супермаркет за продуктами, тут и позвонил Димка. Я покосилась на дисплей мобильного, хотела звонок проигнорировать, но все-таки ответила:

— Чего тебе?

— Блин, ты не могла бы быть повежливее? — обиделся Ломакин.

— Это у нас семейное.

— Сестра хорошему не научит, — заметил он со вздохом. — Ты где есть-то?

— В машине.

— Пошептаться надо.

— Не надо. Я домой хочу.

— Говорю, надо. Короче, подъезжай на площадь Победы, увидишь мою тачку...

— И не подумаю, — буркнула я, когда он уже отключился, но на светофоре свернула налево и направилась в сторону площади. Пошептаться ему надо... О чем? Первым на ум пришел Стас. Впрочем, иначе и быть не могло. Его присутствие в городе Димке, как и мне, покоя не давало, хоть и по другому поводу. С самим Димкой тоже мало понятного. Еще не так давно мы были недругами, и для этого у Ломакина имелся веский повод. А потом неожиданно для нас обоих мы стали друзьями. Неразлей-вода. Виделись мы слишком часто, хотя я и подозревала, что это ни к чему.

Берсеньев утверждал, что Димка в меня влюблен. Последнее время и я начала думать так же. И удовольствия это не доставило. Прежде всего потому, что Димка вообще-то мой пасынок, и влюбляться в меня совершенно противоестественно. Опять же, на фига мне его любовь, когда от своей деваться некуда? Но прекратить все это ума не хватило, и мы продолжали таскаться по городу развеселой компанией: Димка со своей симпатией ко мне, я — с разбитым сердцем, Агатка — с неразделенной любовью к Берсеньеву, и он сам — тоже с любовью к неведомой мне женщине, на которую страсть как хотелось взглянуть. Полный идиотизм, но при этом все вроде бы довольны.

Димка считал Стаса убийцей своего отца, и разубедить его в этом возможным не представлялось, хотя я и прикладывала немалые усилия. То ли я вру плохо, то ли он по натуре очень недоверчив, а тут еще его неровное дыхание в мою сторону. Заведет сейчас бодягу, что мне от Стаса стоит держаться подальше... Я бы и рада приблизиться, да Стасу на это наплевать. Лучше б я о своем бомже думала, угораздило ответить на звонок.

Димкина машина была припаркована возле магазина «Сувениры», я пристроила свою «Ауди» по соседству и направилась к нему. Плюхнулась на сиденье рядом и сказала:

— Привет.

Димка ткнулся носом в мою щеку и спросил:

— Чего кислая?

— Есть хочу. И спать.

— Не ной, накормлю и спать уложу, прикорнешь на моей груди, вместе встретим рассвет.

— Блин, Дима, отвали, а?

— Я пошутил.

— Ага. В глубине души я умираю от хохота.

— Я сейчас Берсеньева встретил, — посерьезнел он.

— Тоже мне новость.

— Короче, еду, смотрю — Серега идет, — продолжил Ломакин. — Руки в карманах, и такой... сосредоточенный. Я посигналил, а он даже не обернулся. Я машину припарковал и пошел за ним, думаю, пивка выпьем, позади рабочий день... Фенька, он в костел пошел, — заявил Димка и на меня уставился.

— Ну и что? — удивился я.

— Как что? Чего Сереге делать в костеле?

— Ну, не знаю. Молиться, наверное.

— Как хочешь, а меня это тревожит.

— Что тебя это? — поперхнулась я.

— Тревожит, — упрямо повторил он.

— Конечно, Берсеньеву лучше б в баню с девками, — хмыкнула я.

— Может, у него это... неприятности? — нахмурился Димка. — Зачем нормальному мужику идти в такое место? Вдруг случилось чего? Помощь нужна... мы все-таки друзья.

— Собутыльники, — поправила я.

— Я серьезно. Он там уже полчаса торчит.

— Ладно, жди здесь, пойду взгляну на этого чудика.

— Только без твоих дурацких шуточек.

— Дима, может, тебе в Армию спасения податься, бомжам похлебку раздавать? — съязвила я.

— А в лобешник не хочешь? — ласково спросил он, я поспешила выбраться из машины и потопала к костелу, удивляясь превратностям судьбы. Все-то в этой жизни вверх ногами. Взять того же Димку: с точки зрения правоохранительных органов и, конечно, моей мамы, по нему тюрьма плачет, а он между тем хороший парень, не раз мне помогал, теперь вот о Берсеньеве тревожится... А этого чего в костел потянуло? Может, не совсем пропащий, совесть все-таки мучает, вот и забрел. А почему в костел? Он что, католик? По пятницам в костеле проходят концерты органной музыки. Не помню, чтобы она Берсеньева интересовала, к тому же сегодня вторник.

Сергей Львович, по моему мнению, человек-загадка, давно сидит у меня в печенках. Страх как хочется узнать, кем он был до того, как превратился в преуспевающего бизнесмена, позаимствовав чужую фамилию и чужую жизнь в придачу.

Я потянула тяжелую дверь на себя, она скрип-
нула, и я вошла в костел. В помещении царил полу-
мрак, и в первое мгновение я решила, что здесь нет
ни души. А потом увидела Берсеньева. Он сидел на
скамье вытянув ноги и скрестив руки на груди. Голова запрокинута, он вроде бы потолок разглядывал. Димка называл его Серегой на правах собу-
тыльника, Агатка обращалась по имени-отчеству,
правда, с некоторой язвительностью, он в долгу не
оставался и звал ее исключительно Агатой Константиновной, я же предпочитала обходиться без
имени, потому что точно знала: никакой он не Сергей Львович. И сейчас гадала, стоит его окликнуть
или лучше подойти.

— Сколько раз просил, не стой за спиной, —
подал голос Берсеньев. — Не люблю я этого.

Я подошла и опустилась на скамью рядом с
ним. Он молчал, и я молчала. Берсеньев не выдержал первым:

— Ты к Всевышнему или решила скрасить мой
досуг?

— Скрасить, наверное, — пожала я плечами.

— И как, по-твоему, я обрадовался?

— Да как-то не очень.

— Ну, так и иди себе с миром.

— Я бы с удовольствием, но Димка волнуется.
Думает, у тебя горе большое. Лично я не против,
чтобы ты здесь сидел, лишь бы не приставал к господу со всякими глупостями, у него без того дел по
горло.

— Я далек от этого, — хмыкнул Сергей Львович.

— Тогда чего тут сидишь?

— В дом господа заглядывают по разным причинам, — нравоучительно изрек он и принялся цитировать: — «Вхожу в мечеть, в час поздний и глухой, не с жаждой чуда я и не с мольбой, когда-то коврик я стянул отсюда, а он истерся, надо бы другой». Омар Хайям.

— Догадалась. У меня ж сестрица интеллектуалка, Джойса читает каждый день, еще до завтрака. А тут Хайям... А чего ты собираешься свистнуть? — спросила я, оглядываясь.

— Дура. Просто хотелось подумать в тишине.

— А почему в костеле?

— Потому что здесь есть скамейки, тепло, никто глаза не мозолит, пока ты не явилась. Ладно, потопали. Не стоит нервировать Иисуса своим присутствием.

— Может, у тебя правда неприятности? — спросила я, направляясь к двери.

— Откуда им взяться? — удивился Берсеньев. — Моя жизнь легка и безоблачна. Иногда это здорово достает.

— Значит, с жиру бесишься?

— Примерно так.

Мы вышли на улицу, Сергей Львович ухватил меня за плечи, развернул к себе и запечатлел на моем лбу братский поцелуй.

— Привет. Кажется, я в самом деле рад тебя видеть. Как дела?

— Могу рассказать, но оплата почасовая. Я всетаки почти что адвокат.

— Ответь коротко и просто.

— Тогда хреново.

— Бедное сердце любовью томится?

— А это откуда? — удивилась я.

— Сам придумал, — махнул рукой Берсеньев.

— Сколько талантов в одном человеке. Им у тебя не тесно?

— Привыкли, научились уживаться. Это тачка Ломакина? — кивнул он на Димкину машину, мой ответ был излишним, Димка выпорхнул из своего джипа и теперь усердно скалил зубы, демонстрируя радость встречи.

— Скажи ему что-нибудь жизнеутверждающее, — посоветовала я. — Это он засек тебя возле костела и позвонил мне с намерением оказать поддержку. Кстати, он назвал тебя другом.

— Забавно, — кивнул Берсеньев. — Я успел обзавестись друзьями, так и до женитьбы недалеко...

Мы поравнялись с Димкой, мужчины пожали друг другу руки, а я сказала:

— У него все в порядке, он просто хотел стащить коврик.

Димка сначала нахмурился, досадуя на мою болтливость, а когда речь зашла о коврике, взглянул с недоумением.

— Не слушай ее, — засмеялся Сергей Львович.

— Скажешь, я это выдумала?

— Я просто цитировал классика. Что ж, если мы встретились, может, даме кофе, а мужчинам пиво?

— Хорошая идея, — кивнул Димка. — Куда поедем?

— Тут неподалеку театральное кафе, вполне приличное. — Берсеньев подхватил меня под руку, и мы направились в сторону переулка. Димка шел

рядом и время от времени вопросительно поглядывал, я усердно делала вид, что этого не замечаю.

Кафе оказалось уютным, свободный столик для
нас нашелся, мы сделали заказ, Берсеньев отправился в туалет, а Димка тут же полез с вопросами.

— Что он сказал?

— Классика цитировал.

— Какого классика?

— Омара Хайяма. — Когда я закончила четверо-
стишье, Димка сурово нахмурился.

— И что? По-твоему, он в самом деле собирался
свистнуть коврик?

— Вряд ли, — взглянув на него с большим интересом, ответила я. — Это не следует понимать буквально.

— Ты не могла просто поговорить с ним по-че-
ловечески? — зашипел Ломакин. — Без дурацких
стихов и прочего?

— Я пыталась. Ты же знаешь его манеру прика-
лываться. Он обожает двусмысленности.

Тут появился Берсеньев, и нам пришлось сменить тему. Димка с ходу принялся травить анекдоты, решив, что это лучший способ достичь взаимопонимания, а я нет-нет да и поглядывала на Сергея
Львовича. Задал он мне загадку этим костелом. Вот
бы узнать, что за мысли обретаются в его голове.
Выглядел он как обычно, как обычно сокрушитель-
но, я имею в виду. Рядом с ним Димка проигрывал,
казался простоватым, хотя в общем-то он у нас кра-
савец. И рост, и стать, и физиономия не подкачала.
Взгляд иногда бывает весьма неприятным, но в от-

ношении меня сие большая редкость. Плюс голливудская улыбка. Злые языки болтали, что отвалил он за нее немалые деньги, но я точно знала: это брехня. И взгляд, и улыбка в точности, как у его отца.

Берсеньев ростом ниже, хоть и ненамного, в плечах у́же, и физиономию имел ничем особо не примечательную. Костюмы носил с шиком, но Димка в этом ему не уступал. И все же... Что ж такого особенного в Сергее Львовиче? Одна из тех загадок, которую не терпится разгадать. Неудивительно, что сестрица не может выпроводить его из сердца, я бы на ее месте тоже не смогла. Хотя мое место ничуть не лучше.

Пока я мысленно сравнивала этих двоих без особой надобности, Берсеньев весело ржал, а Димка продолжал сольное выступление. Но тот факт, что человека, которого он называл своим другом, вдруг потянуло в костел, все еще волновал его и даже беспокоил, оттого после второго бокала пива он с анекдотами завязал и ко мне полез.

— Фенька, а ты в церковь ходишь?

— Не хожу.

— Почему?

— Времени нет.

— А в бога веришь?

— Ага. — И я, желая блеснуть, начала декламировать, чтоб Берсеньев не зазнавался и мог быть уверен, у меня на все случаи жизни тоже цитатки найдутся. — Я верю в Иисуса Христа, я верю в Гаутаму Будду, я верю в пророка Мухаммеда, я верю в Кришну и верю в Гареду.

— Правильно, — с серьезным видом кивнул Берсеньев. — На всякий случай разумнее дружить со всеми.

— С Мухаммедом у меня не задалось, — сказал Димка. — Сплошные терки с его почитателями, двигали б они к себе домой и Аллаха своего прихватили. Буддисты мне нравятся, у них все понятно, если туп как дерево, родишься баобабом... Кришнаиты — это те, кто босиком бродят и в барабаны бьют? И в армию им нельзя. По мне, так все дело в этой отмазке. А кто такой Гаруда?

— Птица, — ответила я.

— Глупость какая, — обиделся Димка. — Как можно верить в птицу?

— Ты сам-то во что веришь? — усмехнулась я.

— Я верю, что, если сделаешь пакость, за это обязательно придется отвечать, — сердито заявил Димка, а я вздохнула, поворачиваясь к Берсеньеву.

— Скажи ему, что ты делал в костеле, иначе он достанет богословскими спорами.

— В костеле я прятался от непогоды, — ответил Сергей Львович. — На тот момент это было гораздо лучше, чем кафе: не надо ни с кем разговаривать. Мне нужно было принять решение.

— Какие-то проблемы? — насторожился Димка.

— Никаких, — покачал головой Берсеньев. — Обычная штатная ситуация.

— И часто ты в костел заглядываешь? — серьезно спросил Ломакин.

— Иногда гуляю в лесу, — так же серьезно ответил Сергей Львович. — Но сейчас грязно. У меня полный порядок, — продолжил он. — И мне очень приятно, что вас беспокоит мое душевное состояние, а также мои дела. Ну, так что, выпьем за дружбу?

Мы, конечно, выпили, а я принялась гадать, какой процент правды содержался в словах Берсеньева. Наша дружба ему нужна, как собаке поводок, а вот насчет решения, возможно, и не врал. Интересно, что он затеял? Я углубилась в размышления на этот счет, и тут Берсеньев спросил, обращаясь ко мне:

— Что там с твоими делами?

— А что с ними? — удивилась я.

— Ты охарактеризовала их как хреновые.

— Я уж и забыла, что может быть по-другому.

— То есть они хреновые в обычном режиме, — не отставал Берсеньев. — Или появилось что-то новое?

— Стас нарисовался? — взглянув исподлобья, спросил Димка, у этого только одно на уме.

— Если б он, как ты выражаешься, нарисовался, я бы с вами не сидела и зря время не тратила. — Димка досадливо хмыкнул и отвернулся, а я продолжила: — У меня бомж.

— Какой бомж? — чуть не подпрыгнул Ломакин. — Только не говори, что теперь ты кормишь не бродячих собак, а бродячих мужиков.

— Кормить его без надобности, он умер.

— Слава богу, — скривился Димка, а Берсеньев спросил:

— Он сам умер или помог кто?

— Вообще-то сам и в больнице, но помогли, вне всякого сомнения.

Я принялась рассказывать свою историю, ее выслушали с интересом, но без одобрения.

— Оно тебе надо? — спросил Димка, когда я закончила свой рассказ. — Ясно, что мент при делах. Если не он бомжа сбил, так кто-то из его родни или знакомых. Сбили и уехали с перепугу. А он явился разобраться, что к чему. Тут вас нелегкая принесла...

— Интересная версия, — кивнула я, нахмурившись. — А зачем ему синяки бомжа скрывать?

— Да затем, чтоб дело не заводить. Закопают по-тихому, и нет проблем. А если начнется следствие, неизвестно, чем кончится.

Берсеньев помалкивал, хотя как раз его мнение очень меня интересовало.

— А ты что скажешь? — не выдержала я.

— Скажу, что у тебя мания попадать в истории, а эта скверно пахнет. Тачка мента в грязи была? И бомж из леса на дорогу выбрался. И эти двое на джипе. Они парня по лесу гоняли, а он надеялся от них уйти, вот и вышел на дорогу, заметив вашу машину.

— Зачем им бомж понадобился? — спросил Димка. — Боялись, он заяву накатает, что они ему ребра переломали? Вот уж глупость. Во-первых, до заявления бомжа всем по барабану, во-вторых, заяву все равно этому Шерифу пришлют, чтоб он со своими разбирался. Нечего было огород городить.

Димка, конечно, прав. Я вновь взглянула на Берсеньева.

— Ты сделала фотографии? Отдай их бывшему, уверен, твой бомж совсем не так прост.

Я-то думала, он, как обычно, предложит мне игру в сыщики, собственно, рассказывая свою историю, я именно на это и рассчитывала. Но Берсеньев, похоже, заниматься следствием на сей раз был не расположен. Своих услуг не предлагал, помолчал немного и добавил:

— Будь поосторожней, с ментами связываться не безопасно.

— У меня папа прокурор, — напомнила я.

Мы еще немного потрепались на эту тему, тут Берсеньев взглянул на часы, улыбнулся и произнес:

— Пожалуй, пора по домам.

— Время детское, — удивился Димка.

— У Сергея Львовича сегодня наверняка встреча с брюнеткой или блондинкой, — влезла я. — Он человек с разносторонними интересами.

— Она рыжая, — усмехнулся Берсеньев и расплатился, опережая Димку, оставив весьма щедрые чаевые. Впрочем, он никогда не жадничал. Как-то раз я сказала ему, если верить Карлу Марксу, Берсеньев должен быть кровопийцей и жмотом, как и положено богатеям. Берсеньев усмехнулся и ответил: вся прелесть богатства в том, что ты можешь тратить столько, сколько захочешь, при этом давая заработать другим, в этом случае денежки к тебе непременно вернутся. И что-то загнул насчет того, что деньги — это энергия, причем очень мощная. Уж на что я люблю поумничать, особенно не к месту, но этот даже меня переплюнул.

С Димкой они вечно соревновались в неслыханной щедрости, один предлагал купить мне машину, другой звал на Багамы бизнес-классом. Я, конечно, отказывалась, а надо бы для разнообразия согласиться, может, это отучит их от дурацкого выпендрежа. Хотя вряд ли. Денег и у того, и у другого так много, что они, похоже, просто не знают, что с ними делать.

Мы вышли из кафе и направились в сторону площади, Берсеньев справа, а Димка слева от меня, на этот раз под руку я держала его, а не Сергея Львовича, уже давно заметив, что Димка придает этому значение: вот и пусть радуется, а мне все равно на ком виснуть.

— Где твоя машина? — спросил Димка Берсеньева, поравнявшись со своим джипом.

— На парковке возле театра, — ответил тот.

— Отвезти?

— Пройдусь.

Он поцеловал меня, пожал руку Димке и заспешил на парковку. Димка проводил его хмурым взглядом.

— Чего? — вздохнула я.

— Что-то не так, — покачал он головой. — Я ж чувствую... И костел этот дурацкий.

— Костел нормальный, а будь у Берсеньева неприятности, связанные с бизнесом, ты бы об этом уже знал.

— Это да... — подумав, согласился Димка и выдвинул свежую идею: — Может, он влюбился? Хотя чего тогда переживать? Наоборот, радоваться надо.

— А если ей до Берсеньева дела нет? — съязвила я.

— Ага, — хмыкнул Димка. — Ты сама-то в это веришь?

— По-твоему, он неотразим?

— По-моему, если очень чего-то хочешь, то своего добьешься. Иначе что ты за мужик?

— Бабы вас вконец избаловали, — пробормотала я себе под нос.

— Чего?

— Обнаглел ваш брат, — рявкнула я и направилась к своей машине.

— Фенька! — заголосил Ломакин, а когда я досадливо оглянулась, сказал: — Помяни мое слово, у него проблемы.

Двигая в сторону своего дома, я пыталась решить, разыгралась у Димки фантазия или он все-таки прав? Бизнес для Сергея Львовича лишь прикрытие, вряд ли он всерьез станет из-за него переживать... хотя черт его знает, говорят, хорошо притворяться — значит, почти быть... Но о серьезных проблемах слух бы уже просочился, и Ломакин точно был бы в курсе, с бизнесменами он очень дружен, правда, на свой лад.

Подъезжая к родному подъезду, я уверила себя: дело либо в женщине, в которую Сергей Львович до сих пор влюблен, несмотря на то, что она предпочла ему другого (вот бы Димка удивился, узнай об этом), либо ответ надо искать в его прошлой жизни, мне совершенно неведомой, но, безусловно, далекой от мирных будней. И опасность исходит оттуда... Почему непременно опасность? Черт, я что, за него переживаю? Мне бы радоваться, что мерзавца выведут на чистую воду... я прислушалась к себе и ни радости, ни даже злорадства не обнаружила. А вот беспокойство точно было. Чудеса. Я ж сама хотела докопаться, что он за гусь такой... Предположим, докопалась... и что? Сдала бы его бывшему? Смотря до чего бы докопалась... Ну, дела... Двух убийств, в которых у меня есть все основания подозревать Берсеньева, уже мало? Это у меня с моралью проблемы или его обаяние поистине безгранично? Хотя мне ли его осуждать, у самой рыльце в пушку... И все-таки равнять себя с Берсеньевым не хотелось. Этому гаду начхать на то, что он сделал, а я до сих пор ем себя поедом, вот, собственно, вся разница между нами. Наличие и отсутствие раскаяния. Но факт совершенного деяния это не отменяет. Откуда мне знать, может, он тоже себя поедом ест, вот в костел и потащился... Ерунда. Не знаю, что у Берсеньева за проблемы, но в то, что его тревожит больная совесть, поверить невозможно, хотя бы потому, что в ее наличии я очень сомневалась. Приходилось признать: загадал он мне очередную загадку.

Я вошла в квартиру, побродила немного с потерянным видом и направилась к компьютеру. Думать о Берсеньеве мне надоело, слишком много чести, а заполнить мозг чем-то надо, не то непременно переключусь на Стаса и начну хандрить. А хандра не к лицу молодой, умной и, безусловно, красивой девушке, которая с оптимизмом смотрит в будущее и все такое... В общем, лучше вернуться к мыслям о бомже, точнее, к его загадочному появлению на лесной дороге. Который день мне не давала покоя наколка на руке мордастого типа «Он видит». Вариации на тему Большого брата? Для парня с его лицом выбор тату довольно неожиданный.

Я набрала в поисковой строке «он видит» и криво усмехнулась. Сносок пруд пруди, но уже через пять минут стало ясно: по большей части они совершенно бесполезны. А я чего ожидала? «Он видит» весьма распространенное словосочетание. Он «видит» то, он «видит» се...

Злясь на отсутствие везения, я просмотрела все ссылки, угробив на это часа полтора. Пока не наткнулась вот на что: «он видит, и видим мы, он знает, и открыл нам, он придет, и мы будем готовы».

— Абракадабра, — фыркнула я, прочитав эту фразу, в первое мгновение решив, что относится она к какому-нибудь опусу в жанре фэнтези. Ничего подобного. Это, оказывается, псалом или что-то вроде того. С робкой надеждой на удачу я открыла ссылку и оказалась на сайте «Братства знающих». Вот так, скромно и со вкусом. На главной странице заставка: глаз, как на американском долларе. Я, признаться, обалдела: неужто удача в самом деле соизволила меня посетить? От глаза исходило сияние, звучала музыка, что-то в стиле нью-эйдж, а приятный мужской голос вещал: «Дорогой друг, уверен, ты заглянул сюда не случайно, и эта наша встреча была предопределена на небесах, ты шел к ней осознанно или нет, и вот мы наконец встретились».

— Чистое шаманство, — вновь усмехнулась я, от музыки и сочного баритона понемногу впадая в транс. Баритону пришлось заткнуться, а я внимательнейшим образом изучила сайт. Что это за братство такое, через час понятнее не стало. Вроде секты, хотя на первый взгляд все благопристойно. Учат не пакостить, а если сие уж случилось, спешно по-каяться. Подобных сайтов в Интернете пруд пруди. Тусуются всякие чудаки... Вскоре появилось кое-что интересное: знающие не просто так предлагали покаяться, а рекомендовали с этим поспешить, потому что топтать грешную землю нам недолго осталось: ожидается конец света. Дата хитро не называлась, но, без сомнения, это случится со дня на день. Тем, кто не хочет остаться в дураках, надлежит забросить свои грешные дела и срочно спасать свою душу, посвятив себя посту и молитве, желательно подальше от цивилизации. Где лучше спасаться и как, подробнее могли растолковать отцы-проповедники. Далее следовал столбик имен отцов: напротив каждого имени номер телефона. Всего было семь имен, не так уж мало для захудалой секты или кем они себя там считают. Судя по кодам перед номерами, представлены были семь областных центров, к своему удивлению я обнаружила и родной город, не зная, стоит ли этому радоваться или разумнее загрустить. Номер, кстати, начинался с пятерки, то есть отец-проповедник по имени Константин обретался где-то неподалеку, в одном со мной городском районе.

Следующая страница вызвала умиление: у тех, кто никак не мог оставить бренное и замаливать грехи в сельской местности, был шанс спастись, внеся посильную лепту в виде пожертвования в братство знающих. Само собой, чем больше пожертвований, тем больше шансов, что господь встретит тебя ласково. Господом у нас был Иисус, что, безусловно, порадовало бы Димку, не птица какая-то. В остальном полная белиберда из позаимствованных тут и там постулатов. Само собой, все вышеизложенное являлось истиной, чему сам господь свидетель, только знающим он открыл свои намерения. По этой причине они себя так и именовали. Об истории возникновения этого учения ничегошеньки сказано не было. Решив, что это одно из многочисленных протестантских новообразований, я попыталась разузнать о братстве из иных источников, к нему отношения не имеющих, но тут вышла незадача. Похоже, о братстве никто ничего не знал или попросту его игнорировал.

Потратив еще час, я убедилась, что в перечне протестантских церквей братство не значится. Вернулась на их сайт и заглянула на форум. И вновь удивилась: народу здесь тусовалось немало. Бегло просмотрев с десяток страниц, я начала зевать: вопросы и ответы грешили однообразием. Пару раз показалось, что граждане вообще изъясняются на каком-то своем наречии, мне недоступном. Встречались и занятные места. «Срочно надо покаяться», — писал тип под ником Тихон и получил ответ: «В обычное время». Да, прогресс не стоит на месте. Что ж, общее впечатление: в лучшем случае слегка чокнутые, в худшем — обычное жулье. Несите ваши денежки и все такое скорее свидетельствует в пользу последнего. Хотя ни одна церковь от пожертвований не отказывается, так что и эти не хуже других. Ждут конца света, пугая друг друга страшилками, поют псалмы под гитару (псалмы я обнаружила в специальном разделе), точное местонахождение головного офиса или храма (не знаю уж, как правильнее) не указано. Связь держат только через проповедников. Но ведь где-то они должны собираться? Или виртуального общения им более чем достаточно? Вполне в духе времени, кстати. Но если есть номера телефонов, значит, личные контакты предполагаются.

Я побрела в прихожую, где на стене висел телефон, и набрала номер. Время позднее, но истинный проповедник божий должен быть на связи с паствой двадцать четыре часа в сутки.

Длинные гудки, потом включился автоответчик. «Не знаю, кто ты, — елейно начал очередной сочный баритон, — но уверен, ты позвонил не просто так, ибо нет ничего случайного в этом мире. Если тебя привело к нам горе, мы утешим тебя, если радость — мы разделим ее». — И далее очень деловито: «Оставьте свое сообщение и номер телефона после сигнала, я вам обязательно перезвоню».

Дождавшись короткого гуда, я с чувством произнесла:

— Здравствуйте, меня зовут Ефимия. У меня тяжелая жизненная ситуация, я бы хотела поговорить... — Тут я дважды всхлипнула для драматизма, поспешно назвала номера своих телефонов и повесила трубку. Постояла в задумчивости, не исключая возможности, что мне перезвонят. Однако спасать мою душу никто не торопился. Я устроилась на банкетке, закинула ногу на ногу, разглядывая потолок.

Допустим, встреченный мною тип с татуировкой имеет отношение к братству, хотя это вилами на воде писано, и парню просто понравилась картинка в салоне тату, а словосочетание «он видит», по мнению мордастого, должно придать его простоватой внешности значительность и некую таинственность. Но если все-таки допустить, что мордастый сделал ее сознательно, являясь преданным приверженцем братства, то все остальное укладывается в очень простую схему. Подобные ему типы редко страдают избытком веры, и в братство его могло привести только одно: желание неплохо устроиться за чужой счет. Усердно оболванивая паству, не худо быть уверенным, что за это не последует наказание, причем дожидаться прихода Иисуса вовсе не обязательно, его вполне могут заменить люди в погонах. В общем, без мордастых в такой организации не обойтись. Они умеют воздействовать добрым словом на внезапно усомнившихся. Скорее всего, наш бомж был одним из таких бедолаг, потому и оказался в наручниках. Задурили парню голову, он внес пожертвование и оказался на лоне природы, возможно, в самом неприятном смысле, то есть без жилья, которое ушло на пожертвование. Очухался, начал возмущаться и нажил перелом ребер. Они могли поселить его в какой-нибудь деревеньке с нулевым количеством жителей — проверенный метод черных риелторов, но парень сбежал, и его бросились искать. Майор, само собой, в доле...

«Складно, — подумала я, меняя позу и переведя взгляд себе под ноги. — Даже слишком. Все проще простого... жаль только, что мои догадки строятся на очень хлипком фундаменте: татуировке, которая может и не иметь к братству никакого отношения. И все-таки «знающими» стоит заняться. А еще встретиться с бывшим, преодолев его сопротивление, и попросить проверить фотографию. Если удастся узнать, кто такой наш бомж, дела пойдут веселее».

Покосившись на телефон, я еще немного потосковала на банкетке и пошла спать.

Утром я отправилась в офис на своей машине и угодила в пробку. Что-то там у моих бывших коллег-коммунальщиков опять прорвало, проспект почти полностью перекрыт, пути отхода запружены страждущими вроде меня. Промучившись с полчаса, я решила бросить машину и добираться пешком. Идея так себе, но все лучше, чем томиться напрасным ожиданием, что вся эта масса сигналящих и истошно матерящихся граждан наконец-то сдвинется с места.

Зазвонил мобильный, я заподозрила, что сестрица меня потеряла, и поспешила ответить. Но звонила вовсе не она, а патологоанатом Юра.

— Привет, — радостно произнес он, а я ему позавидовала: пробок в Ремизове пока нет, и настроение у человека с утра отличное.

— Привет, — отозвалась я, сворачивая в ближайший переулок. К великому сожалению, та же мысль посетила еще с десяток граждан, машины и здесь едва двигались.

— А у меня новость, — сказал Юра. — Бомжа твоего хоронят.

— Когда? — слегка растерялась я.

— Думаю, как раз сейчас и предают земле.

— А почему вдруг такая спешка?

— Ночью в морге случилось короткое замыкание, ну, и как водится, пожар. Слава богу, живые не пострадали. Сторож оперативно среагировал, и пожарные примчались через десять минут. Но все равно уже вовсю полыхало. Пришел я на работу, а она частично выгорела.

— Труп бомжа пострадал?

— Не только он. У нас тут было еще два жмурика. Их спешно выдают родне для похорон, родня в возмущении от вида дорогих и любимых, начальство на нервах. Бомжа отправили на кладбище, потому что хранить его негде, да и, собственно, уже незачем. Вот такие новости.

— Замыкание, случайно, не произошло как раз в том месте, где наш бомж лежал? — спросила я, Юра хмыкнул:

— Догадливая.

— Что ж, не могу сказать, что меня это удивило, — подумав, заметила я.

— Да? А я вот голову ломаю, что происходит? Что это за бомж такой?

— Голову ломай на здоровье, но будь поосторожней, — посоветовала я. — Скажи-ка, ты ничего не слышал о «Братстве знающих»?

— Что за фигня?

— Значит, не слышал. Жаль. Я было подумала, они в вашем городе окопались.

— У нас только братство пьющих и отчаянно дерущихся, в основном в приступе белой горячки. Ладно, пока.

Юрка отключился, но почти сразу мобильный опять зазвонил. На этот раз беспокоила сестрица.

— Я в пробке торчу, — сказала я, предваряя вопрос, где меня черти носят.

— Вижу. Сама следом плетусь. — В зеркале заднего вида я поискала машину Агатки, безрезультатно. — Я видела, как ты в переулок свернула, а мне до него еще тащиться минут десять.

— Утро удачным не назовешь, — посетовала я.

— Попробуем дотянуть до супермаркета и бросим машины на парковке, — вздохнула Агатка, предложение показалось дельным.

Когда я наконец добралась до парковки, движение вдруг возобновилось, машины сновали туда-сюда, а я, прибившись к тротуару, ждала сестрицу. Она проехала мимо, махнув рукой, предлагая следовать за ней.

Минут через пять мы выходили на стоянке возле нашей конторы. Агатка была в белом пальто нараспашку, волосы, против обыкновения, рассыпаны по плечам, а не собраны в замысловатый узел на затылке. Минимум косметики и бездна обаяния.

— Классно выглядишь, — сказала я, когда мы поднимались на крыльцо.

— Единственный способ противостоять неприятностям — отправиться к косметологу и на полтора часа попросту на них забить, — хмыкнула она.

— Надо и мне попробовать.

Вера и Кристина уже были на своих местах, а вот Ирка задержалась, и это явилось единственным светлым событием утра. Ирка пунктуальна до идиотизма, а тех, кто подобной манией не страдал, считала людьми несерьезными и даже бесполезными, о чем заявляла неоднократно и приводила в пример меня. Тут Ирка влетела в приемную и завопила с порога:

— Агата Константиновна!

Сестрица махнула рукой:

— По всему городу пробки... — сняла пальто и кивнула в сторону своего кабинета, обращаясь ко мне: — Идем.

Верка принесла нам кофе, а я спросила:

— Что там с Тимохой?

Агатка досадливо нахмурилась, стало ясно: данной темы лучше не касаться.

— А у меня новости. Бомжа, похоже, похоронили. — Я рассказала о звонке Юры, сестрица слушала не перебивая, при этом вертела чашку в руках, явный признак дурного расположения духа.

— Если замыкание случайность, то из разряда своевременных, — заметила она. — А если нет... чего они пытаются скрыть?

— Чего-то пытаются, — пожала я плечами.

— Ты с бывшим виделась?

— Нет. Звонила пару раз, он ушел в подполье. Очень его задело наше предыдущее расследование.

— В принципе есть и без него к кому обратиться...

— Ну, так обратись. Фотки у тебя в компьютере. Кстати, о компьютере. Помнишь, я заметила у одного из типов татушку на руке?

— Ну... — кивнула Агатка. — Вроде глаз и надпись какая-то.

— «Он видит».

— Он видит? — подняла Агатка брови. — Кто он?

— Ты у меня спрашиваешь? Короче, вчера малость покопалась в Интернете и нашла похожий глаз на главной странице сайта «Братство знающих».

Чтобы особо не утруждать себя рассказом, я включила ноутбук и открыла нужную страницу. Глаз замерцал, баритон замурлыкал. Агатка слушала с завидным терпением.

— Разводилово чистой воды, — сделала она вывод, потратив на изучение сайта минут десять.

— Кто ж спорит.

— И наш бомж на это купился?

— Такое сплошь и рядом.

Агатка кивнула и задумалась.

— Все вроде бы ясно, — проворчала она. — Но эта ясность и смущает. Смерть не криминальная. Ну, выяснили бы, кто такой наш бомж, заодно узнали, что был в какой-то секте. Лишился кровных сбережений и начал бомжевать. Да кому до этого дело? Сектанты эти заявят, что ничегошеньки у него не просили, там, как правило, орудуют далеко не дураки.

— Он был для них чем-то опасен, — заметила я. — Оттого и оказался в кандалах. Мало того, после его кончины ничего не изменилось, то есть повод для беспокойства у них остался. Поэтому парня и поспешили похоронить. Уверена, опознать его сегодня утром было практически невозможно, и не удивлюсь, если выяснится, что никто из ментов запечатлеть его светлый образ до пожара не потрудился.

Агатка потерла нос:

— А ты не увлеклась? В конце концов, проводка могла замкнуть, знаю я эти районные больницы, проводку лет пятьдесят никто не менял, денег на это никогда не было и, как видно, не будет. И как, скажи на милость, могут быть связаны доморощенные деятели от религии и майор полиции?

— Ну, это проще простого, — хмыкнула я. — Он закрывает глаза на их делишки за свой кровный процент.

— Выходит, они действуют на его территории?

— Ага. Вот только Юрка о них ничего не слышал.

— И это странно. Подобная публика не чуждается рекламы. Сайт, кстати, сделан весьма профессионально. Отсутствие адресов, паролей и явок тоже выглядит странно.

— И никакой истории, — кивнула я. — Ни тебе чудесного озарения брата или сестры, обретения божественной мудрости, которые он или она поспешили донести до желающих услышать. У каждой секты есть основатель, а здесь одни отцы-проповедники.

— Может, придумать себе впечатляющую историю они еще не успели. Ты этому Константину звонила? — кивнула она на монитор, как и я, сразу же обратив внимание на код города перед номером телефона.

— Вчера мне не ответили.

Я сняла трубку и набрала номер Константина, шесть гудков и автоответчик.

— В спасении душ решили сделать перерыв, — возвращая трубку на место, вздохнула я.

— Думаешь, у них наметилась работенка поважнее?

Я пожала плечами.

— Не будем спешить с выводами. Татуировка не является доказательством, что парень связан с сектой. — Агатка быстро набрала текст в поисковой строке и удовлетворенно кивнула. — Вот, взгляни. Самые популярные тату. Глаз отнюдь не на последнем месте. Еще древние египтяне использовали этот символ. Потом масоны и черт знает кто еще.

— Да я не спорю. Ясное дело, что версия за уши притянута, но... назовем это интуицией.

— Назовем, — кивнула Агатка без намека на иронию. — Гадать мы можем сколько угодно, но пока личность парня не установлена... — Она развела руками.

Стало ясно, что из кабинета сестрицы пора выметаться, она и так сегодня на редкость терпелива. Но я все-таки задержалась, правда, на сей раз интересовал меня вовсе не наш бомж.

— А ты не знаешь, Берсеньев у нас случаем не католик? — Агатка с минуту таращилась на меня, должно быть, прикидывая, что это на меня нашло. — Димка вчера видел, как он в костел направился. И очень разволновался, решив, что у Сергея Львовича серьезные проблемы. Мне позвонил, предлагая бросить все силы на спасение друга.

— У твоего Димки случайно не сотрясение мозга?

— Он всегда такой.

— То есть это врожденная глупость? И что Берсеньев?

— Сидел в костеле, когда я приехала.

— Просто сидел и все?

— Просто сидел. Но Димка считает, что и этого делать ни к чему.

— Сам-то Берсеньев как это объяснил?

— Сказал, забрел в костел, чтобы подумать в тишине и принять важное решение.

— Вот как... в оригинальности ему не откажешь. Хотя я, бывает, тоже туда захожу.

— Серьезно? — удивилась я.

— Пару раз точно была.

— Тобою двигало любопытство?

— Чего любопытного в костеле? Просто захотелось зайти и зашла. Берсеньев справится со всеми своими проблемами, и наша помощь ему не нужна. Скажи Димке, пусть беспокоится о ком-нибудь другом.

— Не скажу. Он начнет беспокоиться обо мне, а это куда хуже.

Через несколько минут я сидела за своим столом и пробовала сосредоточиться на бумагах. Мне и в лучшие времена не всегда это удавалось, а сейчас и вовсе смысл прочитанного ускользал, а я, подперев рукой щеку, упорно пыталась до него докопаться. Мои мытарства были приостановлены звонком на мобильный. Звонил бывший, я от души порадовалась: есть все-таки совесть у человека.

— Чего звонила? — ворчливо поинтересовался Олег Викторович, бывший супруг под номером три и начальник следственного комитета нашего города в одном лице.

— Меня переполняет чувство вины, — сказала я без намека на иронию, точно зная, что бывший иронию не жалует.

— Да? — произнес он недоверчиво.

— Да, — повторила я. — Хотела бы ее загладить.

— Придется идти навстречу.

— Сделай милость. Желательно сегодня.

— Можно прямо сейчас, — осчастливил бывший. — Я неподалеку от твоей конторы. Выпьем кофе.

— Услышал бог мои молитвы, — вешая трубку, пробормотала я, договорившись с Олегом о месте встречи. Кристина взглянула с подозрением.

— Господь любит грешниц, — подмигнула я, она покачала головой и отвернулась. А я заглянула в кабинет Агатки. — Олег Викторович объявился. Стрелку забил. Пойду и обаяю.

— Давай.

Я прихватила пальто с вешалки и вышла из конторы. Олег сказал, что будет ждать меня возле сквера, туда я и направилась. Не успела сделать и десяток шагов, как услышала автомобильный сигнал. Повернулась и на светофоре увидела джип бывшего. Подождала, когда он поравняется со мной, и села в машину. Олег, взглянув на меня с некоторым недовольством, сказал: «Привет», — но все ж таки меня поцеловал: куда-то в лоб, и видно, что без особой охоты, но все равно порадовал. Вообще-то он страшный зануда, потому мы некогда и расстались. Правда, те времена теперь кажутся полулегендарными, не имеющими ко мне никакого отношения. И наша с ним семейная жизнь начисто выветрилась из памяти. Иногда я пыталась вызвать воспоминания, хотя бы для того, чтобы быть уверенной: все это точно когда-то было, но только разводила руками в досаде. Мне казалось, даже внешне в те годы Олег выглядел так же, как сейчас, несусветная глупость, подтверждением чему служит его фотография времен моего замужества, которая до сих пор украшает стену моей комнаты. На настойчивые вопросы Агатки, с какой стати я держу на стене фотографии бывших мужей, я отвечала, что прикрываю ими разводы на обоях. Разводы в самом деле имеются, но, думаю, вовсе не они тому причина, и даже не моя выдающаяся лень и, как следствие, отвращение к переменам. Это скорее напоминание, что до встречи со Стасом у меня тоже была жизнь. Хотя теперь в это почти невозможно поверить.

— Фенька, ты — ведьма, — заявил Олег, а я нахмурилась:

— Что, плохо выгляжу?

— Выглядишь ты слишком хорошо.

— Так не бывает, — покачала я головой.

— У тебя мания противоречить.

— Нет у меня мании. Сам подумай, как можно выглядеть слишком хорошо?

— Очень даже можно. Мужчине всегда приятно, когда его женщина привлекательна, он испытывает гордость и все такое... Но когда она слишком хороша, это уже предмет не гордости, а постоянного беспокойства.

— С какой стати тебе обо мне беспокоиться? — удивилась я. — Мы ж сто лет в разводе.

— Про развод я помню. Ты просила объяснить, я объяснил. К тому же, несмотря на наш развод, я все равно переживаю, потому что ты в самом деле ведьма.

— А где связь? — удивилась я.

— В Караганде. От тебя одни пакости и беспокойство, а я по первому звонку продолжаю бегать к тебе на свидание. Не иначе как черная магия.

— Вот ты в каком смысле... ей-богу, я невинна. Умей я ворожить... в общем, пострадал бы кое-кто другой, а в семействе бытовало бы мнениие, что я прекрасная дочь, замечательная сестра и отличный работник. Ладно, давай мириться, — предложила я, он как раз припарковался возле кафе, что позволило мне запечатлеть на его щеке сестринский поцелуй.

— Я подожду, — серьезно ответил Олег, выходя из машины. — Подозреваю, ты не просто так позвонила.

— Не просто, — покаялась я и добавила подхалимски: — Очень нужен твой совет.

Мы устроились за столом в кафе, в это время здесь было чересчур оживленно. Я бы предпочла место поспокойнее и гадала, чем оно так приглянулось бывшему, пока не заметила красочное объявление. Бизнес-ланч тут предлагали за смешные деньги, а бывший не только зануда, он еще и экономный. Жмот, одним словом. Зато взяток не берет, а это, по моему мнению, перевешивало все его недостатки.

— Ну, рассказывай, — вздохнул Олег, когда официантка принесла нам заказ и удалилась.

— История вроде бы глупая, но вместе с тем загадочная.

Я подробно рассказала о бомже и его посмертных приключениях. Олег сначала хмурился, но, узнав, где все это происходило, заметно повеселел, как видно, решив, что, если дело касается соседей, его крови я много не выпью, а тамошних ментов ему, похоже, не жалко.

— Н-да, — произнес он с сомнением, когда я закончила. — История действительно странная. Фотка парня есть? — спросил он.

— Конечно. — Я достала распечатанную на принтере фотографию бомжа и протянула Олегу. Он взглянул с интересом.

— Что ж, попробую узнать, что за тип. Но особенно не надейся, если он не привлекался...

— А соседям ты можешь позвонить?

Олег едва заметно поморщился.

— Так ведь батя твой уже звонил...

— Мне кажется, после его звонка и моего приезда от трупа и поспешили избавиться. Что-то за парнем есть. И если ты позвонишь...

— Они перепугаются и еще кого-нибудь похоронят? — хмыкнул бывший. — Главное, чтоб не тебя и не твою сестрицу. Я бы решил, что все это твои фантазии и легкое помешательство на частном сыске, но у Агатки с головой проблем нет...

— А у меня с головой какие проблемы? — обиделась я.

— Серьезные. Оттого ты уже дважды по ней и получала. И это, как я понимаю, не предел.

— Ты бы не каркал... — разозлилась я и спросила: — О «Братстве знающих» ты ничего не слышал?

— Все подобные организации, или как их лучше назвать, под колпаком у соответствующих служб. Нет уверенности, чем они там в действительности заняты. Если ведут себя пристойно, их предпочитают не трогать, все ж таки у нас демократия и свобода воли. В нашем городе всяких сект наберется с десяток. Есть солидные, а есть такие, где два с половиной человека. Кое-кого финансируют наши заклятые друзья из-за океана, за ними пригляд особый, неизвестно, на что они бабло здесь тратят. Судя по всему, твое братство бредовое порождение какого-нибудь придурка, напуганного концом света.

— На сайте полно народу тусуется... А вот адреса, где братство находится, нет.

— Может, и вправду нет, и существует оно лишь в Интернете. Я, конечно, проверю и у знающих людей спрошу, но... — тут он погрозил мне пальцем. — Как полупрофессионал, ты должна понимать: твоя версия притянута за уши. — Фразу мы закончили дуэтом.

— За полупрофессионала спасибо.

— Это я так, пилюлю подсластил. А что за татуировка была на руке у парня? — вдруг нахмурился Олег.

— Глаз. Вот такой, — я взяла салфетку и авторучкой нарисовала глаз по памяти. — А под ним надпись: «Он видит». Правда, татуировку я видела мельком.

Олег откинулся на спинку стула, усмехнулся, а потом и вовсе принялся смеяться, благопристойно, негромко, но с душой.

— И чем я тебя насмешила? — не выдержала я.

— Не ты... — махнул рукой Олег. — Был в городе придурок с манией величия, крышевал торговцев на рынке, тамошних шлюх и прочую шушеру. Потом заметно поднялся... и в собственном мнении тоже. Кличка у него была Лазарь, от фамилии Лазарев, но со смыслом. Однажды этого типа вроде бы похоронили, но он вдруг оказался жив. История темная и слухов породила немало. То ли его правда кто-то зарыл еще живого, то ли он свою смерть придумал, чтоб врагам головы заморочить, а затем внезапно воскрес, но упорно ходили слухи, что поднялся он из гроба, получив второе рождение. Похоже, после этого у него крышу и снесло. Он уверял, что может читать чужие мысли, все видит и все знает. Короче, все тайное для него вмиг становится явным. Кстати, многие в это верили, страха он умел нагнать. В банде его боялись до судорог и ослушаться не смели. Вот у него как раз и была татуировка: глаз и надпись «Он видит». Надо полагать, от избытка самомнения себя он именовал в третьем лице. И своих, и чужих он стрелял весьма охотно...

— Чужих, понятное дело, в целях сокращения поголовья, а своих зачем? — удивилась я.

— Для устрашения. Публичные казни устраивал, собирал всю банду и на глазах у соратников убивал отступников самолично, чаще всего каким-нибудь зверским способом. Конченый психопат и отморозок. Особо приближенные соратники тоже наколки делали, чтоб на прочих граждан страх нагонять, демонстрируя свою принадлежность к банде.

— И где теперь этот Лазарь?

— Схоронили, что собрали, — хмыкнул Олег. — Еще одиннадцать лет назад. Взорвали проклятые конкуренты, не спас ни «Мерседес» бронированный, ни всевидящее око. Обмишурился, одним словом, и свою близкую смерть проглядел. Банда была разгромлена, но не все, само собой, в боях полегли, и не все, к сожалению, сели. А кто сел, тот мог уже выйти. Сколько на вид мордастому лет от роду?

— Ну, не больше тридцати, — подумав, ответила я.

— Подходяще. Банда в основном состояла из малолеток, совершенно озверелых. Лазарь умел внушать им страх, а он, как известно, порождает дикую агрессию, вот они ее и выплескивали на кого ни попадя.

— А можно поднять старые дела? — заискивающе спросила я. — Мне кажется, я бы этого типа узнала.

— Дела поднять можно, но смысла я в этом не вижу. Бомж в соседней области скончался? Вот и слава богу. А тебе от бандитов, даже бывших, лучше держаться подальше, потому что бывших не бывает, бандит, он всегда бандит.

На то, что Олег ответит по-другому, я и не рассчитывала, наши стражи порядка известны своей ленью, с которой даже моя не сравнится, но признаваться в ней не любят и ловко маскируют заботой о ближних. Тут в моей голове возникла мысль, довольно неожиданная.

— А не мог этот Лазарь опять воскреснуть?

— Не мог, — покачал головой бывший. — Я лично наблюдал за сбором останков. Чтобы воскреснуть целиком, недоставало весьма существенных частей. Не к столу будет сказано, нашли лишь голову, сохранившуюся весьма неплохо, по ней и опознали со стопроцентной уверенностью. Если с татуировкой ты не напутала, то на дороге вы встретили одного из бывших соратников Лазаря. В этом случае на какое-то братство не стоит тратить время.

— Почему же?

— По-твоему, бывший бандит кинулся бога искать? — хмыкнул Олег. — Подобное большая редкость. Хотя, бывает, бог сам находит грешников, мне знакомый батюшка рассказывал.

Я представила мордастого. Не ясно, с чего вдруг господу его искать, если только парень изловчился и чего-нибудь у Всевышнего свистнул.

— А связь майора с бандитом, хоть и бывшим, тебя не смущает? — спросила я скорее из вредности, жаль было выстроенной версии, которая, похоже, и правда критики не выдерживала.

— Нисколько, — хмыкнул Олег. — Такое сплошь и рядом. Крайности соприкасаются и часто переходят одна в другую. Чем-то бомж ребятам насолил, вот они его и гоняли. Скорее всего, он стал свидетелем того, чего видеть ни в коем случае не должен был.

— Тогда проще с ним разделаться сразу, а не держать в наручниках и кандалах.

— А кандалы точно не выдумка?

— Я склонна доверять патологоанатому, говорят, для них тайн не существует.

— Это они сами про себя сказки рассказывают, — хохотнул Олег. — Хорошо, есть другой вариант. Парня держали в оковах, принуждая сделать то, чего он делать не хотел. Например, подписать некие бумаги...

— Тогда он вовсе не бомж, — нахмурилась я.

— Конечно. Но если держали долго, выглядеть мог скверно по объективным причинам. Хватит гадать. Узнаем, кто он такой, и причина заточения станет ясна довольно скоро, а если не узнаем... значит, выброси эту историю из головы. Почти уверен, моему совету ты не последуешь, но все-таки надеюсь.

Бывший допил кофе и решил, что разговор окончен. Не придумав, чего б у него еще выведать, я тепло с ним простилась, он направился к машине, а я в контору, отказавшись от предложения меня подвезти.

Олег Викторович прав, с братством я перемудрила, вряд ли оно имеет отношение к нашему бомжу. Темные делишки, в которых замешаны бандиты, и действующий заодно с ними Шериф куда вероятней. Юрка говорил, что с преступностью Шериф покончил, но, скорее всего, весьма оригинальным способом: попросту ее возглавил. «Опять я делаю чересчур поспешные выводы», — подумала в досаде. Отказаться от прежней версии тоже нелегко, хотя объяснения своему упрямству я не находила. И тут на ум пришел еще один бывший, он шел под первым номером, не по тому следу, что оставил в моей жизни, а просто по очередности.

Дмитрий Александрович у нас журналист, редактор областной газеты. Кому, как не журналисту, знать, что происходит в родном городе. Я остановила такси и поехала в редакцию, уверенная, что в это время застану Прохорова там.

До редакции я добралась за двадцать минут, но просто заглянуть к бывшему на огонек не получилось. Здесь действовали новые правила, на входе сидел охранник и суровым голосом требовал пропуск. Пока я безуспешно пыталась дозвониться Дмитрию Александровичу, он сам появился в конце коридора, увидел меня и рысью направился в мою сторону.

— Ты чего тут? — спросил с интересом.

— Поговорить надо.

Охранник при виде начальства сменил гнев на милость и меня пропустил. Мы поднялись на второй этаж, где находился кабинет бывшего.

Прохоров немного повыпендривался, демонстрируя навороченный планшет и новенькую секретаршу, годов ей было от силы двадцать, на бывшего она смотрела с неподдельным восхищением, как он на свою новую электронную игрушку. Девушка наверняка успела влюбиться. Ничего удивительного, я некогда сама страдала той же дурью, принимая Димкину болтовню за откровения, а его самого практически за гения.

— Скажи, класс, — произнес бывший, когда секретарша принесла нам чай и на цыпочках скрылась за дверью.

— Что именно? — на всякий случай уточнила я.

— Ты хоть представляешь, сколько он стоит? А мне его подарили.

— Здорово. И кто расщедрился?

— Неважно, — внезапно потеряв интерес к данной теме, отмахнулся Прохоров, отложив в сторону планшет. Агатка утверждала, что с невинных созданий, едва достигших совершеннолетия (это условие бывший соблюдал свято, не ища приключений, сами знаете на что, то есть он их активно искал, но без возможных последствий), так вот, с невинных созданий он якобы переключился на дам старше и куда богаче. Агатке можно верить, она зря не скажет. А бывший как был бабником, так им и остался. И неважно, по какой причине он охмуряет доверчивых дур: желая вызвать восхищение или получить нечто материальное, хоть тот же планшет.

— Рассказывай, как дела? — предложил он.

— Агатка работой замучила, а так ничего.

— Сочувствую. Трудиться под руководством твоей сестрицы и врагу не пожелаешь. И что привело тебя в мои владения?

— Большая вера в твое профессиональное мастерство.

— Судя по началу, мне следует насторожиться.

— Нет, я по-доброму. Ты ничего не слышал о «Братстве знающих»? То ли церковь новомодная, то ли секта...

Дмитрий Александрович посмотрел с удивлением и покачал головой.

— Надо же... Только вчера встречался с одним из их проповедников.

— С отцом Константином?

— Ага.

— А по какому поводу?

— Они в детскую поликлинику купили кое-какое оборудование. Вроде на пожертвования последователей. Добрые дела должны быть отмечены, вот и решили статейку сварганить, чтоб и другие граждане подтянулись. Но отец Константин сказал, что богоугодные дела вершат в молчании, господь все видит и слышит, а дарителям надлежит быть скромными и смиренными. Бескорыстие лично у меня всегда вызывает подозрение, и я потратил часа полтора на беседу с ним. Занятный дядя.

— И что ты вынес из длительной беседы? — спросила я.

— Веруют они в Иисуса Христа и ждут его скорого появления. Оттого ничто мирское их не тревожит. Спасутся только знающие, то есть они.

— Ну, это понятно, — кивнула я, а Дмитрий Александрович продолжил:

— Я, конечно, спросил, какой смысл в этом случае заниматься благотворительностью, и получил вполне здравый ответ, что заниматься ею надлежит всегда. В общем, все вроде солидно. Но... — бывший сделал паузу и усмехнулся: — Отец Константин, несмотря на добрые дела и умные речи, упорно казался жуликом. Знаешь, нет-нет да и мелькнет что-то знакомо лицемерное. В общем, статью я писать не стал и немного покопался в сути вопроса.

— И как? — насторожилась я.

— На первый взгляд все у них прекрасно, с точки зрения закона комар носа не подточит. У городской администрации они на хорошем счету, потому что деньги жертвуют довольно охотно, хоть и не помногу. Вся прелесть в том, что этой организации, или как там ее стоит называть, в нашем городе, по сути, нет. Есть отец Константин. Ни с кем из его паствы связаться не удалось. Место, где они собираются и молятся, тоже вроде бы отсутствует. На Садовой есть офис, две комнатенки, вот, собственно, и все. Похоже, в других городах также негусто. Я по своим каналам проверил. А вот в Интернете у них сторонников предостаточно.

— Может, на офис они решили не тратиться и, повинуясь велениям времени, ушли в Сеть? — сказала я, Прохоров кивнул и внимательно посмотрел на меня, я бы даже сказала, оценивающе.

— Тебя ведь они не просто так заинтересовали?

— Не просто, — покаялась я.

— И что, скажи, тебе удалось узнать о них?

— Ничего.

— Вот именно. Мои успехи ничуть не лучше. Кто основал эту их религию, кто, в конце концов, этим всем руководит? И деньги там крутятся немалые, если они имеют возможность тратиться на добрые дела.

— Деньги можно и через Интернет собрать.

— Не спорю. Но они меня весьма заинтересовали.

— Но если они свою лавочку зарегистрировали...

— Я же сказал, тут полный порядок. И необходимые фамилии указаны. Я насчитал целых семь.

— И именно их телефоны указаны на сайте?

— Уверен, что так. Если бы уши росли из-за бугра, я бы решил, это какая-то шпионская сеть, но очевидных связей с заграницей нет, это сугубо наше детище.

— Может, глубокая конспирация — часть их доктрины, — пожала я плечами.

— Ничего другого в голову не приходит, — серьезно ответил Дмитрий Александрович.

— Давно они у нас обретаются? — спросила я.

— Если верить документам, шесть лет. Давай колись, чем они тебе досадили.

В очередной раз пересказывать свою историю я смысла не видела, после разговора с Олегом сильно сомневалась, что братство имеет к ней отношение. Но и врать не хотелось, и я сказала полуправду:

— Если честно, наткнулась на них в Интернете, судьба на днях свела с одним малоприятным типом, у него на руке наколка в виде глаза и надпись «Он видит». Меня татуировка заинтересовала, точнее, очень заинтересовал этот тип. Заглянула в Яндекс и получила ссылку на это самое братство. Но потом Олег Викторович угробил готовую версию, сообщив, что одиннадцать лет назад в городе была банда некоего Лазаря, члены которой украшали себя такими татушками.

— У отца Константина наколок на руках нет, — засмеялся Прохоров. — А про банду Лазаря ничего тебе рассказать не могу, хотя, конечно, о ней слышал. Одиннадцать лет назад меня куда больше политика интересовала.

— Это я помню. А что тебя интересует сейчас? — хоть и спросила я без намека на иронию, но все равно пожалела о своем вопросе.

В молодые годы Димка собирался горы свернуть, парень с большими амбициями, который работу в областном издании считал первым шагом в светлое будущее. Горы он не свернул, и нынешняя его должность, скорее всего, станет пиком блестящей карьеры. Когда речь заходила о Прохорове, Агатка, презрительно вздернув губу, говорила: «Нет ничего банальнее непризнанного гения» — и, наверное, была права. С годами боевой задор Дмитрий Александрович растерял и злился на более удачливых коллег.

— Сейчас меня больше реклама интересует, — мрачно ответил он. — Помогает нашей газетенке свести концы с концами. Кстати, есть у нас в редакции одна дамочка, Ирина Хохловцева, вот она о Лазаре наверняка знает куда больше. Криминал — ее конек. В свое время братва не раз грозила ей расправой, был случай, когда ей даже скрываться пришлось, но запугать ее не смогли, и она до сих пор неустанно их клеймит. Не так давно твоему пасынку от нее здорово досталось, когда он землицей обзавелся в исторической черте города и затеял там строить очередной бизнес-центр.

— Это событие в поле моего зрения не попало, — удивилась я, впрочем, чему удивляться, Димка о своих делах не распространяется, а газет я не читаю.

— Думаю, Ломакин на статью тоже внимания не обратил, — скривился Дмитрий Александрович. — Времена сменились, и война нашей железной леди с криминалом больше напоминает битву с ветряными мельницами.

— А поговорить с ней можно?

— О Лазаре? Отчего же нельзя. Она сейчас на своем рабочем месте.

Дмитрий Александрович выпорхнул из удобного кресла и направился к двери, я припустилась следом. Мы пошли по узкому коридору, в самом конце которого Прохоров по-хозяйски вошел в кабинет, где за столом сидела женщина лет пятидесяти. На отважного борца с криминалом она совсем не походила. Круглолицая, светлоглазая, довольно полная, невысокого роста. На ней были мешковатые брюки и белая блузка. Ирина напоминала мою учительницу физики, которую, кстати, тоже звали Ириной. Физика мне не давалась, а Ирина Вячесла-вовна считала ее величайшей из наук, поэтому взаимопонимания мы так и не достигли.

— Ирина Павловна, — заговорил бывший слегка заискивающе, — не уделите нам немного времени? Это Ефимия Константиновна, моя бывшая супруга, кстати сказать. Очень интересуется неким Лазарем.

Ирина Павловна ответила на мое приветствие, повертела в руках авторучку и задала вопрос:

— И чем он вас заинтересовал, милая девушка?

На «милую девушку» я решила не обращать внимания и широко улыбнулась.

— Пришлось столкнуться с одним типом с характерной татуировкой на запястье.

— Глаз и надпись «Он видит»? — в ее голосе появился интерес.

— Именно так.

— Ефимия Константиновна адвокат, — влез бывший. — А я похвастал, что лучше вас в городе о криминальных группировках никто не осведомлен.

— С каких это пор адвокаты обращаются за сведениями к журналистам? — фыркнула Ирина, подозреваю, бывшего она едва терпела и меня записала в создание никчемное, если я умудрилась некогда выйти за него замуж. Разубеждать ее желания не возникло, тем более что о себе я и сама мнения невысокого, но ответить что-то надо, и я сказала:

— Я как птаха божья, крошка здесь, крошка там. За любую информацию буду очень признательна.

Она вдруг улыбнулась.

— Вы ведь дочка нашего прокурора? — спросила Ирина. — А мужем вашим был Вадим Ломакин, общепризнанный криминальный авторитет. Интересная вы девушка.

— В семье не без урода, — пожала я плечами. На этот раз она засмеялась.

— В свое время деятельность вашего мужа очень меня занимала. А его трагическая кончина вызвала массу вопросов. Не хотите дать мне интервью?

— Кому это теперь интересно? — удивилась я. Она покачала головой:

— Не скажите. А вашего отца я уважаю. Честный человек и отличный профессионал. Сейчас это редкость.

— Когда-то было иначе? — не сдержалась я, она опять засмеялась. — Я передам папе ваши слова, — добавила я. — Уверена, они его порадуют.

— Садитесь, — махнула она рукой в сторону кресла и выразительно взглянула на главного редактора.

— Что ж, я вас оставлю, — заявил он и поспешно удалился, а Ирина, встав из-за стола, направилась к шкафу возле стены напротив, открыла стеклянную дверцу и начала перебирать папки, которыми он был набит под завязку. На поиски у нее ушло минуты три, наконец она положила на стол пухлую папку красного цвета, на листе бумаги, наклеенном сверху, фломастером было написано «Зрячие», развязала тесемки и открыла ее.

— «Зрячими» их сначала звали с издевкой, — заговорила она. — Но по мере того как банда набирала силу, издевку сменил страх. Вот тогда у них и стало высшим шиком делать татуировки: глаз и надпись «Он видит», в виду имели отнюдь не го́спода, как вы понимаете. Татуировки позволялось делать далеко не всем членам банды, только особо приближенным, то есть бандитской верхушке. А вот и сам Лазарь — Лазарев Максим Леонидович.

С фотографии на меня смотрел мужчина лет тридцати, наголо бритый. Шишковатый череп, брови то ли очень светлые, то ли их вообще нет, безвольный подбородок, губы в струнку. И взгляд в упор, выдававший большое душевное нездоровье.

— У него физиономия голливудского маньяка, — заметила я, разглядывая фотографию.

— Он пережил тринадцать покушений, каждый раз чудом оставался жив, дважды был тяжело ранен. На психике это не могло не сказаться. Параноик с садистскими наклонностями. Под конец его недолгой жизни многие всерьез верили, что он в самом деле обладает способностью видеть человека насквозь. Он внушал трепет и врагам, и соратникам.

— Соратники меня особенно интересуют, — кивнула я.

— Это все годами собиралось, — с гордостью заметила Ирина. — Дать вам папку, извините, не могу. Но то, что я считаю самым существенным, есть в компьютере. Могу скачать на диск.

— А что взамен? — усмехнулась я.

— Считайте это жестом доброй воли из-за большого уважения к вашему отцу, — засмеялась Ирина.

— В таком случае примите мою благодарность. Меня очень интересуют фотографии.

— Их, к сожалению, немного. — Она порылась в папке и указала на групповой снимок. — Наиближайшие соратники. В большинстве своем уже покойные. Фотографию нашли у одного из бандитов во время ареста. У меня много друзей в правоохранительных органах.

Слушая ее, я разглядывала фотографию. Группа мужчин, стоят обнявшись. Лазарь в центре, на нем темная футболка, некоторые мужчины с голым торсом, на заднем фоне деревья, похоже, фото сделано во время отдыха на природе. Лазарю здесь лет двадцать семь, не больше, остальные еще моложе. Вполне симпатичные лица, все улыбаются.

— Сколько лет было Лазарю, когда он погиб?

— Тридцать три. Четырнадцатое покушение он не пережил.

— Враги его все-таки достали, — кивнула я.

— Немудрено. По общему мнению, он был совершенно отмороженным, времена менялись, вчерашние бандиты шли в бизнес и во власть, а он меняться не хотел. И врагов себе нажил предостаточно. Был человек, переходить дорогу которому не следовало, о чем Лазаря не раз предупреждали. Но он остался к предупреждениям глух. Вот тогда и настал закат его карьеры.

— Кто этот человек?

Ирина насмешливо улыбнулась.

— Я думала, вы уже догадались. Человек этот ваш бывший муж, Вадим Ломакин. Само собой, криминальный бизнес Лазаря перешел к нему.

— Вот как, — только и смогла сказать я.

— Разумеется, не обошлось без предательства. — Она выложила на стол еще одну фотографию. Трое мужчин с несколько напряженными лицами смотрят в объектив. — Братья Станкевич. Все трое активные члены банды. Средний, — она ткнула пальцем в высокого блондина, — был казнен по приказу Лазаря. Казнь представили так, будто разделались с ним конкуренты. Но старший брат, видимо, что-то заподозрил. Его считают причастным к покушению. Насколько это верно, сказать затруднительно. Уже на следующий день его обнаружили мертвым, два выстрела, в грудь и в голову. Почерк профессионала. Младший брат после разгрома банды бесследно исчез. Скорее всего, тоже погиб. И на этой фотографии почти все уже покойнички. — Ирина выложила на стол очередную фотографию. — За исключением двоих: Пушман Олег и Борис Савицкий.

— Вы их по именам помните? — удивилась я.

— На память пока не жалуюсь. Оба сели еще до убийства Лазаря, получили по пять лет, смешной срок, учитывая их деяния, но закрыть их на пять лет стоило больших усилий. Оба в город уже не вернулись, и правильно, вряд ли бы долго протянули.

Я вглядывалась в лица молодых мужчин, даже не молодых, а скорее юных. Взгляд исподлобья, спортивные стрижки. Один стоял, держа руку на бедре, на запястье видна татуировка, правда, рисунка не разобрать. Я попыталась представить лицо парня, которого встретила на дороге. В принципе, кое-какое сходство есть. Но не более того. За десять лет человек способен измениться почти до неузнаваемости. Второго, с цыганской внешностью, я точно никогда не видела. Посмотрела еще с десяток фотографий. Все те же лица, что и на первой групповой фотографии. Одни снимки были хорошего качества, другие не очень, но никого с уверенностью опознать не удалось.

Ирина устроилась возле компьютера и через некоторое время протянула мне диск.

— Держите, все скопировала. Человека, который вас интересовал, вы, я полагаю, здесь не обнаружили?

Я пожала плечами:

— Один немного похож, но, учитывая время... В любом случае большое спасибо, — сказала я, убирая диск в сумку, и закрыла папку.

— На ответную любезность могу рассчитывать? — хитро улыбнулась Ирина.

— Отчего не попытаться.

— Насчет интервью я не шутила. Не для газеты, для меня лично. Любопытство много лет покоя не дает.

— И что вас так мучает? — задала я вопрос, догадываясь об ответе. Она подперла щеку рукой и на меня уставилась.

— Слушайте, а сколько раз вы были замужем? — вдруг засмеялась она.

— Четыре. Каждый последующий брак был еще хуже предыдущего. Первым в списке ваш босс, так что об остальных вы можете составить представление.

— Как же вас угораздило? Вы производите впечатление умной девушки.

— Это не впечатление. Я умна, добра и чувствительна, я даже пельмени лепить умею. А вот мужей выбирать до сих пор не научилась.

— У меня и того хлеще. Старая дева... ну, не дева, конечно. Но точно старая.

— Мы с вами почти подружились, — кивнула я. — Валяйте ваш главный вопрос.

— А вы на него ответите?

— Не уверена.

— По крайней мере, честно, — усмехнулась она. — В доме вашего мужа жил некто Малахов, Станислав Игоревич, если не ошибаюсь. — Я почувствовала легкое беспокойство и теперь жалела, что не покинула кабинет чуть раньше. — Ваш муж представлял его всем как двоюродного брата. На самом деле в родстве они не состояли. Малахов — человек-загадка, о его прошлом практически ничего не известно. Однако кое-кто из компетентных людей утверждал, что он был не только доверенным лицом вашего мужа, но и человеком, решавшим его проблемы. Вроде той, что возникла с Лазарем.

— Штатный киллер? — усмехнулась я.

— Вам лучше знать, — жестко ответила она.

— Ирина Павловна, вы имеете дело с девушкой из хорошей семьи без царя в голове, которая легко влюблялась, выходила замуж, а потом так же легко разводилась. За Ломакина я выскочила замуж меньше чем через месяц после знакомства, родителям его представить не потрудилась и о его криминальных подвигах узнала с некоторым опозданием. Рассудила: если дело сделано, то переживать по этому поводу уже не стоит. Вы всерьез думаете, что со мной муж стал бы откровенничать? Он был на двадцать лет старше и, в отличие от вас, считал меня забавной дурочкой.

— Малахов уже некоторое время живет в нашем городе, — не меняя позы, произнесла она. — Преуспевающий бизнесмен.

— Да, я слышала об этом.

— Наверное, слышали также, что он был вашим любовником?

— Что и послужило причиной смерти моего мужа? Ничего подобного, — спокойно ответила я. Когда врешь в сотый раз, угрызений совести уже не испытываешь.

— Пожалуй, я вам верю, — вздохнула Ирина. — Знаете почему? Молва утверждает, что вы очень дружны с Ломакиным-младшим. Трудно представить, что такой тип стал бы терпеть рядом человека, которого подозревает в причастности к гибели отца.

— Не стал бы, это точно.

— И все-таки вы знаете куда больше... Вот как я сформулирую свой вопрос: вы уверены, что человек, которого отправили в тюрьму, действительно убил вашего мужа?

«А вот это удар ниже пояса». Я поднялась, отводя взгляд.

— Как я могу сомневаться, если его осудили? Да здравствует наш суд, самый гуманный суд в мире.

Я уже была возле двери, когда Ирина сказала мне вдогонку:

— Спасибо. Вы ответили на мой вопрос.

Дмитрий Александрович пасся в коридоре.

— Ну, как все прошло? — спросил он, подходя ближе.

— Отлично. Железная леди оказалась милой теткой.

— Милой? — загоготал он. — Что-то особо довольной ты не выглядишь.

— Чересчур много информации к размышлению. Дело это для меня, сам понимаешь, непривычное.

— Брось прибедняться. В вашем почтенном семействе ты единственный разумный человек, не считая отца, конечно.

— Непременно передам твои слова Агатке, вот уж сестрица порадуется.

— Лучше не надо, — серьезно сказал Прохоров и был, конечно, прав.

— Где находится офис братства? — спросила я.

— Садовая, 53. У меня есть мобильный отца Константина.

Мы направились к выходу из редакции. По дороге я записала номер, который мне продиктовал бывший. Прощание наше вышло скомканным и оттого совсем не романтичным, впрочем, вряд ли могло быть по-другому, хотя некое неудовольствие Дмитрий Александрович испытывал, он большой любитель пожаловаться на жизнь, а сегодня ему такой возможности не представилось.

Оказавшись на свежем воздухе, я глубоко вздохнула и попыталась вернуть себе душевное равновесие, но не тут-то было. Верно говорят, не стоит копаться в прошлом, никогда не знаешь, с чем доведется столкнуться. Я хотела узнать о соратниках почившего бандита, и вот что из этого вышло. Лазарь перешел дорогу моему бывшему мужу и скоропостижно скончался, и Стас, скорее всего, к его смерти имеет самое непосредственное отношение, потому что все, на что так прозрачно намекала Ирина, — правда. Мне ли не знать. Стасу не следовало возвращаться в этот город, здесь слишком много людей, которым известно то, что он предпочел бы забыть, и его новая роль преуспевающего бизнесмена вряд ли введет их в заблуждение.

Эта мысль засела, точно заноза, беспокойство росло и крепло, очень хотелось позвонить Стасу прямо сейчас, чтобы сказать: «Уезжай», и вместе с беспокойством возникло чувство близкой беды. Конечно, я знала: звонить бесполезно. Что я ему скажу: тетка из газеты догадывается о том, как погиб Вадим? Сомневаюсь, что это произведет на него впечатление. Он покончил с прошлым, но прошлое невозможно просто перечеркнуть. Даже если прикажешь себе забыть о нем, как не раз пыталась это сделать я, оно живет в памяти других людей, оно всегда в опасной близости и однажды уничтожит твое настоящее.

— Он спятил, — пробормотала я. — Ему не следовало сюда возвращаться.

Я вошла в парк и плюхнулась на ближайшую скамью. Погода для посиделок в парке самая неподходящая. Я куталась в шарф и пыталась рассуждать здраво. Когда дело касалось Стаса, мне это редко удавалось. Я старалась убедить себя, что ничего скверного не произошло и повода паниковать просто нет. Но беспокойство от этого не уменьшилось. А может, я просто ищу предлог с ним встретиться? Я попыталась представить наш возможный разговор. Все, что я могу сказать: «Я боюсь за тебя...» Но на мои слова он попросту не обратит внимания.

Мы смертельно боимся того, что в восьмидесяти случаях из ста никогда не произойдет. Идиотская привычка беспокоиться наперед... как раз мой случай. Но доводы разума не действовали.

Из мрачного оцепенения меня вывел звонок сестрицы.

— С бывшим встретилась?

— Даже с двумя.

— Тогда дуй в контору. Дело есть.

Я направилась к стоянке такси. Дело — это хорошо, это как раз то, что мне сейчас очень нужно.

Агатку я застала в ее кабинете, сестрица разговаривала по телефону, я устроилась в кресле, потом, спохватившись, поднялась, сняла пальто и побрела в приемную, чтобы повесить его в шкаф. Когда вернулась, Агата разговор уже закончила.

— Провела время с пользой? — спросила она.

— Вроде того...

— А у меня новость. Оказывается, наш Тимоха вовсе не родной сын Александра Осиповича Бубнова. Он усыновил парня, когда тому было пять лет.

— Здорово. И что это меняет?

— Ты дослушай. Я имела длительную беседу с мамашей нашего оболтуса, она-то хорошо понимает, чем грозит сынку его идиотская выходка. При муже она помалкивала, а сегодня была куда откровенней. Отгадай, кто его настоящий отец?

— Ты лучше сразу скажи, мужиков в городе много.

Агатка рукой махнула, давая понять, что на мою догадливость и не рассчитывала, сделала эффектную паузу и продолжила:

— Первым мужем мадам Бубновой был Евгений Руднев.

Я попыталась вспомнить, доводилось ли раньше слышать эту фамилию, выходило, что нет. В общем, желаемого эффекта сестрица не добилась.

— У него возникли серьезные неприятности, и супруга поспешила с ним развестись, а когда она вторично выходила замуж, он и вовсе отбывал срок. Она решила, такой папаша сыну ни к чему, и парень стал Бубновым. Теперь папа вновь на воле и решил вмешаться в жизнь единственного сына. В общем, идея спрятать Тимоху подальше от всевидящего ока закона принадлежит ему. И воздействовать на него доводами разума возможным не представляется.

— Ага, — кивнула я. — Папа — дядя авторитетный, и теперь все решает он. Я правильно изложила суть проблемы? Один папаша его укрывает или другой, что это в принципе меняет?

— Ломакин с ним знаком, и очень близко, насколько я знаю.

— Вот оно что, — начала понимать я. — Ты хочешь, чтобы Димка ему мозги вправил?

— Попытка не пытка. Пока этого придурка в розыск не объявили, все еще можно исправить. Нас он не послушает, но Димка — совсем другое дело.

— Вот уж не знаю, — вздохнула я. — Но если хочешь, можно попробовать.

— Звони, — сказала Агатка, перебрасывая мне свой мобильный.

Я набрала номер, один гудок, а потом голос Димки:

— Перезвоню. — Голос звучал с некоторым напряжением, должно быть, мой звонок не ко времени.

— Придется подождать, — сказала я, возвращая телефон.

Вскоре я уже сидела за своим столом, но вместо того чтобы заняться работой, за которую, кстати сказать, сестра платила мне вполне приличные деньги, вставила в ноутбук диск, полученный от Ирины, и принялась просматривать файлы, подолгу вглядываясь в фотографии. Если честно, без особого толка. Девчонки, видя мою чрезвычайную занятость, притихли, а я радовалась, что разговорами никто не донимает.

Уверенности, что на фотографиях запечатлен один из парней, встреченных нами на дороге, так и не возникло, и все-таки я очень внимательно изучила все, что касалось оставшихся в живых после разгрома банды личностях. Трое из них показались мне перспективными. Савицкий и Пушман — эти двое оказались в тюрьме еще до гибели Лазаря, и после освобождения не вернулись в город, и один из братьев Станкевич, этот попросту исчез сразу после удачного покушения на Лазаря. Предположим, старший Станкевич решил отомстить за брата или просто утомился командиром-психопатом и помог от него избавиться. Не учел одного: киллеры не оставляют свидетелей. И вскоре оказался с пулями в голове и сердце. Конечно, с ним могли разделаться соратники, заподозрив в предательстве. Но Ирина права, в убийстве чувствуется рука профессионала. А вчерашние товарищи по оружию с неустойчивой психикой вряд ли бы наградили его легкой смертью. Не в их это привычках. Младший брат мог знать о предательстве старшего, а мог и не знать. Но киллер наверняка решил, что лучше не рисковать. И парень исчез. Хотя был другой вариант: у него хватило ума вовремя унести ноги. Есть человек, который знает ответ на этот вопрос... Я подумала об этом отстраненно, точно все мои рассуждения на самом деле никакого отношения к Стасу не имели. Тому Стасу, которого я люблю. Был еще другой Стас, но мое сознание отказывалось воспринимать этих двоих одним человеком.

«Итак, возможных претендентов трое», — поспешила я вернуться к куда более безопасной теме, то есть их может быть и четыре, и пять, но знаю я пока о троих.

Поглощенная размышлениями на тему, где сейчас бродят повзрослевшие отморозки, я не заметила, как к столу подошла сестрица. Облокотилась на спинку моего кресла и спросила, кивнув на экран:

— Откуда у тебя это?

— Из архива одной журналистки. По мнению Прохорова, о наших разбойничках она знает все. Похоже, он в кои-то веки оказался прав. Кстати, тебе от него привет.

— Обойдусь. А с чего вдруг такой интерес к братишкам?

— Олег Викторович, от которого тебе тоже привет, дал наводку. В банде Лазаря, вот этот тип с одухотворенным лицом, считалось высшим шиком сделать татуировку, которую мы имели удовольствие видеть.

Агатка пристроилась на краешке стола и немного подрыгала ногой.

— Значит, братство — ложный след, и мы имеем дело с господами бандитами. Не могу сказать, что меня это радует. Хотя какая-то секта ничуть не лучше.

— Вопрос прежний: чем наш бомж был им так интересен, — вздохнула я.

— Все тайное в конце концов становится явным, — порадовала сестрица. — Димка звонил, — сменила она тему. — У него сверхважные дела. Поговорить с ним не удалось, освободится ближе к вечеру. Я сказала, чтоб тебе звонил, у меня вечером две встречи. А вот этот на нашего мордастого похож, — ткнула она пальцем в фотографию Савицкого, которую я за минуту до этого распечатала.

Примерно через час Агатка уехала. Димка все не звонил. Мобильный я держала под рукой, чтоб, не дай бог, не пропустить его звонок. Если для сестрицы так важно вернуть Тимоху на путь законности и порядка, мне надлежит в лепешку разшибиться.

Я подумывала еще раз позвонить Димке, но тут же от этой мысли отказалась: еще не было случая, чтобы он забыл о своем обещании, и если до сих пор помалкивает, значит, на это есть серьезная причина.

Около семи контора опустела, я осталась в одиночестве. К адвокатской деятельности мой внезапный трудовой порыв никакого отношения не имел, я продолжала просматривать полученные от Ирины файлы и пыталась отгадать, кто такой наш бомж: жертва бандитов или бывший их соратник, который вдруг стал опасен. Вариантов пруд пруди, но гениальные догадки задержались. Наконец зазвонил мобильный. Я схватила его, не взглянув на дисплей, уверенная, что это Димка. Сладчайший баритон ласково произнес:

— Могу я поговорить с Ефимией?

Ну, вот и проповедник объявился.

— Слушаю вас, — ответила я пискляво, изображая овцу, желающую примкнуть к стаду господню.

— Это отец Константин, вы оставляли сообщение на автоответчике...

— Да-да, мне очень важно поговорить с вами. Мы могли бы встретиться?

— К сожалению, в ближайшие дни вряд ли. У меня много дел, связанных с переездом. Возможно, дня через три...

— Буду вам очень признательна.

— Я вам непременно позвоню, — заверил он и торопливо простился.

Я повертела мобильный в руках, звонок поступил с телефона, номер которого был указан в Интернете. Собственно, в настоящий момент встреча с проповедником не являлась столь важной и вполне могла подождать. Я даже не была уверена, что она вообще необходима, но звонок внес в мою беспокойную душу еще большую сумятицу. Что-то не так. Что? Человек услышал вопль о помощи и позвонил, вроде все логично. И то, что времени на встречу нет, тоже можно объяснить, правда, служение господу не знает выходных, но проповедники тоже люди... И все-таки это больше походило на проверку. Вот только что отец Константин хотел уяснить? Другой бы на его месте пригласил меня на богослужение в надежде, что слово господа будет услышано грешницей, каковой я, без сомнения, являюсь. Прохоров утверждает: места для общих молитв у братства нет, только офис из двух комнат. Довольно странно.

Я взглянула на часы, пора отправляться домой, ждать Димкиного звонка можно и там. Моя машина в одиночестве стояла на парковке, я немного потопталась рядом. Родная квартира вовсе не виделась тихой гаванью, куда надлежало стремиться. Перевела взгляд на темные окна конторы, офис я уже сдала на охрану. «Хоть бы Берсеньев объявился, что ли», — подумала в досаде, сейчас я предпочла бы любую компанию своей собственной.

Вздохнув, я села в машину и завела мотор. По дороге вспомнила, что в холодильнике у меня мышь повесилась, и заехала в супермаркет. Вот тогда и позвонил Димка.

— Ты где? — весело поинтересовался он.

— В супермаркете на Верещагина.

— Прогресс. Обычно о твоем хлебе насущном приходится заботиться мне. Давай там и встретимся. Сейчас подъеду.

Я направлялась к кассам, когда увидела Димку. Он пасся неподалеку от выхода, высматривая меня в толпе. Махнул рукой, привлекая внимание, и вскоре уже стоял рядом. Взглянул на мою корзину и головой покачал:

— Хреновая ты хозяйка.

Пока я стояла в очереди, он пробежался по магазину и вернулся с нагруженной доверху тележкой. Я увидела две упаковки пива и хмыкнула:

— Очередные посиделки в моей кухне?

— Что ты имеешь против?

— А кто все это будет есть? — продолжала вредничать я, скорее по привычке.

— Сегодня весь день болтаюсь голодный, — пожаловался он. — И готов стрескать все, даже эту тележку.

— Что за дела лишили тебя обеда?

Димка махнул рукой, впрочем, я и не ожидала, что он начнет о них рассказывать.

— Чего сестрица звонила? — проявил он живейший интерес.

Я коротко рассказала о Тимохе и некоторой путанице с его отцами.

— Ты Руднева хорошо знаешь?

— Евгения Алексеевича? — усмехнулся Димка. — Он еще с батей дела крутил. Правда, тогда был скорее на подхвате, а сейчас поднялся.

— И что он за человек?

— Нормальный мужик, — пожал Димка плечами. — Немного нервный. В общем, встречаются и похуже.

— Можешь с ним поговорить? Тимохе в бега никак нельзя. Было бы здорово, сумей ты втолковать это папаше.

Димка вновь пожал плечами:

— Поговорить я с ним могу и донести до него основной тезис очень постараюсь. Но я ему не командир, так что сама понимаешь...

— Ты все-таки попытайся...

— Да не вопрос. Завтра же и поговорю.

— Спасибо.

— Спасибо не красиво, — дурашливо пропел он. — Я бы предпочел что-нибудь посущественней.

— Тогда за мной пиво.

— Обрадовала. Ты же женщина, должна знать, как угодить мужчине. Попробуй, и я горы сверну...

— Лучше верни Тимоху.

— Обещай, что если верну... — договорить он не успел, подошла наша очередь. Я выкладывала покупки, Димка собирал их в пакеты по ту сторону кассы и с улыбочкой на меня поглядывал. Пока я доставала кошелек, успел сунуть кассиру свою кредитку.

— Не лезь, — одернула я. — Сама заплачу.

— Чего ты? — скривился Димка. — Дай мужику потратиться.

Затевать перепалку возле кассы было глупо, и я, конечно, сдалась: Димка подхватил пакеты в одну руку, а другой обнял меня.

— Самого главного я не услышал. Если верну Тимоху, могу я рассчитывать на твою большую благодарность?

— Еще бы.

— Сольемся в объятиях? — засмеялся он. Говорил вроде шутливо, но эти его шуточки я терпеть не могла.

— Да пошел этот Тимоха, и ты вместе с ним.

— Нет, я не понял, будет благодарность или нет?

Он притянул меня поближе и запечатлел поцелуй на моих губах. Вполне невинный, но, когда отстранился, взгляд его переместился куда-то вправо и выражение его лица мне не понравилось. Я проследила за его взглядом, и дурацкое поведение пасынка стало понятно: из цветочного павильона неподалеку от выхода из супермаркета появился Стас с букетом под мышкой. Усмехнулся и поднял большой палец вверх, показывая тем самым, что наш клоунский дуэт пришелся ему по душе. А я подумала: день сегодня ни к черту, начался скверно и закончился хуже не бывает. Живот при виде Стаса привычно свело и захотелось утопиться, не сходя с этого места. Жаль, подходящего водоема не наблюдалось.

Димка тащил меня к выходу. Физиономию мою, должно быть, изрядно перекосило, Ломакину тоже улыбаться вдруг расхотелось.

— Заброс пакеты в багажник, — сказала я, садясь в машину. Пакеты он убрал и сел рядом со мной. Молча. Смотрел прямо перед собой, покусывая губу и не замечая этого.

Стас вышел из сумермаркета и направился к машине, припаркованной в конце стоянки, через минуту я увидела, как его джип вливается в поток машин на проспекте.

— Дима, — позвала я. — Скажи на милость, на хрена тебе это надо?

Он не повернулся и не ответил.

— Ладно, пока, — сказала я и завела мотор, ожидая, когда он выйдет.

— У тебя кто-нибудь есть? — вдруг спросил он.

— В смысле? А-а-а... трахаюсь ли я с кем-нибудь время от времени? Бывает.

— Врешь ты все, — поморщился он.

— Ну, вру. И что?

— У меня тоже никого, — заявил он, отворачиваясь. — Месяц, даже больше.

— Воздержание иногда полезно.

И тут он выдал:

— Фенька, переезжай ко мне.

— Зачем мне к тебе переезжать? — удивилась я.

— Хочешь, я к тебе перееду.

— Может, у тебя правда сотрясение?

— Тогда скажи, что мне делать? — теперь он на меня уставился.

— Дурака не валять, вот что.

Он покачал головой и вновь отвернулся.

— С Берсеньевым у вас что-то есть?

«Вечер дурацких вопросов», — в досаде подумала я.

— Нет. Я предложила трахнуться, он отказался. Гордые девушки такого не прощают.

— Кончай, а? Я серьезно. Думаешь, я сам не понимаю... но ничего поделать не могу... Все так... по-дурацки... Если б я просто хотел с тобой переспать... Но я не хочу, то есть хочу, конечно, но... это не главное... главное, чтобы ты была рядом и все такое...

— А я что, на Северном полюсе? Дима, я была женой твоего отца...

— Да что ты заладила, — разозлился он. — Была и была. Все дело в этом засранце. Ты его увидела и съежилась вся, точно он здоровый жирный кот, а ты мышь под веником.

— Давай я со своими проблемами сама разберусь, — терпение мое было на исходе, Димка это, конечно, чувствовал, но угомониться не мог или не хотел.

— У меня просто внутри все переворачивается, когда я вижу тебя такой... Придушил бы эту сволочь.

— За что? За то, что я ему не нужна?

— И за это тоже. Я подумал, если бы мы стали жить вместе... может, из этого и вышло бы что-нибудь путное...

— Ничего глупее сроду не слышала.

— Тогда скажи, что делать, — не отставал он.

— Самый простой выход: глаза друг другу не мозолить.

— Да пробовал я держаться от тебя подальше, хреново выходит.

— Других вариантов нет. И советчик я в таких делах никудышный. Вот Берсеньев у нас мастер советы давать.

— С Берсеньевым я говорил, — хмыкнул Димка, чем удивил — не хмыканьем, а тем, что обсуждал наши весьма запутанные отношения с Сергеем Львовичем.

— И что посоветовал наш умник?

— Сказал, хочешь испоганить себе жизнь — свяжись с такой, как Фенька.

— Ему виднее. Ладно, Дима, — сказала я как можно мягче. — Мне домой пора. — И добавила неожиданно для себя: — Поживем — увидим, куда кривая выведет.

Димка вышел из машины, хлопнул дверью и еще некоторое время не трогался с места, наблюдая за тем, как я покидаю парковку, а я покатила домой, чертыхаясь и колотя по рулю руками, что было крайне неосмотрительно, то и дело обращаясь неизвестно к кому с вопросом: «За что мне все это?», и предпочитая не угадывать ответ. Потом вдруг подумала: надо было спросить Димку о банде Лазаря, точнее о том, что послужило причиной взаимной неприязни Лазаря и старшего Ломакина, и тут же поняла всю нелепость подобного вопроса. Одиннадцать лет назад Димка был слишком юн, чтобы знать о делах отца, вряд ли бы Вадиму пришло в голову делиться с ним своими проблемами. «Тебе просто хочется позвонить ему, загладить свою вину. Вину? Черт, неужели я действительно чувствую себя виноватой?»

Вернувшись домой, я рассовала покупки в холодильник и устроилась на подоконнике. Чтобы избавить себя от тягостных мыслей, позвонила Юрке. Он ответил сразу, точно ждал.

— Привет, — голос звучал возбужденно, мне даже показалось, что он слегка пьян. Как выяснилось, не зря показалось.

— Новости есть? — спросила я.

— Сколько угодно. Иду домой после встречи со знакомым ментом. Выпили малость, потрепались по душам. Как я и предполагал, твоего бомжа ни сфотографировать, ни снять с него отпечатки пальцев никто не потрудился. Шериф по этому поводу учинил своим парням разнос, но орал скорее для порядка. И еще: я кое с кем потолковал, так вот, за трупом приезжали двое ментов и на кладбище его сопроводили, хотя совершенно не их забота бомжей хоронить. Оба мента, по словам моего приятеля, доверенные лица Шерифа. Что за дела они крутят, не ясно, но ясно, что крутят. И их с Шерифом связывает не только служба. Улавливаешь? На кладбище тоже побывал, бомжа похоронили возле самой кладбищенской ограды, на могиле табличка с номером. Сторож сказал, менты выглядели страшно недовольными и на вопрос «кого хоронят» только огрызались. Фенька, совершенно ясно, эти типы улики уничтожают, чтоб никто никогда не узнал, кто такой твой бомж.

— Ты там не вздумай в сыщика играть, — сурово сказала я, вдруг поймав себя на мысли, что произношу эти слова с интонацией моей сестрицы. — С ментами связываться опасно, сам говорил, съезжать из города тебе не с руки, родители у тебя пенсионеры.

— Я осторожненько...

— Юрка, завязывай! — в досаде прикрикнула я. — Его фотография уже в следственном комитете. Так что хотят они этого или нет, а о бомже мы скоро узнаем. Если есть что узнавать.

— Конечно, есть. Чего бы им тогда так себя вести? Фенька, неужто менты морг подпалили? Это черт знает что...

— Вот именно. Потому и говорю: завязывай с самодеятельностью. Вряд ли все-таки менты, — подумав, сказала я. — А вот то, что они кого-то покрывают, вне всякого сомнения. Сиди тише воды, ниже травы... Понял? Надеюсь, хватило ума с приятелем догадками не делиться?

— Хватило, — хихикнул Юрка. — Я все по-умному. Просто обсуждали пожар, не каждый день у нас покойники горят. Не забудь, ты моя должница, узнаешь чего — позвони.

— Непременно.

Разговор с Юркой душевные мытарства отнюдь не уменьшил. Теперь еще из-за этого олуха переживай. Втянула парня в историю, а сама его олухом обзываю. Конечно, олух, если со мной связался.

Утром, чистя зубы в ванной, я разглядывала себя в зеркало. Ночка выдалась не из легких, и это отразилось на физиономии. Агатка непременно спросит: «На тебе что, черти всю ночь воду возили?» И будет права. Я швырнула щетку в стакан, вернулась в комнату и набрала номер Стаса, при этом теряясь в догадках, зачем я это делаю? То есть ответ у меня был наготове: попытаться узнать о банде Лазаря, но критики, конечно, не выдерживал. На самом деле беспокойство, возникшее после разговора с журналисткой, отнюдь не исчезло, напротив, утром оно достигло критической точки, и теперь я была уверена: Стаса надо спасать. Идиотизм чистой воды, но подобные движения души рассудку неподвластны. Если честно, я подозревала, что на звонок он не ответит. И все-таки терпеливо слушала гудки. После восьмого Стас сказал:

— Да.

А я пробормотала:

— Это я.

— Догадался, — спокойно ответил он. — И теперь голову ломаю, с какой стати ты звонишь?

— Надо поговорить.

— Уверен, что не надо, — усмехнулся он.

— Это не имеет никакого отношения к нашим делам, — с трудом подобрала я слово.

— Да ну? — вновь смешок. — А у нас есть дела?

— Прекрати. Пожалуйста.

— Будем считать, что ты меня заинтриговала. Приезжай в офис, так и быть, выкрою минут двадцать.

Я бросилась к входной двери, на ходу натягивая свитер. Уже в сапогах припустилась в ванную, еще раз взглянула на себя в зеркало, схватила косметичку, попыталась сделать макияж, получилось только хуже. Села на бортик ванны, хватая ртом воздух, чтоб не разреветься... «Прекрати сопли размазывать, или поезжай к нему, или двигай в контору».

Через пять минут я покинула двор, так и не решив, какой маршрут выбрать. А еще через двадцать тормозила возле офиса Стаса.

Секретарша меня узнала, окинула взглядом с головы до ног, мне захотелось сбросить этот взгляд, как назойливую муху, а еще сказать девице гадость. В отличие от меня, она выглядела образцово, хоть сейчас на обложку журнала. Интересно, кому вчера он покупал цветы? «Ты явилась сюда, чтобы это выяснять?»

— Станислав Игоревич вас ждет, — сказала девушка, кивнув на дверь кабинета шефа.

Я не спеша сняла пальто, осмотрелась в поисках вешалки и бросила его на спинку кресла. Девушка задержала взгляд на моем мятом свитере.

— Отличная вещь, правда? — сказала я, девушка презрительно отвернулась.

Я взялась за дверную ручку, на мгновение замешкавшись — собиралась с силами. И подумала об Агатке, вот с кого надо брать пример. Ничего личного, я пришла, чтобы задать вопросы по интересующему меня делу. Просто встреча двух знакомых, которые когда-то были близки, а теперь все в прошлом. Открыла дверь, вошла, нацепив на лицо улыбку, и произнесла бодрым голосом:

— Привет.

Стас сидел за столом, поднял голову, а я поняла, что свои возможности, как всегда, переоценила. Он равнодушно кивнул, отодвинул в сторону бумаги, которые просматривал, в лице легкое недовольство и скука: очередной надоедливый посетитель. Я направилась к столу, уже понимая, что под его взглядом остатки моего самообладания испарятся, как роса на солнышке, и, резко изменив траекторию, замерла возле окна спиной к Стасу. Иллюзия собственной защищенности, которая ни его, ни меня не обманула. Он молчал, а я пыталась вспомнить, с чего собиралась начать разговор. Заготовленная речь начисто стерлась из памяти, а еще зрела обида: он легко может то, что мне никогда не удавалось — воспринимать его прошлым. Хотела бы я знать, что он испытывает сейчас?.. Вероятно, все его эмоции сводятся к легкой досаде. А потом на ум пришел Димка и то, как он вчера неумело подбирал слова...

В кабинете было так тихо, даже шум улицы не проникал сквозь двойной стеклопакет, тишина все ширилась и наконец застыла, охватив нас со всех сторон.

Надо было что-то сказать, что угодно, любую глупость. Пауза чересчур затягивалась. Одна из тех пауз, после которых появляется седина.

— Я думал, у тебя роман с Берсеньевым, — услышала я голос Стаса. — Теперь еще и Димка. Признаться, ты меня удивила.

— Да я просто мешок с сюрпризами.

— Не многовато, милая?

— Ты знаешь, что это неправда, — устало произнесла я, какой смысл разыгрывать перед ним комедию.

— На самом деле мне все равно, — жестко ответил Стас. — Я спросил, чтобы вывести тебя из дремы. Пейзаж за окном усыпляет?

«Все не так, — думала я с тоской. — И никакого разговора не получится. Да и не нужен тебе этот разговор, дурацкий предлог, чтобы увидеть его».

— Уезжай, — сказала я, понимая, что как раз это сейчас говорить не стоило.

— Согласен, в одном городе нам тесновато, — кивнул Стас. — Мы друг у друга точно бельмо на глазу. Разумнее держаться на расстоянии, а если встретимся ненароком, не придавать этому значения. И уж чего точно не стоит делать, так это звонить, чтобы сказать то, что уже давно сказано. Давай не превращать нашу жизнь в бесконечный сериал.

— Дело не во мне, — произнесла я твердо, что, признаться, удивило.

— Да? А в ком? В Димке? Его бесит мое присутствие здесь? Он до смешного старается походить на своего отца, теперь ему понадобилась его женщина.

— У него есть повод не испытывать к тебе добрых чувств.

— Может, он и смог убедить себя в этом, но в действительности дело как раз в тебе, а не в его папаше. Он влюблен в тебя, это, знаешь ли, бросается в глаза. Кстати, вы отлично смотритесь. И ты можешь утешаться мыслью, что вину свою худо-бедно загладила. У вашего союза большое будущее.

— Возможно, — ответила я, стараясь не обращать внимания на боль, которую причиняли его слова, впрочем, наверное, он на это и рассчитывал, не учел одного: когда боли слишком много, приходит отупение, и ты вообще перестаешь что-либо чувствовать.

— Я ведь уже говорил, — терпеливо, точно учитель бестолковому ученику, продолжил Стас. — Мое возвращение в этот город не имеет к тебе никакого отношения. Просто бизнес, вот и все.

Я переместилась от окна к креслу, выбрав то, что было слева от Стаса, и теперь вдоволь могла пялиться на стену напротив с картиной в белой раме. Брызги краски на холсте и замысловатые линии.

— Давай сменим тему, — голос мой звучал ровно, что от души порадовало. — Собственно, я пришла в надежде, что ты мне поможешь в одном деле.

Вновь пауза.

— Я слушаю, слушаю, — кивнул Стас.

— Банда Лазаря. Помнишь такого? У Вадима возникли с ним проблемы, и Лазарь погиб.

— Что за необходимость копаться в старом дерьме?

— В банде были три брата, один из них казнен по приказу Лазаря, второй, предположительно, участвовал в организации покушения на него. Это правда?

— Что? — нараспев произнес Стас, а потом засмеялся. — Значит, так, милая, — зло произнес он, когда смеяться ему надоело. — Я знать не знаю никакого Лазаря. Это было бог знает когда, а у меня память короткая. И у меня нет времени на глупую болтовню. Так что всего доброго.

— Несколько дней назад я встретила человека с характерной татуировкой на руке. Насколько я знаю, иметь их могли далеко не все члены банды. Мне важно знать, кто этот тип. Кандидатуры пока три, среди них один из братьев Станкевич, который, по слухам, исчез. Исчез или ему помогли исчезнуть?

— Не лезь в это дело, — едва ли не по слогам произнес Стас. — Знаешь выражение «не буди спящую собаку»? Банда Лазаря — сборище психопатов, вряд ли они за эти годы нажили мозги. Девочке из хорошей семьи не стоит копаться в подобном дерьме.

— Он жив или нет?

— Откуда мне знать, черт возьми?

— Что ж, спасибо за помощь, — сказала я, поднимаясь, и направилась к двери.

— Принцесска, — позвал он, и это прозвище, которым когда-то он наградил меня, резануло так, что на мгновение нечем стало дышать. — Не смей соваться во все это... — Голос его изменился, он все еще звучал резко, но мне чудились в нем просительные интонации. Может, я, по обыкновению, выдаю желаемое за действительное и беспокойство Стаса не стоит относить на мой счет?

— Я думаю, тебе следует подумать о другом, — сказала я, не поворачиваясь. — У кого-то память куда лучше, и ты для этих людей точно кость в горле. Уезжай, Стас.

— Не смей лезть в это дерьмо, идиотка, твою мать, — рявкнул он, грохнув кулаком по столу. А я поспешила покинуть кабинет, прикрыв за собой дверь поплотнее.

Девица сидела за своим столом навострив уши. Вопль Стаса она, скорее всего, слышала. Буркнув «до свидания», я подхватила пальто и очень скоро оказалась на улице.

На ходу наматывая шарф, я думала о словах Стаса, точнее, о том, что он не пожелал мне сказать. Теперь я была уверена: к убийству Лазаря он имеет прямое отношение. Оттого и не хочет, чтобы я копалась во всем этом. Мне в самом деле стоит соблюдать осторожность, но вовсе не страх перед бывшими бандитами тому причина. Я боюсь ненароком подставить Стаса. Он забыл свое прошлое, а оно его помнит.

— На тебе что, черти всю ночь воду возили? — спросила Агатка, когда я, заявившись в контору, устроилась в кресле напротив нее. А я попыталась решить: следует порадоваться своему провидческому дару или опрометью бежать к косметологу?

— Ты предсказуема, — съязвила я.

— Ага. Я бы на твоем месте начала делать зарядку по утрам. Говорят, это действует благотворно. Жизненный тонус поднимается и все такое.

— Физические упражнения и я просто не созданы друг для друга.

— Работа в числе твоих приоритетов тоже не значится. Опоздала на сорок минут, а теперь тоску на меня нагоняешь своей кислой физиономией.

— Всегда восхищалась твоей манерой общаться с людьми, — не осталась я в долгу. — Тебе стоит проводить тренинги или написать об этом книгу. Я серьезно. Это твой дар. Не борись с ним, лучше поделись с другими.

— Да пошла ты, — отмахнулась Агатка и тут же нахмурилась. — Что случилось?

— Ничего. Просто зашла сказать, что задание выполнила. Димка обещал поговорить с Рудневым.

«Правда, в свете последних событий я не уверена, что обещание он выполнит», — подумала я, но о них сестрице знать ни к чему.

— Будем надеяться, что он очень постарается, — кивнула Агатка. — А теперь будь добра...

— Удаляюсь, — сказала я, поднимаясь с кресла.

Работы в тот день было пруд пруди, и это оказалось спасением. Часов в пять возле моего стола возникла сестрица и сказала:

— Бубнов звонил. Тимоха возвращается. Димке твоему респект и уважуха. Иногда полезно иметь друзей-разбойников.

Выходит, Димка о своем обещании не забыл, и это хорошо. Вот сестрица радуется, но позвонил он не мне, а ей, может, в этом и не было ничего особенного, а может, затаил обиду. Не то чтобы меня это особенно огорчило. Наша нежная дружба до добра не доведет, ясно как день. Значит, обида его мне на руку.

Повеселевшая Агатка скрылась в своем кабинете, а я в монитор уставилась, а еще через час в конторе появился бывший за номером три, внеся в ряды коллег легкую панику. Физиономия его иногда мелькала на экранах в губернских новостях, и теперь девчонки гадали, чего понадобилось у нас высокому начальству. Появление Олега Викторовича и меня озадачило: в мою коммуналку он иногда заглядывал, но в контору никогда. Выходит, новости о бомже того заслуживали, однако радоваться я не спешила: кто ж знает, что за сюрприз меня ждет.

Бывший огляделся и спросил ворчливо:

— Где стул?

— У нас тут на всем экономят, даже на стульях, — порадовала я, вскочила и пододвинула ему свое офисное кресло на колесиках, он устроился в нем с удобствами, а я на краешке стола. Девчонки тихо снялись с места и покинули комнату.

Олег расстегнул куртку, достал из внутреннего кармана папку-файл, сложенную вдвое, и протянул мне. В папке был листок бумаги с машинописным текстом.

— Бомж твой, судя по всему, Кочетков Денис Николаевич, двадцати лет. Числится среди пропавших без вести. Год назад ушел из дома и не вернулся. Заявление поступило от его тетки. Парень сирота, воспитывала его бабка по отцовской линии, но она умерла еще до его исчезновения. Учился в колледже, характеризуется положительно. Вредных привычек, а также вредных друзей не имел. Ушел из дома, прихватив ноутбук и немного одежды, похоже, что отправился путешествовать. Но ни тетка, ни приятели о его намерениях ничего не знали. У него были деньги, остались от бабки, их он тоже прихватил. Тогда ему не было и девятнадцати, логично предположить: парня потянуло на приключения. Судя по твоему рассказу, огреб он их сполна. Вот, собственно, и все.

— Ему было всего двадцать? — удивилась я.

— Выходит, что так, — пожал Олег плечами.

— Тетке сообщили?

— О чем? — нахмурился он.

— О том, что парень нашелся.

— А кто ей должен сообщить? Я?

— Подожди...

— Парня кто нашел? — ворчливо спросил Олег. — Вот они пусть и сообщают. А мне с какой радости? У меня ни трупа, ни заключения патологоанатома, только фотки, что ты мне подсунула. И что я должен сказать его родне?

— Ясно, — вздохнула я. — Соседи тем более сообщать не станут. Труп обгорел, сфотографировать его не потрудились, лежит он теперь на кладбище под номером.

— Ну и пусть лежит. Парню все равно, а тетка не мать, за год, поди, успокоилась.

— Ты же понимаешь, нельзя это так оставлять, — начала я грозно, но быстро сникла, наблюдая физиономию бывшего.

— Ты просила узнать, кто он такой, я узнал. Ну, так скажи спасибо, и закончим на этом.

— Допустим, парень просто сбежал из дома. С какой стати в этом случае ментам затевать кутерьму с электропроводкой?

— А откуда уверенность, что менты следы заметали? — съязвил бывший. — Что, у нас пожары редко случаются?

— А трио на дороге мне почудилось? — в свою очередь съязвила я.

— Нет, не почудилось. Но события были тобой превратно истолкованы. При всей моей бесконечной любви к тебе скажи: что я могу сделать?

— Хотя бы сообщить тамошнему начальству, кто этот парень. Они, в свою очередь, сообщат тетке, и, возможно, кое-что прояснится.

— И как я это объясню? Моя бывшая в обход ментов сфотографировала труп в морге? Труп обгорел, теперь не докажешь, что фотка его, а тебе придется отвечать на вопрос, откуда у тебя фотография трупа и зачем ты ее сделала? Пойми, если ты права и менты очень постарались, чтоб парня не узнали, ничего, кроме геморроя, мое вмешательство не вызовет.

— Ты хотя бы попробуй...

Бывший досадливо покачал головой и поднялся.

— Попробуешь? — спросила я, тут из кабинета выплыла Агата, поприветствовала бывшего и спросила:

— Чего делите?

— Твоя сестра не может уяснить простую вещь... — начал бывший, но я перебила:

— Все я уяснила: земля не твоя, труп не твой, и фиг с ним.

— Нет, ты подумай, — всплеснул он руками. — Она мне еще мораль читать будет.

— Можете объяснить, чего скандалите?

Я сунула ей в руки папку.

— Наш бомж?

— Он самый, — кивнул Олег, направляясь к выходу. — Чтоб я еще раз... — махнул рукой досадливо и добавил: — Подумаю, что можно сделать.

Дверь за ним захлопнулась, а Агатка сказала:

— Оказывается, ничто человеческое ему не чуждо. А я всегда считала его пройдохой и карьеристом. И чего в тебе мужики находят, дорогая сестрица?

— Я прекрасна, это видят все, кроме тебя.

— Ладно, прекрасная моя, обрисуй суть своих претензий к бывшему.

Я, конечно, обрисовала. Агатка слушала меня, одновременно читая бумагу, которую принес Олег.

— Зря ты на него наехала, — вынесла она вердикт. — Соседи должны дружить, а в чужой монастырь...

— Не занудствуй, — разозлилась я. — Скажи лучше, что делать? Может, обратимся к отцу?

— Тяжелую артиллерию прибережем. Ситуация щекотливая, тут бывший прав. Как ты объяснишь, зачем сделала фотографию и с какой стати вообще в морг поперлась? Тамошним ментам не доверяла? Шериф у нас на подозрении? Для таких обвинений надо туз в рукаве иметь. А у нас что? У нас не туз, у нас девичьи впечатления. Желательно знать, чего парня вдруг из дома потянуло и где он шлялся целый год. Тогда, может, ясно станет, как он на той дороге оказался. А для начала не худо бы убедиться, что он действительно Кочетков, а не Петров и не Сидоров. Адрес тетки есть, придется с ней встретиться.

Вот так с легкой руки Агатки я и отправилась в областной центр, что находился в трехстах километрах от нашего города. Здесь год назад жил наш бомж.

Надо сказать, ехать мы собирались вместе, сестрица вдруг соизволила принять участие в расследовании. Поездку назначили на субботу. Но в пятницу вечером вернулся беглый Тимоха, и Агатка решила для начала ему хорошенько мозги промыть, а потом встретиться с человеком, имевшим отношение к его будущей судьбе, в неформальной обстановке. Это было не совсем корректно с точки зрения адвокатской этики, но кому до этого есть дело? Главное, не нарушать закон, эту заповедь сестрица блюла свято, но умела обходить ее и сзади, и спереди. За что неизменно получала весьма солидные гонорары. В общем, поездку перенесли на воскресенье. Но, проснувшись в субботу, я поняла, что день безделья сулит душевные муки, и рванула на разведку в одиночестве, сестрице об этом не сообщая, так как очень хорошо знала, как она отнесется к моей поспешности.

Триста километров я преодолела за три с половиной часа (здесь тоже мост ремонтировали, что несколько снизило скорость передвижения), перекусила в придорожном кафе и забила в навигатор адрес, что значился в бумаге, полученной от бывшего.

Маршрут закончился в спальном районе возле типовой девятиэтажки. Для начала, конечно, следовало позвонить Берковой Софье Николаевне, именно так звали тетку Дениса, но я предпочла объясняться при личной встрече, а не по телефону. Дома я могла ее и не застать, или она вовсе переехала в другое место, но подобные возможности меня никогда не останавливали. Агатка утверждала, что в моей голове больше одной мысли не удерживается. В общем, я решила справляться с трудностями по мере их возникновения.

Я пристроила машину во дворе и направилась к подъезду, дверь которого была гостеприимно распахнута. Лифт не работал, и на восьмой этаж пришлось подниматься пешком. Дверь мне открыл мужчина громадного роста и с седой шевелюрой, он наверняка ею очень гордился, то и дело откидывал волосы со лба с заметным кокетством.

— Слушаю вас, прекрасная незнакомка, — пробасил он и по-кошачьи улыбнулся. Я изобразила легкий восторг и смущение, тоже улыбнулась и промямлила:

— Софья Николаевна...

— Вам Сонечка нужна? — вроде бы удивился он. — Вы не из газеты?

— Нет, я... — ответить я опять не успела, мужчина отступил на шаг и позвал:

— Соня, тут тебя спрашивают. Проходите, — кивнул он мне. — В этом доме красивая девушка всегда может рассчитывать на теплый прием и чашку чая. Какой, кстати, предпочитаете — черный, зеленый?

В прихожей, куда я умудрилась протиснуться мимо седого говоруна, закрывавшего за мной дверь, появилась женщина лет сорока, с бледным усталым лицом. Невысокого роста, худая, в нелепом платье из темно-зеленого бархата с кружевным воротником. На фоне мужчины она казалась серой мышкой. Он выглядел прямо-таки театрально, а она словно выцветала из памяти за две минуты.

— Здравствуйте, — произнесла женщина, почти прошептала, и тут наблюдалось их явное несходство. — Вы ко мне? — Как видно, ее это удивило еще больше, чем мужчину.

— Напои гостью чаем, — прогремел он. — А я отправлюсь работать над ролью.

Он исчез за ближайшей дверью, а Софья торопливо пояснила:

— Аркадий Самуилович — актер нашего ТЮЗа, сейчас ему предложили роль в сериале. — И добавила: — Это мой муж.

Мы прошли в небольшую кухню, стены украшали вышивки в красивых рамках, везде салфеточки, сшитые вручную куклы, в общем, хозяйка-рукодельница. Она предложила мне сесть, а сама принялась заваривать чай. Я оглядывала кухню, готовилась к разговору, странно, что Софья до сих пор не поинтересовалась: по какой нужде меня черт принес.

— Вы по поводу репетиторства? — спросила она.

— Что?

— Я преподаю английский. — Она вроде бы растерялась, смотрела на меня, держа полотенце в руках.

— Я по поводу вашего племянника, Кочеткова Дениса.

— Господи, — пробормотала женщина. — Его нашли? Где он? Что с ним?

Она так вцепилась в полотенце, точно готовилась его разорвать.

— Для начала я хочу убедиться, что мы говорим об одном и том же человеке, — как можно мягче сказала я. — У вас есть фотография племянника?

— Да, конечно. Я сейчас.

Она стремительно покинула кухню, вернулась через несколько минут с фотографией и протянула ее мне. На фото парнишка лет семнадцати в оранжевой майке, оттопыренные уши, челка закрывает лоб. Серьезный взгляд, он улыбался, но улыбка казалась неестественной на его мальчишеской физиономии, точно мыслями в тот момент он витал где-то далеко, и были они совсем невеселыми. Казалось, между фотографией, что я держала в руке, и той, посмертной, что была в моей сумке, расстояние не год-два, а лет в десять как минимум но, вне всякого сомнения, это один и тот же человек. Наш бомж действительно Денис Кочетков.

— Это он, — сказала я, точнее, подумала вслух.

— Он... с ним все в порядке? — заволновалась женщина.

— К сожалению, у меня для вас скверные новости.

Софья сделала пару шагов и тяжело опустилась на стул.

— Он?.. — невысказанный вопрос повис в воздухе. Я кивнула, отводя взгляд, и выпалила скороговоркой:

— Несколько дней назад он умер в больнице города Ремизова, это довольно далеко отсюда, километров триста пятьдесят...

— Что случилось? — женщина побледнела, кожа приобрела землистый оттенок, она смотрела в одну точку, руки, лежащие на столе, нервно двигались.

— Он умер от сердечного приступа.

— У него всегда было слабое сердце, — кивнула она.

— Я работаю в адвокатской конторе, так случилось, что мы с сестрой обнаружили его на лесной дороге, точнее будет сказать, мы подъехали, когда его, бесчувственного, нашел начальник районной полиции. В ту же ночь он скончался в больнице.

— Не могу поверить, — покачала она головой. — Все это время я надеялась, что его найдут или он сам вернется... Где он был все это время? Больше года...

— Трудно сказать. Судя по его внешнему виду, бродяжничал.

— Бродяжничал? — Она покачала головой, как будто не знала, как должна отнестись к моим словам. — Но почему мне ничего не сообщили?

— Дело в том, что никаких документов при нем не было. В морге, где хранилось тело, случился пожар, труп сильно обгорел еще до того, как успели выяснить, кто он. Дениса похоронили, но на его могиле лишь табличка с номером. Вполне вероятно, полицейские до сих пор не знают его имя.

— Но как же так?

— Это все из-за пожара, понимаете? Они, видимо, просто не успели сделать все необходимое...

— Господи боже мой... — Женщина беззвучно плакала, а я заговорила еще быстрее:

— Я вам сказала, где работаю... вышло так, что мне пришлось заниматься без вести пропавшими, и я увидела фотографию Дениса, которая показалась мне... в общем, я решила, он похож на того парня, что мы нашли. Теперь я абсолютно уверена.

— Но... если из полиции ничего не сообщили... может, это все-таки не он? Очень много похожих людей...

Проще всего было показать ей фотографии. Но я не решилась.

— Врач в больнице, медсестры, патологоанатом, наконец, подтвердят мои слова, если вы покажете эту фотографию. Можно провести экспертизу.

— Его что, выкопают из могилы? Такое возможно? Я хотела бы похоронить его здесь, рядом с мамой.

— Я могла бы заняться всем этим от вашего имени. Бесплатно.

— Я сама поеду. Завтра же, нет, сейчас.

— Наверное, лучше это сделать в понедельник, — сказала я как можно спокойнее. Врач и медсестра парня опознают. Юрка тоже. А если Шериф поспешит провести инструктаж и медперсонал, взглянув на фото, заявит, что они не уверены? Тогда остается только Юрка. Подводить парня не хочется, но... Вряд ли Шериф ожидает появления родственницы, если Юрка не накосячил, ментовское начальство считает, что надежно спрятало все концы... и появление тетки Дениса будет весьма неприятным сюрпризом. — Вот как мы поступим, — сказала я. — Я заеду за вами в понедельник, и мы отправимся в больницу вместе. Если персонал опознает на фотографии вашего племянника...

— Где, вы сказали, находится этот город?

Я объяснила.

— Сама я живу в соседней области...

— Вы приехали специально? Приехали, чтобы сообщить мне?

— Я живу одна, сегодня выходной, и я подумала... я подумала, что вы должны знать.

— Спасибо вам... но вдруг это не Денис... ведь вы могли ошибиться? Господи, как же так... извините, я даже не спросила, как вас зовут?

— Ефимия. Ефимия Ломакина.

— Аркаша, — громко позвала она. — Ты слышишь меня?

На ее призыв в кухне появился Аркадий.

— Напоила гостью чаем? — весело спросил он.

— В понедельник мне надо будет уехать... — вздохнув, сказала Софья.

— Куда уехать? С какой стати? — капризно спросил он. — Ты что, забыла, у меня роль...

— Аркадий, мальчик, похожий на Дениса, умер в районной больнице от сердечного приступа. Ты понимаешь? Я должна все выяснить...

— Умер? — поднял брови Аркадий. — Даже не знаю, что сказать... Крепись, дорогая. — Он подошел и сжал здоровенной ручищей плечо жены. — Как думаешь, теперь мы сможем продать квартиру тещи? Ведь других наследников нет.

— Оставь нас, пожалуйста, — бесцветным голосом попросила она мужа.

— Да-да, конечно, я понимаю...

Он поспешно удалился, а Софья сказала, пожав плечами:

— Не судите его слишком строго, актеры живут в своем собственном мире, а ему долго не везло, сейчас наконец-то выпал шанс, он просто помешался на этом сериале, хотя там роль второго плана... О чем это я? Да... Вам не надо приезжать за мной, триста километров — это слишком много. А вы и так уже... За помощь огромное спасибо и... она мне действительно понадобится. Если вы не передумаете, если у вас не будет других дел, давайте встретимся в Ремизове, возле больницы. Я выясню, как туда можно добраться, и тогда договоримся о времени. Можно номер вашего телефона?

Мы обменялись номерами, женщина налила чай, пододвинула ко мне вазочку с вареньем, к своей чашке так и не притронулась.

— Почему он ушел из дома? — спросила я.

— Думаю, все дело в его девушке. Ему нравилась сокурсница, а она предпочитала ребят постарше. На Дениса внимания не обращала, его это задевало. Он не был проблемным мальчиком, наоборот, тихий, интеллигентный... Много читал, вечера напролет сидел возле компьютера. Слушал музыку, фильмы смотрел. Никаких компаний. Хотя жил после смерти моей мамы один. Я хотела, чтобы он переехал к нам, но Денис отказался. Аркадий тоже был против, квартира у нас двухкомнатная, кабинет Аркадия и спальня, кухня вместо гостиной, а здесь не развернешься, хотя диван можно было бы поставить. Вы не подумайте, что я племянника бросила. Мамина квартира рядом, дом напротив. Из наших окон видны его окна. Я каждый день приходила к Денису, готовила, стирала. Убирался он сам. Мальчик был вполне самостоятельным. Очень серьезный. После колледжа хотел учебу продолжить, собирался поступать в институт. Наверное, мне надо было почаще с ним разговаривать, не о том, поел ли он или готовится ли к экзаменам, а о том, что у него на душе. Он был очень замкнутым, особенно после смерти бабушки. И я не смогла... не смогла пробиться к нему. Думала, пройдет время, он немного успокоится. Мою маму он очень любил. Неудивительно, ведь она заменила ему родителей.

— Когда умерла ваша мама? — спросила я.

— За полгода до его исчезновения. Когда он ушел из дома, я так растерялась, не могла понять. Все ведь было нормально. Это я так считала. О девушке мне его друг рассказал, уже после того, как Денис ушел.

— Просто ушел?

— Да. Просто ушел. Ни звонка, ни записки. Взял ноутбук, деньги, что от мамы остались, и немного одежды.

— Сколько было денег?

— Сумма внушительная. Не меньше двухсот тысяч. Когда я пришла в полицию, они еще посмеялись: деньги быстро кончатся, и парень домой вернется. Потом было уже не до смеха, никто из знакомых его не видел, он никому не звонил. Мобильный был отключен еще в тот день, когда он исчез. Возникла версия, что его могли из-за этих денег убить.

— Деньги хранились дома?

— Да, мама банкам не доверяла. Из-за этих денег разные версии возникали, вплоть до того, что его могли похитить с целью выкупа. Богатый, мол, парень и все такое... Но никто мне не звонил. Денис просто исчез, понимаете?

— Ни вы, ни соседи не заметили ничего подозрительного? Может быть, приходили какие-то люди?

— Нет, — покачала Софья головой. — Ничего. Накануне я, как обычно, зашла к нему после работы. Он был дома. Сидел за компьютером. Я приготовила ужин, позвала его. Он сказал, что есть не хочет. Мы немного поссорились. Он, знаете, почти ничего не ел, я сготовлю, два дня еда стоит в холодильнике нетронутая... мне было обидно. За компьютером он засиживался далеко за полночь, я видела свет в окошке. А у него со здоровьем проблемы, надо соблюдать режим... в общем, я его отругала. Он молча прошел в кухню, поел и вернулся за компьютер. Когда я уходила, буркнул: «Спасибо». Потом я себя корила за эту ссору. Может, она и подтолкнула его... Он чувствовал себя одиноким после смерти мамы. Мне следовало быть мягче, терпеливее... Моя вина, что мы не стали по-настоящему близки. Наверное, он считал меня назойливой теткой... А ведь я любила его... и сейчас люблю. У нас нет детей, и уж теперь, конечно, не будет. Мальчик был одинок... и я... я тоже одинока... но не сложилось. Я не верю, не хочу верить... — Она закрыла лицо ладонями, однако через минуту вновь заговорила: — Но предчувствие было... проснусь ночью и думаю: где он? Что с ним? И сердце вдруг так защемит... Где же он был все это время? Почему не позвонил ни разу?

«Очень вероятно, у парня не было такой возможности, — думала я. — Следы наручников, побои да еще и кандалы, если Юрка не перемудрил... Парня где-то держали. Кто? С какой стати? Денег хоте- ли? Так отчего не обратились к тетке? На квартиру, что досталась от бабки, тоже не позарились».

Само собой, о наручниках и побоях я женщине говорить не стала, хватит с нее испытаний на один день. Но вопрос все-таки задала:

— Квартира принадлежала вашей маме?

— Она оформила ее на Дениса. Я не возражала, хотя Аркадий был против. Это мамина квартира, и она распорядилась ею по своему усмотрению. По крайней мере, мальчик обеспечен жильем. Мама так переживала, когда узнала о своем диагнозе, не за себя, за Дениса. Взяла с меня слово, что я его не брошу. И как я теперь... — Она схватила чашку, сделала два глотка и вновь закрыла лицо руками.

— Вы сказали, Дениса воспитывала бабушка. А его родители?

Лицо Софьи словно окаменело.

— Родители умерли одиннадцать лет назад. Но до этого Денис уже два года жил с бабушкой.

— Они не занимались ребенком? — Вопрос ей был неприятен, я видела это по ее реакции.

Женщина повертела чашку в руках, немного чая выплеснулось, она смахнула его на пол, вытерла руку о подол платья. Я уже решила, что на вопрос она отвечать не станет, но Софья сказала:

— Видите ли... на свой лад они были хорошими родителями, то есть они, наверное, так считали... но... отец Дениса, мой брат, в семье был любимчиком. Папа погиб, когда мы еще учились в школе, а Коля очень походил на отца. Внешне. И назвали его Николаем в честь папы. Мама в нем просто души не чаяла. Иногда мне становилось обидно. Все, что делала я, воспринималось как должное, а вот Коля был у нас гением. Понимаете? Хотя, если честно, вся его гениальность сводилась к бесконечным увлечениям. То он рисовал, то йогой занимался, потом ему быстро все надоедало, и он увлекался чем-нибудь еще. Мой выбор мужа мама не одобрила, Аркадий ей никогда не нравился, а вот Коля, по ее мнению, женился очень удачно. Мне его жена с самого начала показалась странной. Молодая женщина, а ведет себя как старушка. Лишний раз не улыбнется, смотрит в пол, юбки всегда длинные, потом платок начала носить. Но хозяйкой была отличной, Николай жену любил, в общем, ничто не предвещало, как принято говорить в таких случаях. Родители у нее были людьми состоятельными, купили молодым квартиру, потом Денис родился. Коля работал инженером на производстве, Юля преподавала, образцовая семья. Мы даже не сразу узнали...

— О чем? — спросила я, когда Софья сделала продолжительную паузу.

— Они оказались втянутыми в какую-то секту. — При этих словах по спине пробежал холодок. Это была еще не догадка, скорее ее предчувствие. — Ходили на собрания, молились. Но поначалу мама не видела в этом ничего плохого. Даже наоборот. Николай по молодости любил выпить, а тут ни капли спиртного в рот не брал, бросил курить. Мой брат был слабохарактерным человеком и находился под влиянием своей сумасшедшей жены. Вот что было в реальности. Увлекающаяся натура, он сразу же поверил во все бредни, которыми их потчевали.

В один прекрасный день они продали квартиру и уехали в жуткую глухомань. В так называемой общине было семнадцать человек. Они купили дома в брошеной деревне, построили церковь. Есть старались только то, что сами выращивали. То есть тогда их было восемнадцать, четырнадцать взрослых и четверо детей, один из которых наш Денис. Ему исполнилось три года. Родители Юли отправились за ними, надеясь уговорить дочь и зятя вернуться. Но все было напрасно. Мама, конечно, тоже ездила, и услышала от сына проповедь: они ждали конца света, и спасется лишь тот, кто истинно верует. К тому моменту брат был уже практически невменяемым. Маму в дом они даже не пустили. Можете такое представить? Родители Юли обращались в милицию, но те только руками разводили. Насильно людей в этой общине никто не держит, а верить имеют право во что угодно. Вернуть Дениса тоже не удалось, родители непьющие, ребенок под присмотром, в нормальных условиях. В нормальных — это значит почти полностью отрезанный от мира: ни телевизора, ни Интернета, радио и то нет. Однако у детей экологически чистая пища, вдоволь молочных продуктов, книжки и игрушки. И любящие родители. Родня Юли продолжала писать во все инстанции, а мама вроде бы смирилась. Приедет, посмотрит на сына и внука, поплачет и сюда возвращается. Добраться до них можно было только летом, зимой бездорожье, весной и осенью непролазная грязь. Но когда Денису исполнилось семь лет, мама заявила, что ребенка в общине не оставит. Ему надо в школе учиться. Николай возражал, говорил, что мальчик будет на домашнем обучении, у них в общине все сплошь с высшим образованием. Но мама была непреклонна, сказала, что скорее умрет возле их порога, чем уедет без внука. Характер мамы они хорошо знали. В общем, Дениса она забрала. Ни Николай, ни Юля ни разу не приезжали, но мама летом к ним ребенка возила, даже оставляла на несколько дней, все-таки родители. Все вроде бы устроилось, а потом... Однажды маме позвонили, это было в ноябре... Звонили из милиции с жутким известием. В общине решили не дожидаться конца света или, по их мнению, он уже наступил. Они заперлись в церкви и сами сожгли себя. На месте церкви обнаружили семнадцать обгоревших трупов, четырнадцать взрослых и трое детей. Уверена, вы слышали об этой истории, о ней много писали, долго обсуждали по телевидению. Случай массового психоза, закончившегося так трагически. Впрочем, одиннадцать лет назад вы были еще девочкой... О беде узнали не сразу. В деревне, что в нескольких километрах от общины, видели столб дыма, но жили там одни старики, опять же, бездорожье. Охотники случайно вышли к этому месту. Недоеные коровы исходили ревом, а собаки жутко выли. На сгоревшую церковь охотники, конечно, внимание обратили, но сначала пошли по домам. Все на своих местах, а людей нет, такое впечатление, что они внезапно покинули деревню. Вызвали милицию. А потом на пожарище нашли трупы... По словам очевидцев, такого ужаса им испытывать никогда не доводилось.Следствие продолжалось больше года. В голове не укладывалось, что люди добровольно избрали для себя мученическую смерть, ладно для себя, для детей, младшей девочке было девять лет.

— Денис знал о том, как погибли его родители?

— Мама старалась оградить его, но вы же понимаете... очень многие знали, кто-то непременно бы рассказал... Бабушку Денис ни о чем не спрашивал. Она тянула с этим известием как могла, а потом просто сказала, что папа с мамой умерли. К тому моменту он уже давно жил с бабушкой, к родителям ездил только летом, да и то ненадолго... В общем, нам показалось, он воспринял их смерть довольно спокойно. Семьей для Дениса стала моя мама, и ее потерю он переживал очень тяжело. Знаете, что меня удивило? — вдруг сказала Софья, нахмурившись. — Денис брал у меня книги на английском. Незадолго до ухода из дома вернул книжку, я поставила ее в шкаф. А буквально на днях собиралась дать ее ученице, и вдруг обнаружила в ней фотографию.

— Фотографию? — переспросила я.

— Да. В последнее лето перед трагедией Денис гостил у родителей. И там была сделана фотография.

— Можно взглянуть на нее?

— Конечно. — Софья вышла, но на сей раз отсутствовала значительно дольше, я слышала голос ее мужа, правда, слов не разобрала, и ее усталое: «Не сейчас, Аркаша, не сейчас...»

Войдя в кухню, она плотно закрыла дверь, села за стол и лишь после этого протянула мне фотографию. Групповой снимок не лучшего качества. Мужчины, женщины, довольно молодые, не старше сорока лет. В центре мужчина с аккуратной бородкой и волосами до плеч, лет пятидесяти, внимание привлекало его лицо, было в нем что-то... трудно выразимое словами, но человек явно незаурядный. В первом ряду четверо детей, два мальчика, одному лет девять, другой уже подросток, девочка с косичками и, скорее всего, ее старшая сестра лет четырнадцати на вид, сходство бросалось в глаза. В девятилетнем мальчике проглядывали знакомые черты.

— Это Денис? — ткнув пальцем в изображение, спросила я.

— Да. Рядом с ним дочка их сумасшедшего предводителя, дети между собой очень дружили.

— А это глава секты? — указала я на мужчину с бородкой.

— Да. Справа его жена. Кто бы мог подумать, с виду нормальные люди.

— Здесь вся община? Выходит, кое-какими благами цивилизации они не гнушались, фотографировались охотно.

— Да, наверное... Я не знаю... Я в общине никогда не была, и только со слов мамы... она вряд ли отличалась объективностью... Хотя, когда первый шок после отъезда брата с семьей в эту глушь прошел и мама несколько раз туда съездила... в общем, они больше не казались ей сумасшедшими. А этот их глава маме скорее нравился. Добрейшей души человек, умный, образованный... как все это могло сочетаться с мракобесием...

Я продолжала разглядывать фотографию. Повести на смерть людей, видеть, как в огне гибнут собственные дети... На опасного психа мужчина с бородкой точно не походил. Однако все семнадцать погибли...

— Можно я ее перефотографирую? — спросила я.

— Да, конечно.

Я достала мобильный и пересняла групповую фотографию, а потом, на всякий случай, и фотографию Дениса.

— Значит, вы обнаружили ее в книге?

— Да. И, честно сказать, удивилась... Мама бы точно убрала ее подальше. Выходит, Денис нашел фотографию уже после ее смерти или...

Софья вздохнула и закончила:

— Или мама все-таки рассказала ему.

«Может быть промежуточный вариант, — мысленно отметила я. — Парень вдруг решил задать вопросы, и бабушке пришлось на них ответить. Но фотография в книге еще не значит, что Денис заинтересовался гибелью родителей. Попалась под руку фотография, он сунул ее в книжку вместо закладки...»

— Не знаю, чего я испугалась, когда фотографию увидела, — покачала головой Софья. — Вдруг подумала, что, если это как-то генетически передается?

— Что? — не поняла я.

— Ну... тяга к сектам, к саморазрушению?

— То есть он, по-вашему, мог связаться с подобной публикой?

— Имея такой опыт, от них бы стоило держаться подальше, — пожала Софья плечами. — Но люди странные существа.

— Когда вы заявили об исчезновении Дениса, рассказали о том, что произошло с его родителями?

— Нет, — растерялась она. — Вы думаете, нужно было? Но мне и в голову не пришло, ведь фотографию я нашла совсем недавно...

— Полиция проверяла его компьютер?

— У него был только ноутбук, но он забрал его с собой. Они беседовали с ребятами в колледже, с его приятелем, Витей, он живет в доме мамы, в одном подъезде с Денисом. И когда узнали о девочке, в которую Денис был влюблен...

— Решили, что больше напрягаться не стоит, — кивнула я. — Софья Николаевна, у меня вот какой вопрос. Ваш брат продал квартиру...

— Да, двухкомнатную.

— Она стоит куда дороже, чем дом в брошенной деревне....

— Остальные деньги пошли в общину.

— То есть в общине могла находиться довольно крупная сумма денег?

— Откуда же мне знать? Может, они все потратили... Насколько я помню, никаких денег там не обнаружили. Вполне вероятно, они этими деньгами костер разжигали, раз уж конец света пришел... Извините, я сама не знаю, что говорю. Мама рассказывала, в общине жили люди далеко не бедные, две семьи и сам Гавриил из Москвы, тоже свои квартиры продали... Наверное, какие-то деньги имелись, хотя... на что-то они жили, скотину покупали, электричество в деревню провели, там же ничего не было. Впрочем, Гавриил мог перевести их на свой счет.

— Но ничего подобного не обнаружили?

— Нет, насколько я знаю. Но счет мог быть не на его имя...

— Вряд ли человек, который намеревался предстать перед господом со дня на день, стал бы тщательно прятать деньги. Я правильно поняла, у следствия нет сомнения, что труп главы секты был среди прочих?

— Сомнений нет, он, его жена, две дочери... личности всех семнадцати человек были установлены. В тот день погибла вся община.

В этот момент в кухне появился Аркадий.

— Мамочка, а обедать мы сегодня будем? — капризно поинтересовался он и взглянул на меня без былой симпатии. Стало ясно, пора выметаться. Софья пошла меня проводить, мы вместе вышли на улицу.

— Вы сказали, друг Дениса жил в одном с ним подъезде?

— Да, квартира семнадцать, а у нас одиннадцатая. Хотите с ним поговорить?

— Если повезет и я застану его дома. Софья Николаевна, обнаружив фото в книге, вы не позвонили человеку, который занимался розыском Дениса?

— Нет... точнее, я позвонила, но он оказался в отпуске... Первые месяцы после исчезновения мальчика я им покоя не давала, звонила каждый день, заходила в отдел по дороге с работы... А потом поняла, все это бесполезно. Чужая беда — это чужая беда, и своей не станет. У них каждый месяц кто-нибудь пропадает, да что месяц, каждую неделю, и всех искать?

— А не было ли каких-то... странностей после его исчезновения? — вдруг спросила я, точно по наитию. — Может, кто-то Денисом интересовался...

— Нет... а странность... два месяца назад вдруг звонит мне Аркадий, я на работе была. «Приезжай, в тещиной квартире кто-то ходит». Я ответила: «Ну, так проверь или полицию вызови». Вызывать полицию он не стал, вдруг действительно показалось, и проверять, слава богу, не пошел. Неизвестно, чем бы это кончилось. Я по дороге с работы в квартиру зашла и сразу поняла: кто-то был. Все вроде на своих местах, но все не так, понимаете?

— Кто-то был в квартире вашей мамы?

— Вот именно. И грабитель очень аккуратный. У меня подругу ограбили, такой разгром учинили... Мы вдвоем целый день убирались. А здесь все на своих местах.

— По-вашему, что они искали в квартире?

— Деньги, конечно. Что еще? Думаю, зашли, что называется, наудачу, сразу поняли: квартира небогатая. Но на всякий случай проверили. Люди обычно прячут деньги в белье, там и смотрели, но вещи из шкафов не выбрасывали. В шкафу были фотографии, часть их из альбома высыпалась. А все остальное было убрано.

— И ничего не взяли?

— А что было брать? Старый телевизор или электрический чайник? Из одежды самой дорогой была куртка, ее еще мама покупала, в ней Денис и ушел.

— Ни к кому из соседей в тот день воры не заглядывали?

— Нет. Никто ничего подозрительного не заметил.

— В полицию вы обратились?

— Да, конечно. Но ведь ничего не пропало, они даже дело заводить на стали.

— Ясно. А замок вор открыл или взломал?

— Дверь была заперта. И я честно вам скажу, когда ее отпирала, даже ничего не заподозрила, еще мысленно Аркадия отругала за его фантазии. И только уже потом...

— А что по этому поводу в полиции сказали?

— Спросили, у кого могли быть ключи. Я ответила, у племянника. Но ведь не мог же Денис приходить? Что ему искать в собственной квартире? И мне бы он позвонил. Ведь позвонил бы, как думаете?

— Уверена, что да.

Софья вздохнула, подняла голову на свои окна, в одном из них мелькнула внушительная фигура Аркадия.

— Извините, что вас задерживаю, — сказала я. — Еще два вопроса. Я правильно поняла: с Денисом следователи не беседовали после трагедии, которая произошла с его родителями?

— Мама не разрешила. О смерти родителей она рассказала Денису ближе к лету, когда он к ним в гости собираться стал. Мальчик был у них в августе, а погибли они в ноябре. Что он мог знать?

— А эту фотографию ваша мама следователю показывала?

— Не думаю. По крайней мере, не припомню такого. В доме Гавриила было много фотографий на стенах в рамочках...

Софья Николаевна торопливо со мной простилась и почти бегом направилась к подъезду. А я заспешила к дому напротив. Ожидать, что тебе повезет дважды в день, — неслыханная наглость. И все же надежда во мне теплилась.

Дом напротив ничем не отличался от того, где я только что успела побывать. Дверь подъезда прикрыта, но стекло в двери разбили, осколки так и торчали, грозя разлететься в любой момент. Стены исписаны черной краской, незамысловатые высказывания по поводу мира вообще и конкретных граждан в частности. Убогость чужого жилища вызывала тоску. Я-то живу в доме образцового санитарного состояния, он гордо несет это звание, и мы гордимся вместе с ним. Домофон в моем подъезде отсутствует, но порядок царит идеальный. Мимо моей соседки тети Маши не то что мышь, старик Хоттабыч не проскочит. И ежели кто в подъезде намусорит (трудно представить этого самоубийцу), мыть ему лестницу до скончания века. Иногда соседка здорово достает, но сейчас я поняла, как нам с ней повезло, мысленно послала ей привет и зашагала быстрее.

Возле одиннадцатой квартиры я задержалась (лифт, кстати, работал, но поднималась я пешком, вспомнив слова Агатки о необходимости физических упражнений). Дверь как дверь, справа звонок, слева надпись «Света дура», дальше непечатное. Друг Витя живет двумя этажами выше. До лестничной клетки оставалось ступенек пять, когда дверь семнадцатой квартиры открылась и появился молодой человек, на нем была куртка с меховым воротником и кепка в клеточку. Сунув руки в карманы куртки, он принялся что-то насвистывать, поравнявшись со мной, улыбнулся и вдруг подмигнул, а я спросила:

— Тебя Виктор зовут?

— Да, — улыбка стала шире. — А мы знакомы?

— Можем познакомиться. Я по поводу твоего друга, Дениса Кочеткова.

— Дениса? Он что, нашелся?

— Ищем, — ответила я.

— Вы из полиции? — удивился парень.

— Нет, я вообще-то адвокат. Можем поговорить несколько минут?

— Только не в квартире, ладно? Мать у меня нервная, вечно ей что-нибудь мерещится, друзья не те, выгляжу странно...

— А чего лифтом не пользуешься? — спросила я, заметив, что пока мы преодолевали лестничные пролеты, молодой человек понемногу растерял игривость и даже помрачнел. А я рассчитывала на дружескую беседу.

— Застрял два раза подряд, — хмыкнул он. — Один раз сидел минут пятнадцать, второй — больше часа. Незабываемые впечатления.

Мы вышли из подъезда и, не сговариваясь, пересекли двор, на углу соседнего дома Виктор остановился.

— О чем вы хотели поговорить?

— Скажи честно, ты действительно не знаешь, куда отправился твой друг? — вздохнула я.

— Конечно, нет, — нахмурился Виктор и головой досадливо покачал. — Иначе бы сказал.

— Даже если он просил не делать этого?

— Я честно не знаю, — сказал он серьезно. У меня не было повода ему не верить.

— И за весь этот год он ни разу не позвонил?

— Мы с ним вовсе не были закадычными друзьями. Учились вместе, жили в одном подъезде, тусовались иногда... И это все. Денис, он такой... сам по себе. Друзья ему не особо нужны. Мать говорит, он со сдвигом... вы же о его предках знаете?

— Да, знаю, — кивнула я. — А с тобой он о них говорил?

— Нет. По душам разговоров не вели. Я его и про Ленку-то спросил, потому что уже все в группе смеялись...

— Ты девушку имеешь в виду, которая ему нравилась?

— Ага. А он вел себя как первоклассник. Старался в ее сторону даже не смотреть, слово ей сказать боялся... Ну, я и растолковал ему, что с девчонками так нельзя. Мы это немного обсудили, единственный наш разговор по душам. А насчет того, что он в предков пошел, мая мать, может, и права. Всякой чертовщиной он точно интересовался.

— Что значит чертовщиной? — переспросила я.

— Ну, не чертовщиной, а всякими сектами. Я зашел к нему как-то, он в Интернете завис. Смотрю, сайт какой-то церкви или что-то в этом духе. Стал читать, полная белиберда. Я Дениса спрашиваю, что за хрень, а он мне: «Случайно наткнулся».

— Что это был за сайт? — насторожилась я. — Может, хоть что-то вспомнишь?

— Да там просто текст был... конец света и все такое, надо спасаться, пока не поздно.

— Ты полицейским об этом сообщил, когда они с тобой разговаривали?

— Они больше интересовались, употреблял он наркотики или нет, кто его друзья... только когда ясно стало, что Денис сбежал, и моя мамуля сказала: он небось в секту подался, как его чокнутые предки. Тут я про сайт и вспомнил... Денис из-за бабки здорово переживал. Его и так особо разговорчивым не назовешь, а тут вообще замолчал. «Да», «нет», вот и все. Я, честно, ничего не знал. Когда он в колледж не пришел, подумал — заболел. Вечером его тетка к нам прибежала, стала спрашивать, где Денис. Я сказал, в колледже его не было. Она всполошилась. Мобильный не отвечал. Ну а когда выяснилось, что деньги из дома исчезли... она в полицию бросилась. Я-то думал, Денис скоро вернется...

— А сейчас что думаешь?

Виктор пожал плечами:

— Просто болтаться где-то он бы не стал. Он отправился куда-то или к кому-то. Понимаете? И он не хочет, чтоб об этом знали.

— А когда примерно ты обратил внимание на сайт?

— Дня за два до того, как Денис сбежал, нет, не за два... максимум за неделю. Я пойду, ладно? — сказал Виктор, переминаясь с ноги на ногу. — Меня друзья ждут.

— Спасибо, — кивнула я, и мы разошлись в разные стороны, он к друзьям, а я к своей машине. Требовалось полученные сведения как-то утрясти в голове, вот я и решила немного пройтись, размять ноги перед дальней дорогой и разложить все по полочкам. Что мы имеем: после смерти бабушки парень живет один под присмотром тетки, а потом вдруг исчезает, прихватив ноутбук и деньги. Вроде бы все ясно, решил попутешествовать... Что с ним произошло за этот год? Между тем днем, когда он покинул квартиру, и нашей встречей на дороге? Допустим, Денис просто бродяжничал. Деньги или потерял, или их украли... Деньги, кстати, могли просто закончиться, вчерашний подросток вряд ли распоряжался ими экономно. Но почему он продолжал где-то болтаться, вместо того чтобы вернуться домой?..

— Потому что его в кандалах держали, — фыркнула я. — И в наши дни рабство еще существует... А если Витькина догадка верна, и в дорогу он отправился по другой причине? Я готова поверить, что Денис вслед за родителями увлекся неким учением. Готова, готова. И «Братство знающих» тут очень кстати. А что тогда в «Братстве» бывшие бандиты делают? А то же, что и везде: отбирают кровно нажитое... Куда это меня занесло? Мальчишка одинок, кто-то предложил ему утешение и поддержку, и, прихватив деньги покойной бабки, он устремляется навстречу судьбе. Может такое быть? Вполне. Но утешители оказались жуликами.

Два месяца назад Денис все-таки возвращается в квартиру, или не Денис, а кто-то еще... с его ключами. Если допустить второй вариант, выходит, неизвестный что-то искал. Что? Деньги? Или... Тут я подумала о фотографии, найденной теткой в книге. Весьма соблазнительная версия: искали именно фотографию. Соблазнительно, но лишено всякого смысла: какое отношение «знающие» могут иметь к секте, члены которой все до одного погибли? А если нет связи, то идею с фотографией придется отбросить. Вроде бы и сведений целый ворох, а ничего толкового не вырисовывается.

Все это время я усердно вертела головой по сторонам, но мало что видела. Хотя посмотреть было на что: город красивый. Очень хотелось все незамедлительно обсудить с Агаткой, но так как нагоняя за самодеятельность мне не избежать, лучше пока не высовываться, дождаться, когда сестрица сама позвонит.

Поглазев на древний собор, я направилась к машине. Дорога предстоит долгая, надо бы заглянуть в туалет. Тут я увидела кафешку с милым названием «Крендель» и заспешила к гостеприимно распахнутой двери. «Крендель» не подвел. На стойке огромный самовар, тут же связка баранок, ясно, что подобный интерьер рассчитан в основном на иностранных туристов, охочих до балалаек и матрешек, но все равно обстановка показалась милой, а бармен так зазывно улыбался, что я прониклась к заведению симпатией.

— Где у вас туалет? — спросила я.

Молодой человек за стойкой объяснил, продолжая улыбаться, и, вернувшись из дамской комнаты, я решила немного потратиться, раз уж люди оказали мне любезность. Устроившись за столом возле окна, заказала чайник чаю, варенье и, конечно, крендель. Окно выходило не в переулок, откуда я зашла в кафе, а на довольно широкую улицу. Чуть левее был сквер, из переулка его не увидишь, а из окна кафе — запросто. Я пила чай, болтая с барменом, который особо загружен работой не был (в кафе оказались заняты лишь три столика из десяти), ну и в окно, конечно, посматривала.

И тут мое внимание привлек «Мерседес», который был припаркован совсем рядом и, наверное, стоял здесь еще до моего появления в кафе. «Мерседес» принадлежал Берсеньеву, подтверждением этому служил регистрационный номер, который я видела очень хорошо. Рука потянулась к мобильному, я собралась задать вопрос, что Берсеньев тут делает, и осчастливить его тем, что обретаюсь по соседству. Мобильный из сумки я достала, но так и не позвонила. На ум пришло странное поведение Сергея Львовича в последнее время, его желание побыть наедине и принять решение... А еще настойчивый вопрос, некогда адресованный мне: «Долго продержишься?», и хоть имел он в виду меня и Стаса, но звучало это вопросом самому себе. А теперь он здесь, в трехстах километрах от места проживания. «Он приехал к ней», — мысленно произнесла я, чувствуя, как по спине бегут мурашки величиной с яйцо. Вот так удача! Я столько времени мечтала хоть что-то узнать о его прошлой жизни, и вот наконец появился шанс. Короче говоря, услышал бог мои молитвы. В том, что это божий промысел, я не сомневалась, хотя логично было бы предположить: там, где Берсеньев, божественным не пахнет, и задействованы совсем другие силы, в чем очень скоро я смогла убедиться. А в тот момент лихорадочно соображала, что делать. Бежать за машиной и сесть Берсеньеву на хвост? Эту идею пришлось забраковать сразу. Я слишком хорошо его знала, чтобы всерьез надеяться, что из этого выйдет толк. Он очень быстро заметит слежку и... трудно сказать наверняка, что он сделает в этом случае, но о его прошлом я точно ничего узнать не успею. Наблюдать надо с почтительного расстояния, и машину ни в коем случае не задействовать, она ему хорошо известна. Меня он встретить здесь не ожидает, так что есть шанс затеряться в толпе.

И тут стало ясно: Берсеньев находится в машине, в окне мелькнула рука, часы на запястье сверкнули в скудных лучах мартовского солнца. Выходит, он довольно давно сидит в машине, минут двадцать как минимум... кого-то ждет?

— А что у вас на втором этаже? — спросила я бармена, уставившись на лестницу с резными балясинами.

— Ресторан, — ответил он.

— Отлично, — кивнула я и, не тратя времени, поднялась на второй этаж. К счастью, окна и здесь выходили на сквер. Я тут же заняла свободный столик, попросила фирменное блюдо и принялась ждать. Прошло примерно полчаса, а Берсеньев все еще сидел в машине. Чуть приоткрыл окно, закурил... Мне принесли заказ, и я успела пообедать, а он продолжал кого-то ждать. Теряясь в догадках, я оглядела сквер с высоты второго этажа, и догадка пришла сама собой. На аллее я увидела женщину с коляской. Головной убор она, как и я, не жаловала, и ветер трепал ее светлые волосы. Она откидывала их назад рукой в красной перчатке. Рассмотреть ее лицо на таком расстоянии я не могла, но не сомневалась, что женщина красива, столько в ней было достоинства и уверенности в себе. Ребенка в коляске тем более не разглядишь, но дважды мелькнуло что-то розовое, из чего я заключила: в коляске девочка. «Вот она, его тайна», — думала я, но вовсе не с ликованием и уж тем более не со злорадством. Странное дело, но Берсеньева в тот момент мне было мучительно жаль. Интересно, как часто он сюда наведывается? Каково ему видеть ее с чужим ребенком и думать: сложись все иначе, и это могла быть его дочь? И сознавать всю невозможность их встречи, рассчитывая лишь на краткие минуты, когда он может издали понаблюдать за своей любимой. Даже если он рискнет подойти, еще не факт, что она его узнает, физиономия у него изрядно перекроена... А она, быть может, помнит его прежнего, иногда думает о нем... или нет, не думает, раз и навсегда вычеркнув его из жизни, даже не догадываясь, что он совсем рядом, в трех шагах от нее.

Женщина с коляской двигалась вокруг фонтана со скульптурным изображением трех граций, фонтан, разумеется, не работал, а раздетые красотки имели очень грустный вид. Сделав круг, женщина пошла по аллее, их здесь было пять, они лучами расходились от фонтана в стороны. В конце аллеи развернулась и не спеша вновь направилась к трем грациям. Наверное, она гуляла так довольно долго. А Берсеньев наблюдал за ней, держась на расстоянии. Долго он будет так сидеть? А вдруг вовсе не эта женщина его интересует? Хоть я и задавалась подобным вопросом, но на самом деле была уверена: это она. Прежде всего, других подходящих объектов в сквере не было, но дело даже не в этом. Я просто знала. Это вроде шестого чувства, которое вдруг появляется, отметая все сомнения.

Тут машина Берсеньева плавно тронулась с места и через минуту исчезла из поля моего зрения. Я растерянно крутила головой, женщина направлялась к выходу из сквера, в той стороне был пешеходный переход. Свидание окончено? Сейчас она уйдет, и загадка так загадкой и останется.

Я подозвала официантку, сунула ей деньги и опрометью бросилась на улицу. Чтобы из переулка попасть на соседнюю улицу, где находился сквер, понадобилось время. С сильно бьющимся сердцем я неслась через дорогу, очень боясь, что женщину я упустила. И только увидев ее метрах в трехстах впереди, вздохнула с облегчением. Торопливо огляделась: машины Берсеньева нигде не было. Женщина двигалась не спеша, а я прибавила шаг и вскоре почти поравнялась с ней. Что дальше? Подойти и заговорить?

— Простите, — начала я, оказавшись с ней рядом, она повернула голову и улыбнулась, а я подумала: «Какая красивая». Красивых женщин много, но в этой было что-то особенное. Светлые глаза смотрели внимательно, однако без намека на любопытство. — Простите, — повторила я, вдруг растерявшись. — Я немного заблудилась. Мне нужен торговый центр «Северный».

Именно там я оставила машину.

— Это совсем рядом, — ответила женщина. — За углом направо.

Она окинула меня быстрым взглядом, вновь улыбнулась и пошла дальше, а я сказала ей вдогонку:

— Спасибо.

«Вот черт, — выругалась мысленно. — Не надо было к ней подходить. А уж если решила, стоило подготовиться».

Я подождала, когда она удалится на почтительное расстояние и, держась ближе к домам, пошла за ней. Она ни разу не оглянулась, но рисковать все же не стоило. Очень быстро наша совместная прогулка подошла к концу. Блондинка свернула в переулок и оказалась возле особняка за кованым забором, своим ключом открыла магнитный замок калитки. Сомнений не осталось: она идет домой. Я перешла на другую сторону улицы, а она как раз поднялась на крыльцо. Навстречу ей вышла женщина лет сорока, придержала дверь рукой и что-то спросила. До меня долетели слова:

— Анечка такая умница...

Дверь закрылась, а я вновь чертыхнулась. Ладно, я знаю, где она живет, а значит, имя женщины установить будет несложно. Ну, узнаю, а дальше-то что? Соберусь с силами, подойду еще раз и спрошу... что? Кто такой ее былой возлюбленный? И как я объясню свой внезапный интерес? Допустим, скажу правду. А если ей моя правда не понравится? Представим ситуацию: подходит ко мне девица на улице и спрашивает, кем некогда был Стас? До того, как стал преуспевающим бизнесменом? Нет, не годится.

Тяжко вздохнув, я направилась к парковке. Выехала на проспект, но, словно против воли, свернула к скверу, а через несколько минут тормозила неподалеку от дома номер пять. Не могу я уехать, так ничего и не узнав. Возникла мысль, что это может выйти мне боком, но как возникла, так и исчезла, не произведя особого впечатления. Когда это подобные мысли меня от глупостей удерживали? Не знаю, сколько бы я просидела в машине, но тут молодая женщина появилась вновь. Вышла из калитки, сунула сумку под мышку и направилась в сторону сквера. Я развернулась, наплевав на правила, и поехала за ней.

Это не было похоже на прогулку, женщина двигалась довольно быстро, один раз взглянув на часы. Должно быть, у нее назначена встреча.

Мое невольное вмешательство в чужую жизнь вызвало легкое угрызение совести. «Не будет ничего плохого, если я за ней немного понаблюдаю», — оправдывалась я.

Минут через пятнадцать она вошла в пивной бар «Бочка». С подобным местом ее облик не вязался, и я принялась гадать, что ей здесь понадобилось. Припарковаться негде, пришлось проехать чуть дальше и кое-как втиснуться между двумя здоровенными джипами. Если б я не сунулась к ней с дурацким вопросом, могла бы сейчас зайти в бар. Какое мне, в сущности, дело, с кем она там встречается? Но эта мысль впечатления тоже не произвела. Мне очень хотелось хотя бы одним глазком заглянуть в ее жизнь.

Время шло. Я терпеливо сидела в машине, хотя куда разумнее было отправиться домой, успела бы добраться, пока светло. Агатка не звонила, и я сочла это удачей, желание беседовать с сестрой в настоящий момент отсутствовало. Все мои мысли были о незнакомке. И тут она наконец появилась в компании дюжего дядьки с рыжими усами. Я наблюдала в зеркало, как они стоят у дверей бара, оба смеялись, женщина погладила его по предплечью, а он весело фыркнул. Неужто это ее муж, человек, которого она предпочла Берсеньеву? Сергея Львовича я искренне считала редкой сволочью, но тут все во мне возмутилось. Она что, не в своем уме? Мужчина наклонился и поцеловал ее в щеку, а она, помахав ему на прощание, пошла к пешеходному переходу.

Здоровяк поравнялся со мной и сел в джип, что был припаркован рядом, на губах его все еще блуждала улыбка. Он тронулся с места, посигналил незнакомке, а она еще раз помахала ему рукой. «Нет, это не муж и не любовник, — с подозрительным облегчением решила я. — Скорее друг. Близкий друг».

Женщина оказалась на другой стороне улицы, достала мобильный и, не останавливаясь, с кем-то поговорила. Поравнявшись с троллейбусной остановкой, стала ждать. Через пять минут рядом с ней остановился «Бентли», а я присвистнула. Не хилые у нее друзья... или это муж? Дверцу предусмотрительно распахнули, женщина заняла переднее пассажирское сиденье, машина еще некоторое время не трогалась с места, но что происходит в салоне, я видеть не могла.

«Бентли» сорвался с места, и я устремилась за ним, боясь потерять его из вида, но опасения оказались напрасны, очень скоро машина свернула в уже известный мне переулок, ворота дома номер пять разъехались в стороны, пропуская роскошную тачку, вслед за этим гостеприимно распахнулись двери подземного гаража, а мне только и осталось, что любоваться домом за высоким забором. «Дом в три этажа в самом центре города, «Бентли», она не прогадала, отшив Берсеньева», — со странной неприязнью подумала я. Теперь уж точно ничто не мешало отправиться домой, голубки в своем любовном гнездышке и, вероятно, сегодня его уже не покинут. Хотя не факт. Как-никак суббота. Жаль, не взяла с собой ноутбук, был бы шанс узнать, кто здесь обретается.

Я включила радио, то и дело поглядывая на калитку. Примерно через полчаса дверь дома открылась, но меня ожидало разочарование, к калитке шла женщина, та самая, что встречала незнакомку с коляской. Она направилась в конец переулка, где, как я уже знала, была автобусная остановка. Надо полагать, это няня или домработница, спешит к себе после трудового дня. Домработницы иногда не прочь посудачить о своих хозяевах.

Я вышла из машины и бегом припустилась за ней. Переулок был пуст, и я сочла это безусловной удачей.

— Вы мне не поможете... — начала я, женщина остановилась и, чуть нахмурившись, ждала объяснений. — Я ищу дом номер пять «а», — вдохновенно начала я врать.

— Пять «а»? — она повертела головой и пожала плечами. — Не знаю. По-моему, такого дома просто нет.

— Там живет моя подруга, я приехала из другого города, мобильный разрядился, номер телефона я не помню. Это должен быть частный дом...

— Частный дом здесь только один, других нет, вы же видите.

— А в пятом доме кто живет?

— Как фамилия вашей подруги?

— Волкова.

— Нет. Я работаю в пятом доме, там живут другие люди.

— Может, они знакомы с моей подругой...

— Никого не знаю с такой фамилией, — женщина пожала плечами и заспешила к остановке, а мне пришлось вернуться к машине.

«Зря я к ней сунулась», — в досаде подумала я. Много чего я успела сделать зря. Сыщик доморощенный... Надо уезжать. Но благое пожелание осталось без последствий.

Еще минут двадцать я просидела в машине, убеждая себя, что, если няню отпустили, вряд ли хозяева покинут дом. Ничего более не происходило. Мне бы радоваться, а я по дурости расстроилась. Дала себе еще пятнадцать минут, а когда они закончились, еще десять.

Вздохнув, я забила адрес в навигатор и вскоре уже выезжала из города. И все-таки можно праздновать хоть небольшую, но победу — один—ноль в мою пользу. Знал бы Берсеньев о том, где я сейчас нахожусь... Не приведи господи, не то он быстро сравняет счет. Скорее всего, эта победа будет последним достижением в моей жизни.

Я выехала на федеральную трассу и тут заметила джип, который весьма нахально повис у меня на хвосте. Он мигнул фарами, а я, проворчав: «Не терпится ему», перестроилась в правый ряд, не ожидая от судьбы подвоха. А надо бы. Джип рванул вперед, и тут же меня подрезал, принуждая съехать на обочину. Не успела я обложить водителя от всей души, как еще один джип, на который я ранее не обращала внимания, подпер мою машину сзади. Теперь смысл происходящего стал доходить до меня, а все мои недавние действия виделись в ином свете и получили соответствующую оценку: дурость чистой воды.

Развить эту мысль я не успела. Двери джипа, что стоял впереди, распахнулись, и я увидела двоих молодых людей, сосредоточенных и суровых. Мелькнула мысль: «Фээсбэшники, что ли», но тут же была признана очередной дуростью. Один из них направился к моей дверце, второй замер с противоположной стороны. Я поспешно достала мобильный, прикидывая, кому звонить. Тот тип, что оказался рядом со мной, постучал по стеклу. Открывать дверь я не собиралась, а вот окно чуть опустила.

— В чем дело? — спросила резко.

— Один человек хочет с тобой поговорить, — произнес он, голос звучал спокойно, даже ласково.

— Да? Я не против. А где он?

— Неподалеку. Выходи из машины.

— Еще чего. Это он хочет поговорить, а не я.

И тут дверь распахнулась. Бог знает, как он это проделал, но факт остается фактом.

— Давай по-хорошему, — с ленцой предложил он.

Я с тяжелым вздохом покорно вышла из машины.

Парень кивнул удовлетворенно, отобрал у меня мобильный, и мы направились к джипу.

Через мгновение я оказалась на заднем сиденье в компании все того же типа, водитель лихо развернул свое транспортное средство, и мы помчались назад в город, вторая машина следовала сзади. Я с тоской проводила глазами свою «Ауди».

— Она только выглядит паршиво, а вообще-то ничего... — заметила с печалью.

— Вряд ли на нее позарятся, — пожал плечами тип, сидевший рядом.

У меня было двадцать минут, чтобы подумать о своем бедственном положении, именно столько мы потратили на дорогу. Въехали на парковку, и я с некоторым удивлением увидела, что конечный пункт нашего путешествия — ресторан «Шанхай». Если верить вывеске.

— Это что, приглашение на ужин? — буркнула я.

— Вроде того. Потопали.

Мы действительно вошли в ресторан, и это порадовало. Может, зря я паникую? Холл был пуст, что значительно умерило мою внезапную радость. Шла я в сопровождении только одного молодого человека, все прочие остались на улице, можно ли считать это хорошим предзнаменованием, я ответить затруднялась и, в конце концов, решила не торопиться.

Мы свернули в коридор и вскоре замерли перед дверью, мой конвоир постучал, а потом и приоткрыл ее, произнеся почтительно:

— Тимур Вячеславович...

Распахнул дверь пошире и легонько толкнул меня в плечо. Я оказалась в просторном кабинете, дверь закрылась, конвоир остался в коридоре. Место за столом пустовало, я повернула голову и возле окна увидела мужчину, он стоял ко мне спиной.

Я молчала, вцепившись в сумку, он то ли делал вид, что не подозревает о моем присутствии, то ли просто не торопился с разговорами. Не выдержав, я робка кашлянула. Он кивнул и сказал, не оборачиваясь:

— Садись.

Я пристроилась на краешке стула, стоявшего неподалеку от двери. Мужчина в задумчивости прошелся по кабинету. Потом направился к столу. Я смотрела на него во все глаза, пытаясь отгадать, с кем меня столь неожиданно свела судьба.

Благополучный исход встречи вызывал сомнения. Человеком он был опасным. Достаточно взглянуть на него, чтобы сделать подобный вывод. Малоутешительный в моей ситуации. Мужчина был по-своему красив, разумеется, если вам по душе хищники. Глядя на него, я представляла себе акулу, скользящую по воде.

У него были большие ладони, на правой руке обручальное кольцо. Хотела бы я взглянуть на женщину, рискнувшую связать с ним свою судьбу. На

левой руке перстень с изумрудом, наверняка антиквариат. Я разглядывала его руки, не решаясь встретиться с ним глазами. Высокий рост, отличная фигура, которую подчеркивал дорогой костюм. Открытый
лоб, тяжелый подбородок. Волосы он зачесывал назад. Одевался безукоризненно и находился в пре-
красной физической форме. Если ему и доводилось
улыбаться, то этого никто никогда не видел.

Меня он тоже разглядывал. Внимательно. И с
объяснениями не спешил. Впрочем, это я загнула:
станет подобный тип утруждать себя объяснениями...

Затянувшееся молчание очень меня беспокоило, и я решила, что начинать придется мне.

— Вы повергли меня в замешательство, — вздохнула я.

— Да? — поднял он брови.

— Замашки у ваших парней бандитские, а вы
выглядите депутатом Государственной думы, — на-
думала я ему польстить. Но вряд ли он проникся,
судя по всему, мой легкий подхалимаж впечатления
не произвел. Мужчина усмехнулся и спросил:

— Ожидала увидеть что-нибудь эдакое, с гряз-
ными ногтями?

— Времена меняются, — пожала я плечами.

— Уверен, мои ребята тебя и пальцем не трону-
ли, — сказал он. — Разумеется, это еще ничего не
значит.

— Хотите сказать, моя судьба находится в моих
руках? Или все-таки в ваших? Если в моих, буду
очень признательна, растолкуй вы мне, что я должна сделать для того, чтобы она меня радовала.

Вот тут и выяснилось, кое в чем я дала маху: улыбаться он умел. Губы его дрогнули, он даже засмеялся, легко и мгновенно, но радоваться я не спешила. Черт его знает, о чем он думает, когда вот так улыбается.

— У меня машина на объездной дороге осталась, — заметила я с грустью, желая разведать обстановку.

— Нашла о чем беспокоиться, — вроде бы удивился он.

— Это вы в том смысле, что есть проблемы посущественнее?

— Догадливая.

Он выпрямился в кресле и продолжил деловито:

— Что ж, мое имя ты слышала, а как тебя зовут?

— Ефимия. Можно Фенька.

— Будем считать, что познакомились. А теперь вопрос, желательно, чтобы он был единственным. Так что, прежде чем ответить, хорошо подумай. Что тебе понадобилось от моей жены?

Вот оно как! Открытие, конечно, не удивило. Чего-то подобного следовало ожидать. Надо же было вести себя так по-дурацки! Дом в три этажа, «Бентли» и этот тип в дорогом костюме. Выходит, это и есть человек, которому Берсеньев обязан своими душевными муками. Сергей Львович, конечно, сволочь, но и этот, похоже, ничуть не лучше. Если не хуже. Большая любовь Берсеньева сделала оригинальный выбор. Впрочем, не мне судить, тем более что ни об этом Тимуре, ни о самом Берсеньеве я ничегошеньки не знаю.

С подобным типом шутки плохи, это ясно. Говорит он спокойно и откровенными угрозами себя не утруждает. Ему и не надо. У меня и без того поджилки трясутся. Врать ему — дело зряшное. От слов он быстро перейдет к делу и выбьет из меня даже то, что я забыть успела. Может, не сам, чтоб белоснежную рубашку не испачкать. На это есть мальчики, которые пасутся в коридоре... Если ложь во спасение не годится, значит, придется рассказать правду. Рассказать про Берсеньева, который сидел в машине, наблюдая за его женой, чем возбудил мое нездоровое любопытство. Конечно, он может и этому не поверить...

И тут вдруг стало ясно: рассказывать о Берсеньеве категорически не хотелось, даже в предчувствии возможных последствий. Вопреки всякой логике мои симпатии были на его стороне. Тип, что сидит напротив, отобрал у него самое дорогое, а меня папа с мамой учили: лежачего не бьют. Может, насчет «лежачего» Берсеньева я малость загнула, но сути это не меняет.

— Ну? — подал голос Тимур Вячеславович, а я вздохнула.

— Вы ж сказали: хорошо подумать, вот я и думаю.

— Не увлекайся.

— Вам хорошо говорить.

— А тебе чем плохо?

— Мне даже хуже, чем вы себе можете представить. Я бы очень хотела соврать, но побаиваюсь. А правде вы не поверите.

— Валяй, вдруг прокатит.

— Вряд ли, — в который раз вздохнула я. — Уж очень все по-дурацки.

— Ты бы, дорогуша, не испытывала мое терпение, — нараспев сказал он.

— Ваша жена очень похожа на мою одногруппницу, мы в университете вместе учились, — поспешно пояснила я, заподозрив, что он, несмотря на свой великосветский лоск, университетов не кончал и слово «одногруппница» ему незнакомо. — Юлька Волкова. Девица с придурью, училась кое-как, но всегда мечтала об олигархе. Подругами мы никогда не были, и о ее дальнейшей судьбе я ничего не знала. И вдруг вижу сегодня: идет Юлька с коляской, ведь дура дурой, а замуж кто-то взял... А я, между прочим... в общем, мое женское счастье поманило и показало фигу. Но еще теплилась надежда: вдруг Юлька в девках родила? Опять же были сомнения: неужто в самом деле она? Уж очень выражение лица непривычное, Юлька хоть и красавица, но выглядела почти что идиоткой. Я ее догнала и вопрос задала, несущественный... Голос вроде Юлькин, но все равно сомнения. И меня не узнала... Надо бы спросить, она это или нет, а я малость растерялась. Вдруг правда Юлька, но если она меня не узнала, выходит, выгляжу я хуже некуда, жизнь потрепала и все такое. Кому это приятно? Она пошла себе дальше, и я за ней, потому что было интересно. А она сворачивает к особняку в центре города, как такое пережить? Но я себя уговаривала, вдруг просто нянькой здесь работает? От любопытства чуть не лопнула. Оттого и таскалась за ней. Все думала, как бы узнать, Юлька или нет, но чтоб она не знала, что я — это я. А то получится: у нее жизнь — чистый сахар, а мне и похвастать нечем. А уж когда я «Бентли» увидела, совсем нехорошо стало. Выходит, Волкова и вправду олигарха отхватила? Из дома вышла женщина, ну, я за ней припустилась, чтоб сомнения разрешить. Но не разрешила. Волкову она не знает, а имя хозяйки дома мне не назвала. Вдруг все-таки Юлька, девичью фамилию тетка могла и не знать.

— И ты еще полчаса после этого сидела в машине. Ждала, что еще кто-то выйдет? — спросил он. Мой треп выслушал спокойно, на его физиономии никаких эмоций не отражалось, впрочем, неудивительно. Подобные типы их кому попало не демонстрируют.

— Честно? — Я почесала нос и тяжко вздохнула.

— По возможности.

— Мне уже ничего знать не хотелось.

— Тогда почему в машине сидела?

— Я плакала. Так обидно было, Юлька или нет, какая разница, если собственная жизнь ни к черту. Я ж не знала, что с вами встречусь, не то бы на судьбу не спешила жаловаться.

— А в наш город ты по какой надобности? Достопримечательности посмотреть?

— Вот только достопримечательностей мне не хватало! Я здесь в командировке.

— Интересно.

— Не очень. Я в адвокатской конторе работаю. У нас тут дело возникло неприятное. Надо было встретиться с одним человеком. Родственницей потерпевшего.

— Чего ж ты замолчала? — удивился Тимур Вячеславович, когда в моем рассказе образовалась пауза.

— Так ведь...

— Расскажи о деле, о родственнице потерпевшего.

— Вам в подробностях?

— А куда спешить?

— Мне вообще-то есть куда, но если вы настаиваете... — Я довольно подробно изложила свою историю, особого вреда в том не видя, зато могла продемонстрировать лояльность. Захочет проверить — на здоровье. История его не увлекла, но выслушал терпеливо. — А вашу жену как зовут? — под конец спросила я. Он усмехнулся, а я поспешно кивнула: — Я же просто спросила... ой, если это правда Юлька... Юля, я хотела сказать... на самом деле, она была нормальной девчонкой и училась, не скажешь, что совсем плохо... не глупее прочих... это я так, из зависти на нее наговариваю.

— Повезло тебе, — сказал он. — Я жене обещал быть хорошим парнем. Слово я всегда держу, оттого и стараюсь изо всех сил. Без нужды башку никому не отрываю. Хотя иногда так и тянет. Вот как сейчас. — Тимур Вячеславович поднялся, обошел стол и к нему привалился, скрестив на груди руки. — Если тебя еще раз в командировку пошлют — откажись. Лучше всего вообще забудь сюда дорогу.

— Уже забыла. Честно.

— Вот и отлично.

Он направился к двери, но, поравнявшись со мной, наклонился к самому лицу, заглядывая в глаза:

— А ему передай: он до сих пор жив, потому что я смотрю на это сквозь пальцы. — Голос его проникал внутрь, точно рычагом раздвигая ребра, сердце бешено застучало, я собралась пискнуть: «Кому передать?», и не смогла. — Нашел нору поглубже, вот пусть в ней и сидит. — Тимур Вячеславович выпрямился и распахнул дверь. — Сережа, проводи девушку, и позаботьтесь, чтобы она благополучно покинула город.

— До свидания, — сказала я, вскакивая со стула.

— Ты себя не бережешь, — покачал он головой в притворной досаде.

— Я хотела сказать, прощайте.

— Вот так куда лучше.

На негнущихся ногах я покинула кабинет, в коридоре меня ждал все тот же молодой человек, которого, оказывается, звали Сергеем.

Когда мы садились в джип, он протянул мне мобильный.

— Окно можно открыть? — спросила я, заподозрив, что могу лишиться чувств.

— Да ради бога. — Сергей взглянул насмешливо и отвернулся.

Моя машина стояла на обочине. Впрочем, не окажись ее там, я бы вряд ли особенно расстроилась. На фоне грандиозного везенья мелкие неприятности не в счет. То, что мне удалось отделаться испугом, хоть и нешуточным, иначе как грандиозным везением не назовешь.

Лишь только я завела мотор, джип развернулся и скрылся из глаз, прежде чем я успела издать глубокий вздох облегчения. Проехав километров двадцать, я понемногу начала приходить в себя. Тут и появились кое-какие мысли, до этого их просто не было. Тимур Вячеславович, чтоб его черти слопали, все понял. Хоть и по-своему. Он уверен, что меня послал Берсеньев взглянуть на свою любимую и убедиться, что у нее все в порядке. Какой порядок с таким-то мужем?

Берсеньеву в этом городе появляться нельзя, о чем он прекрасно знает. И все же приехал. Башкой рисковал, чтобы всего несколько минут издалека понаблюдать за любимой женщиной, не имея возможности слова сказать или даже приблизиться. Врагу такого не пожелаешь. Наверное, он это заслужил... Заслужил или нет, но одно ясно: я невольно его подставила. По дурости влезла во что-то такое, чего ни в коем случае касаться была не должна. Я не могу исправить того, что уже сделано. Но, смахивая ладонью слезы, то ли от обиды за свой недавний страх, то ли из-за еще горшей обиды за Берсеньева, за эту его сумасшедшую неприкаянную любовь, я дала себе слово: вычеркнуть из памяти все, что видела и слышала. И никогда, как бы ни мучило глупое любопытство, не пытаться хоть что-то узнать о его прежней жизни. С этого мгновения и навсегда он для меня Берсеньев Сергей Львович. Аминь.

Подъезжая к родному городу, я позвонила Агатке. Мою инициативу она вряд ли одобрит, хотя, если б не ее врожденная вредность, должна была бы сказать мне спасибо: ей не придется тащиться за триста километров и терять целый день. Значит, следует избрать привычную тактику общения с дорогой и любимой: выдать худший вариант развития событий, а затем медленно двигаться назад, чтобы остановиться в конце концов на чем-то оптимистичном.

— Как дела? — спросила я, когда она соизволила ответить.

— Нормально.

— С Тимохой поговорила?

— Мозги вроде вправила. Все осознал и обещал глупостей не делать. А ты чем занималась?

— Утром встала, настроение ни к черту... — заунывно начала я, увлекаясь все больше и больше, но сестрица спутала все планы, спросив язвительно:

— К тетке успела смотаться?

— И вовсе нет, — ответила я, обидно было, что мою заготовленную речь до конца так и не выслушала.

— Там, где тебя учили врать, я преподавала, — хмыкнула Агатка. — Хоть с пользой съездила?

— Еще бы. Только давай я завтра тебе все расскажу.

— Чего так?

— Чего, чего, дорога-то неблизкая. Устала.

— Ну, отдыхай.

Убрав мобильный, я почти сразу пожалела, что отложила разговор. Посидели бы с сестрицей, попили чаю... А что мне, собственно, мешает к ней отправиться? Но на светофоре я все же свернула направо и вскоре уже входила в свой подъезд. Ключа под ковриком не оказалось. С некоторой опаской я толкнула дверь и вошла в темную прихожую. Нащупала выключатель. Свет вспыхнул, я повертела головой и на вешалке обнаружила куртку Берсеньева. Сердце ухнуло вниз. Неужто он меня сегодня выследил? Ну, надо же! Только этого не хватало.

В квартире тишина, свет нигде не горел... Я осторожно вошла в свою комнату. Раздался щелчок, вспыхнул свет настольной лампы. Берсеньев лежал на диване, сонно щурясь.

— Привет, — сказал весело.

— Чего притащился? — маскируя беспокойство, проворчала я.

— Так ведь суббота сегодня.

— Ага. А вчера была пятница.

Он сел, потянулся и сладко зевнул.

— Точно. Но прошла впустую, без милых моему сердцу посиделок. Вот я и подумал, отчего бы не напиться сегодня?

— Не хочу я напиваться, голова болит.

— Не хочешь — не надо. Слушай, а тебе Димка, случайно, в любви не признался? Звоню ему, он сказал, что запил, просил временно его не беспокоить, а от твоих прекрасных черт у него изжога.

— Чего ж не запить, здоровье есть...

— Так признался или нет? Я не из любопытства спрашиваю, хотелось бы знать, распалась наша чудная компания или еще глаза друг другу помозолим?

— Отвали, а? — попросила задушевно.

Берсеньев кивнул.

— Значит, он не нашел понимания. Жаль парня. Кстати, я торт купил. В ресторан идти лень, но если вдруг надумаешь, только скажи.

Мы прошли в кухню, Берсеньев стал заваривать чай, а я за ним исподтишка наблюдала. Не похоже, что он меня застукал. В физиономии ничего подлого. Ухмыляется насмешливо, но это он так всегда ухмыляется. Отсутствующее выражение из глаз исчезло. Съездил, успокоился. Интересно, как часто он к ней наведывается? Стоп, я себе слово дала... Берсеньев поставил передо мной чашку и поцеловал меня в лоб.

— Чего-то я по тебе соскучился, — засмеялся весело, а мне захотелось сказать: «Этот тип тебе в подметки не годится», но вместо этого обхватила его руками за талию и уткнулась носом куда-то в живот. Он провел ладонью по моим волосам и спросил: — Эй, в чем дело? Димка достал или опять Стаса встретила?

— В комплексе, — вздохнула я, отлепилась от него и стала пить чай.

— Димка попьет немного и назад прибежит. А Стас... тут прогноз, извини, неутешительный. Он сам себя на ремни кромсать будет, но вида не подаст, что ему без тебя живется хреново.

— Хреново мне, а ему вроде нормально. Чего ты сунулся с дурацкими разговорами? — проворчала я в досаде, окончательно успокаиваясь: нет, ничего он не знает.

— Хорошо, сменим тему. Как там твой бомж?

— Похоронили.

— Да? И твой интерес вместе с ним?

— Интерес остался. Слушай, мне поработать надо. Сестрица сильно гневается на мою хроническую лень.

— Ясно, — засмеялся Берсеньев. — Что ж, пойду искать красотку поговорчивее. Не пропадать же субботе.

Я проводила его до входной двери и, только когда он наконец удалился, смогла перевести дух. Вернулась в комнату и включила ноутбук. Интересовала меня секта, о которой рассказывала тетка Дениса Кочеткова. Материалов в Интернете нашлось предостаточно. Одиннадцать лет назад об этом случае трубили все центральные газеты. Я обнаружила ряд статей, подписанных фамилией Ушаков. Журналистское расследование, которое он провел, заслуживало уважения. Прежде всего Ушаков подробно изложил биографию основателя секты отца Гавриила, в миру Бибикова Ростислава Юрьевича. Биография, кстати, весьма обыкновенная, до определенного момента, конечно. Бибиков родился в рабочей семье, отнюдь не религиозной, учился в школе, потом в профтехучилище, отслужил в армии, затем поступил в политехнический институт, окончил его с красным дипломом и несколько лет проработал инженером на заводе. В начале девяностых дела на производстве шли из рук вон плохо, Бибиков попал под сокращение, год болтался без работы, перебиваясь случайными заработками: ремонтировал машины, чинил бытовую технику и даже торговал на рынке обоями. К тому моменту он уже женился, стал отцом. Жена работала в школе, преподавала историю. Денег не хватало, но они худо-бедно справлялись. Работу по специальности Бибиков в конце концов нашел, а примерно через год к нему явился архангел Гавриил и передал благую весть: отныне на сына божьего Ростислава возложена миссия: глаголом жечь сердца людей, наставляя их на путь истинной веры. После чего Бибиков принял имя Гавриил в честь божьего посланника и приступил к выполнению обязанностей. На собственные деньги издал несколько книг, в которых весьма подробно изложил свою беседу с Гавриилом, и предложил руководство по спасению.

У него нашлись сторонники. Книги дважды переиздавали, и расходились они весьма неплохо. Вскоре для встреч и совместных молитв Гавриил начал регулярно арендовать зал в одной из спортшкол. Собрания становились все многолюднее. К концу третьего года успешной миссионерской деятельности Гавриила вновь посещает архангел, после чего им было принято решение организовать общину. Бибиков продает квартиру и вместе с женой, детьми и ближайшими сторонниками в количестве пяти человек отправляется в сельскую местность. Покупают два дома в деревне, где уже давно никто не живет. Вскоре к ним присоединяются еще две семьи, а через год община насчитывает уже семнадцать человек.

Вопреки заверениям тетки Дениса, члены общины людей отнюдь не чуждались. Дважды за время существования поселения у них были журналисты, которые находились в деревне в общей сложности неделю и могли наблюдать за жизнью отшельников, так сказать, изнутри. Сенсации из этого не вышло. Одним из журналистов как раз и был Ушаков. Он подробно описал быт и нравы, царящие в общине, которые заслуживали безусловного уважения. Журналист признавал, что подобное гостеприимство было, скорее всего, связано с недовольством родственников членов паствы Гавриила, которые обвиняли последнего в зомбировании, присвоении чужой собственности и прочих преступлениях. Ушаков смог убедиться: насильно здесь никого не держат, все решения в общине принимаются сообща, Гавриил — духовный лидер, на руководство в мирских делах не претендующий.

Автор статьи писал о нем с большой симпатией: доброжелательный, умный, избегающий споров и конфликтов. Любящий отец, одним словом. Авторитет его был велик, но это не мешало ему выполнять любую работу. Распорядок дня был примерно такой: ранний подъем, общая молитва, уход за скотиной и сельхозработы (что надлежит сделать и кто чем будет заниматься, решали все вместе), перед обедом вновь молитва, свободное время, которое каждый использовал как хотел, работа по дому, вечерняя молитва и общий сбор в доме Гавриила. В это время он обычно читал свои проповеди или просто беседовал с паствой, особое внимание уделяя детям. В телевизоре они не нуждались, об Интернете в тех местах тогда еще не слышали. В общем, жили люди, как считали нужным, никому не мешали и очень рассчитывали, что и их оставят в покое.

Основными сельскохозяйственными продуктами община обеспечивала себя сама. Но примерно раз в месяц в летнее время Гавриил один или с кем-то из паствы приезжал в ближайший сельский магазин. Охотно беседовал со всеми, кто этого желал, закупал не только спички, соль и сахар, но также сладости детям, что в статье было отмечено особо: если взрослые придерживались некоего аскетизма в пище, на детей это не распространялось.

В общине было много книг, в основном духовных, отечественная классика (по выбору Гавриила) и целая библиотека для детей. С сентября из-за бездорожья община жила обособленно от мира, в середине августа запасались мукой на всю зиму и прочими необходимыми товарами, покупали у местного пасечника по сорок литров меда. В общине был свой врач, и медикаменты тоже имелись, хотя их использование сводили к минимуму. Картина идиллическая.

А потом случилась трагедия. Чувствовалось, автор статей мучился вопросом, почему она произошла. Почему люди, не производящие впечатления религиозных фанатиков, вдруг решили свести счеты с жизнью, все вместе, в один день? Ответа на этот вопрос он так и не нашел. Вместо этого подробно изложил все имеющиеся факты о жизни общины в последние месяцы ее существования. В июле тот самый врач, о котором уже упоминалось, по фамилии Туманов, отправился вместе с женой в Москву, где продал свою двухкомнатную квартиру. В начале августа они возвращаются в общину. Четырнадцатого августа бабушка увозит гостившего у родителей Дениса Кочеткова. Примерно двадцать третьего августа в общине оказываются заплутавшиеся грибники, дачники из деревни, находящейся в десяти километрах от поселения. Их приняли гостеприимно, напоили чаем и вывели на дорогу. Впоследствии с ними беседовал следователь, ничего необычного они в свой визит не заметили. Гавриил с ними разговаривал, был по обыкновению отечески ласков. В конце августа начались проливные дожди, проселочную дорогу размыло, и с того момента ни самого Гавриила, ни кого-либо из его паствы живыми уже не видели. В один из ноябрьских дней соседи заметили столб дыма, а вскоре охотники забрели в поселение и обнаружили сожженную дотла церковь.

Церковь строили два года, собственными силами, со стороны людей не привлекая. Сам Гавриил создал фотолетопись ее строительства. Фотографии висели в его доме. Закладка фундамента, бревенчатый сруб, первая служба в уже готовой церкви. Фотографии Ушаков использовал для своей статьи. Деревянная церквушка, крыша и куполок луковичкой, крытые железом. Возле церкви сам Гавриил с детьми. Все довольно улыбаются в объектив. На окнах решетки, что меня удивило. Позже выяснилось, что в церкви была икона семнадцатого века, подаренная Гавриилу одним из его почитателей. Должно быть, тот опасался, что лихие люди на икону позарятся.

Приехавшие по вызову следователи обнаружили на пепелище семнадцать трупов. Опознать их без специальной экспертизы было невозможно. Экспертизу провели и убедились: община в полном составе. Пожарные, тщательно обследовавшие пепелище, пришли к выводу: стены церкви были облиты бензином, и пожар начался с внешней, а не с внутренней стороны. Ушаков объяснял это так: видимо, приняв решение покинуть грешный мир, паства Гавриила отрезала себе путь к отступлению. Оттого и облили стены бензином. Вошли в храм и начали молитву. Сам Гавриил или кто-то еще бросил спичку и присоединился к остальным. Логично предположить, что дверь заполыхала первой. Вероятно, ее даже заколотили изнутри, чтоб уж точно не поддаться искушению и не сбежать. Опровергнуть эту догадку или подтвердить нельзя: и дверь, и дверной проем сгорели полностью, а вот молоток на пепелище действительно нашли.

Я читала статью и пыталась представить, как все это происходило. Волосы в буквальном смысле вставали дыбом и тошнота наворачивалась. Люди молятся, вокруг бушует пламя, едкий дым, а рядом трое детей. Заложники веры своих родителей. Это ж кем надо быть... может, их чокнутым отцам хватило ума избавить их от страданий? Внесли в церковь уже бесчувственными? Этим же вопросом задавался Ушаков. Труп старшей из девочек находился ближе всего к двери. У нее единственной из всех обнаружена рана на затылке. Голова была пробита. Она пыталась вырваться? Упала и разбила голову? Или на нее рухнула горящая балка? Был еще вариант, пострашней: она не желала покорно умирать, внося смятение и лишая спектакль величия, и кто-то из взрослых попросту убил ослушницу.

Остальные тела находились возле алтаря, перед смертью люди держались близко друг к другу, несколько человек лежали обнявшись. Младшую девочку мать закрывала своим телом. «Это что ж с людьми-то делается? — в ужасе думала я. — Что за винтик вдруг отказал в мозгах, чтобы они решились на такое?» И пожарные, и следователи, работавшие на месте, испытали шок... Неудивительно. После таких картин веры в светлое будущее человечества уже не остается.

Соседний с церковью дом тоже сгорел полностью, видимо, огонь перекинулся и на него. Каждая семья проживала в отдельном доме, в сгоревшем — супруги Тумановы. В остальных царил образцовый порядок. В доме Гавриила в шкафу небольшая сумма денег и рукопись неопубликованной книги, шестой по счету. Ознакомившись с ней, следователи узнали об очередном визите архангела. Ушаков приводил выдержки из этой книги: мрачные картины конца света. Судя по всему, его решили не дожидаться. Ужас от того, что их ожидало впереди, перевешивал страдания, на которые они обрекали себя добровольно. Книга Гавриила стала весомым аргументом в пользу версии о самосожжении.

Хотя были и другие. Квартира в Москве, даже если это типовая двушка, стоит немало. Супруги Тумановы деньги получили и, скорее всего, передали их в общину. Но, кроме нескольких тысяч, ни в доме Гавриила, ни где-либо еще денег не обнаружили. В общине был казначей, не Гавриил, как можно было бы предположить, а некто Петр Лукашев, это, кстати, сам основатель секты особо подчеркивал в своей беседе с журналистами, чтобы отвести от себя обвинения в корысти и подчеркнуть, что община живет по демократическим принципам, и власть здесь не сосредоточена в одних руках. Сколько тут лукавства, а сколько правды — уже не выяснишь.

В доме казначея перерыли все сверху донизу, но денег не нашли. То, что их успели потратить за три с небольшим месяца, маловероятно. Практически все, кто жил в общине, продали свои квартиры. Деньги ушли на покупку домов и прочие нужды, на строительство церкви, продукты, наконец. Ведь шесть лет, что существовала община, никаких доходов она не имела. Денежный вопрос и не возник бы, не продай Тумановы свою квартиру. Родственникам они деньги точно не оставляли. Банковского счета у них не было. Допустим, кто-то знал и о продаже квартиры, и о крупной сумме, появившейся в общине. Кто? Родственники Тумановых?

Предположим, кто-то просто решил, что деньги тут водятся. Влезли бы в дом под покровом ночи и деньги забрали, пригрозив хозяевам. Это куда проще, чем отправить на костер семнадцать человек. И все-таки бесследно исчезнувшие деньги долго не давали покоя следователям, хотя и на присутствие посторонних в момент трагедии ничто не указывало. Проехать туда можно лишь на джипе, да и то с цепями на колесах (именно так добирались следователи), но машины оставляют следы, а их не было. Однако трупы обнаружили только на третий день, а за это время дважды шел дождь со снегом. Колею, оставленную джипом, конечно, не скроешь, а вот следы человека запросто.

Читая статьи, я все больше убеждалась: следователи до последнего не исключали возможности массового убийства, а вовсе не самоубийства. Может, потому, что, как и я, отказывались верить, что люди сами обрекли себя на страшную смерть. Но какие-либо доказательства своей версии так и не смогли обнаружить. В доме Гавриила нашли множество отпечатков пальцев, в данной ситуации вещь абсолютно бесполезная. Тем более что в общине периодически появлялись чужаки.

В общем, загадка гибели людей так загадкой и осталась. Тон статей Ушакова, по крайней мере, написанных до трагедии, был вполне доброжелательным. Но и позднее он старался не поддаваться эмоциям, скрупулезно излагал факты и воздерживался от оценок. Чего нельзя было сказать о его коллегах. Публикаций было множество, и в них часто мелькали определения: мракобесы, религиозные фанатики и прочее в том же духе. Скорее всего, именно эти статьи формировали общественное мнение. И очень может быть, что следователи вольно или невольно стали его заложниками.

В статьях Ушаков подробно остановился на биографии каждого члена общины, сопроводив свой рассказ фотографиями. Я долго вглядывалась в лица... на фанатиков никто не похож. Однако это, конечно, ничего не значит.

Просмотрела книги Гавриила. Суть его учения сводилась к следующему: в преддверии близкого конца света нам надлежит вернуться к истокам, то есть к общинам раннего христианства, живущим своим трудом, в простоте и бедности, люди должны быть заняты спасением своей души, а не погоней за материальными благами.

В какой-то момент мне вдруг показалось, что все это я читала совсем недавно. И дело было не в самой идее, она вовсе не нова, относилось это скорее к стилю изложения, к тому, как были сформулированы основные принципы учения.

Желая проверить свои догадки, я открыла сайт «Братство знающих». И уже через двадцать минут в замешательстве качала головой. Тот, кто создавал сайт «Братства», беспардонно использовал книги Гавриила, хотя тот ни разу не упоминался. Говоря попросту, учение было старым, а название новым. Потратив еще полчаса, я пришла к выводу, что тексты идентичны. Конечно, они не были дословными, но сути это не меняло.

Я отправилась в кухню пить чай, требовалось как-то осмыслить недавнее открытие. С одной стороны, чего ж велосипед изобретать, все авторитарные секты похожи как братья-близнецы. Очередной дядя получает знак свыше и становится посланником господа на земле, иные не мелочатся и сами становятся мессией. Но если все не так просто и на самом деле между Белой церковью Гавриила и «Братством знающих» есть некая связь? Проще всего предположить: братство создал кто-то из последователей Гавриила, а имя его не употребляет сознательно, из-за акта самосожжения, которое является очень плохой рекламой. Но если все члены общины погибли... в общине было всего семнадцать человек, включая детей, а последователей у Гавриила куда больше. Нашлись среди них те, кто поднял упавшее знамя.

Очень захотелось встретиться с отцом Константином, но сделать это ввиду позднего времени не представлялось возможным. Придется ждать утра.

Ровно в десять я подъезжала к офису «Братства». Пятьдесят третий дом находился во дворе пятиэтажки-сталинки. Старое, требующее ремонта строение с облетевшей штукатуркой, железной крышей, побуревшей от ржавчины и большим плакатом на фасаде «Продается». Учитывая, как выглядело здание, — скорее мольба, чем предложение. В здание вели две двери, одна без какой-либо таблички, стена по соседству украшена свастикой и надписью «Россия для русских». Вторая выглядела вполне пристойно, без рисунков и глупых изречений, слева листок бумаги в рамочке за стеклом, на нем машинописный текст: «Очередное собрание «Братства» состоится...» Судя по дате, оно уже давно состоялось.

Я надавила на ручку двери без особой надежды на успех, но дверь легко открылась. Я оказалась в абсолютно пустой комнате с одним окном, из-за распахнутой двери в смежную комнату доносились звуки шагов и чье-то ворчание.

— Черт, — произнес вполне внятно мужской голос.

Я громко кашлянула, и в дверях появился упитанный дядя лет сорока пяти, с выдающейся лысиной, которую он компенсировал обильной растительностью на лице: бородой лопатой и усами. Борода имела пегий оттенок, а волосы, обрамлявшие лысину, угольно-черные, из чего я заключила, что бородач волосы красит. Он посмотрел на меня с недоумением и испуганно спросил:

— Вам кого?

— Отца Константина, — ответила я, сиротски вздохнув.

— Э-э-э, — протянул он, потоптался немного, должно быть, прикидывая, что ответить, но соврать не решился, — я отец Константин. Что вы хотели?

— Меня зовут Ефимия. Я вам звонила.

— Да-да, помню... — он огляделся и развел руками. — Видите, что у нас здесь творится. Хозяева продают помещение, приходится срочно переезжать.

— Вы говорили по телефону. Но мне очень надо... — что мне надо, я придумать не успела.

— Что ж, проходите, присаживайтесь.

Он указал рукой в глубь комнаты, я вошла. Среди обилия картонных коробок, заклеенных скотчем, стоял стол, точно такой же был у меня, когда я училась в начальных классах. На столе ножками вверх два стула. Отец Константин поставил их один за другим на пол, бормоча:

— Прошу.

Я устроилась на стуле, он подумал и тоже сел, сложив пухлые ручки на коленях. Глаза его под кустистыми бровями казались несуразно маленькими, взгляд вороватый, я решила, что дядя больше похож на проныру адвоката или просто жулика. Он шарил по мне взглядом и явно томился. Пасторский долг исполнять сегодня Константин точно не планировал.

— Какая беда привела вас ко мне? — собравшись с силами, елейно начал он.

Теперь я не сомневалась, что разговаривала по телефону именно с этим типом.

— Я бы не стала называть это бедой, — ответила рассудительно.

— Вы что-то говорили о тяжелой жизненной ситуации.

— Уместнее будет сказать, что я в затруднении.

— Вот как? Что ж, я весь внимание.

— Спасибо. — Я вздохнула и задала вопрос, решив с ним не церемониться: — Вы что-нибудь слышали о Белой церкви?

Либо он хороший актер, либо название ни о чем ему не говорило.

— Белая церковь? — спросил с удивлением. — Что это такое?

— Так называли себя члены секты, которая существовала одиннадцать лет назад.

— Первый раз слышу. А при чем здесь я?

— Вы, может, и ни при чем. Но их учение как две капли воды похоже на ваше. — Пока он хлопал глазами, я достала из сумки папку, в которой хранились распечатанные вчера файлы, и принялась читать. — Вот это цитата из книги основателя Белой церкви Гавриила, а вот это я нашла на вашем сайте.

Очень скоро стало ясно: в вопросах веры отец Константин был не силен. Глаза неуклонно стремились к переносице, дядя томился и только что не зевал.

— Я не очень понимаю, — начал он, выждав, когда я сделаю паузу, переворачивая очередную страницу.

— Если честно, я тоже. Выходит, что вы прямые наследники Гавриила, а вы о нем знать не знаете.

— Я бы вам не советовал увлекаться всякими сектами, — брякнул он. — Что касается нас, то речь идет о братстве единомышленников.

— А кто глава вашего братства?

Вот тут он малость струхнул. Или попросту растерялся. Скорее первое, чем второе.

— Глава? Я же сказал, братство — это просто сообщество людей...

— То есть ваше мировоззрение, с принципами которого можно ознакомиться на сайте, выработано коллегиально?

— Можно сказать и так, — обрадовался он.

— Можно сказать или так и есть?

— Я не участвовал в создании сайта... Если вас интересует, как мы принимаем те или иные решения...

— Очень интересует.

— Представители от каждого отделения братства встречаются раз в месяц и обсуждают насущные вопросы.

Дядька вскочил и принялся бегать по комнате, предпочитая ту ее часть, что находилась за моей спиной. Чтобы не терять его из вида, я повернулась и теперь сидела вполоборота. Я-то думала, его мои вопросы достали, вот он и бегает, но тут обратила внимание на видеокамеру под самым потолком, как раз там, где пасся Константин, но он в объектив камеры не попадал, а вот я — вне всякого сомнения. «Ну, ты красавчик», — мысленно усмехнулась я и ткнула пальцем в камеру.

— Он видит?

— Кто? — замер столбиком дядя.

— Вот уж не знаю.

— А, вы камеру имеете в виду. Так она выключена.

— Огонек горит.

— Да? — он уставился на камеру. — В самом деле... аппаратура уже упакована, осталось только камеру снять. Я прошу меня извинить, но... переезд... сейчас машина придет.

— Куда вы переезжаете?

— Пока не найдем подходящее помещение, придется все это везти к себе домой. Работа нашего отделения временно приостановлена.

— Жаль. Очень бы хотелось посетить ваши собрания.

— Надеюсь, в ближайшем будущем... следите за новостями на нашем сайте.

— Спасибо, — сказала я, поднимаясь. — Вы мне, конечно, ничего не объяснили, но время потратили.

Он моргнул, а я пошла к выходу. Возле входной двери немного постояла, хлопнула ею погромче и тихо скользнула назад. Не успела сделать пару шагов, как в дверном проеме возник Константин с мобильным в руке, он моргнул вторично, а я улыбнулась:

— Решила еще раз сказать вам спасибо.

— Пожалуйста, пожалуйста, — пробормотал он, пряча мобильный.

«Есть, есть у вас глава, — топая к машине, злорадно думала я. — Только почему-то глубоко засекречен. И ему ты, хмырь толстый, сейчас звонишь». Под камерой он пасся не зря, предпочел оставить мое изображение на память? Это не особенно беспокоило, скорее порадовало. Мое появление заставит их шевелиться. Авось и предпримут некие шаги. Вопрос, какие... «Тут вам не там, — хмыкнула я весело. — Как любит выражаться бывший, это моя земля. И папа у меня прокурор. В общем, если начнете зубы точить, то быстро их обломаете». Самомнение, безусловно, вредно для здоровья, но в тот момент я этой истиной пренебрегла.

Следовало срочно поделиться впечатлениями с близким по духу человеком, и я поехала к Агатке. Она встретила меня в розовой пижаме с рюшами. Временами сестра могла все-таки удивить.

— А я тебе на домашний звоню, — буркнула она. — По идее, ты дрыхнуть должна до двенадцати, а тебя где-то носит.

— А чем так пахнет? — спросила я.

— Пирогом.

— Ты пирог испекла? — забеспокоилась я, так и в самом деле до конца света недалеко.

— Да он практически готовый. Сунула в микроволновку на десять минут, и вся любовь.

— Тады ладно.

Пока я снимала пальто и разувалась, Агатка вынула пирог из микроволновки и подогрела чайник.

Квартира сестрицы точно соответствовала ее характеру: идеальная чистота, простор, мебель современная, ничего лишнего, и все под рукой. Комфорт, удобство и порядок. Агатка по гороскопу Дева: зануда и трудоголик. Не захочешь, а гороскопам поверишь. Мама у нас тоже Дева, папа Лев, но только не дома, а я позор семьи — лентяйка, дура и неумеха. С бичеванием своих пороков я, пожалуй, поспешила, Агатка с этим справится куда лучше.

— Чего ты бродишь? — позвала она.

— Завидую чужому счастью.

— Тебя никто не заставляет в коммуналке жить.

— Нет средств отстроить такие хоромы, а у родителей просить не позволяет скромность, привитая в детстве.

— Тебе в детстве смогли привить только одно: отвращение к какому-либо общественно полезному труду. Что ты сделала толкового на работе за всю неделю?

— Давай я тебе лучше про бомжа расскажу, — предложила я.

— Валяй.

Агатка разлила чай в чашки и разрезала пирог с вишней.

— Вкусно, — кивнула я, откусив немного.

— Ага. Слушаю вас, Ефимия Константиновна.

Я жевала пирог, боясь обжечься, и рассказывала, оттого повествование несколько затянулось. Но так как Агатка тоже жевала, то была не в обиде.

— Понятно, — кивнула она, когда я закончила, вытерла руки салфеткой и задумалась. — Позвони Берковой, я завтра с ней в Ремизов сама съезжу. Чтоб эти деятели не вздумали дурочку включать.

— Уверена, это будет круто, — расплывшись в улыбке, ответила я, представив на минуту, как Агатка хорошо поставленным голосом, самым бархатным его оттенком, стоившим немалых денег ее клиентам (оплата почасовая), начнет вправлять мозги тамошним ментам. — А можно мне присутствовать?

— Перебьешься. Кто-то должен на хозяйстве остаться. Ты фотографию Дениса тетке показала, ту что в морге сделала?

— Нет, — нахмурилась я.

— Почему? Ели бы она его узнала, это значительно облегчило бы мне жизнь.

— Не смогла. Не спрашивай почему...

Агатка покачала головой, глядя на меня с сомнением.

— Ладно, фотку мне оставь, сама ей покажу.

— Я вчера в Интернете полазила и обнаружила массу интересного, — решила я сменить тему.

— Осваивала порносайты?

— Думаешь, уже пора?

— Ты-то можешь погодить. У тебя мужиков как грязи. А я подумываю приобрести дорогого друга в магазине для взрослых.

— Врешь, — не поверила я, у Агатки стойкое отвращение к суррогатам, употребляет исключительно натуральные продукты.

— Вру. Но все равно беспокойно. Так что там в Интернете? Инопланетяне посетили деревню Кукуево?

— Белая церковь — клон «Братства знающих», или наоборот. — Я сходила в прихожую, принесла папку с файлами и положила перед Агаткой на стол. — Найди пять отличий.

С бумагами Агатка работать умела, ей понадобилось всего несколько минут, чтобы ухватить главное.

— Тут и трех не наберешь.

— Совершенно справедливо, Агата Константиновна. С утра заглянула в «Братство»...

— Шило у тебя в заднице, — буркнула она, а я рассказала о задушевной беседе с отцом проповедником.

— Соблазн, конечно, велик, — подумав, заявила сестрица. — Я имею в виду связать «Братство» с нашим бомжем. Но сие преждевременно. Факты нужны, а не догадки. Об авторском праве они слыхом не слыхивали, это ясно. И то, что жулики, тоже. «Братство», скорее всего, прикрытие, чтоб обирать доверчивых дураков. Здраво рассудили, что все новое — хорошо забытое старое. Кто ж через столько лет о Белой церкви вспомнит. А и вспомнит, невелика беда... Отцом Константином я займусь, вытащим на свет божий всю его подноготную. А там видно будет.

— Мне-то что делать?

— Сказала б я тебе... Но так как я сегодня добрая, а у тебя законный выходной... короче, отдыхай.

Отдыхать мне не хотелось. Казалось, вот она, разгадка, совсем рядом, но в руки почему-то не дается. Я было продолжила гаданье на кофейной гуще, но сестрица быстро положила этому конец:

— Хорош толочь воду в ступе, терпеть этого не могу. Кстати, я маме обещала свозить ее к Самохиным. Там то ли крестины, то ли годины, господи, прости. Не хочешь присоединиться?

— Ты обещала, ты и вези.

— Сестра называется...

Через полчаса мне указали на дверь. Вполне в духе сестрицы. Я сделала круг по городу, констатировав с прискорбием, что занять себя нечем. Срочно требовалось придумать важное дело. Второй круг в этом смысле ничем не помог, зато на ум пришел Сергей Львович. Вот уж кто у нас спец по гениальным идеям. Если вчера он выглядел повеселевшим, может, подкинет пару-тройку. Впрочем, учитывая, что выходные он обычно посвящал охмурению очередной девицы, мне и здесь могут указать на дверь. Я набрала номер мобильного Берсеньева и стала ждать. Он наконец ответил, а я спросила:

— Чем занят?

— Приятным.

— Медитируешь в объятиях красотки?

— Решил ограничиться своим обществом. Полезно иногда поболтать с умным человеком. Но, так и быть, готов скрасить твое одиночество.

— Тогда, может, встретимся? Дело есть.

— Хватай свое дело и двигай ко мне.

Через двадцать минут я тормозила возле дома Берсеньева. И сам дом, и его квартира в особенности заслуживали отдельного описания, возможно, даже в стихах. К Сергею Львовичу можно ходить как на выставку дизайнерского искусства. Панорамное окно в гостиной и чудный вид. Сам Сергей Львович выглядел даже лучше своей квартиры. Дома он любил ходить босиком, сейчас на нем были футболка нежно-голубого цвета и шорты. Девки в дверях поди за сердце хватаются, когда он их встречает в таком виде. Вот только много ли радости ему от этого.

— Проходи, — весело сказал он. — Тапки сама найдешь. У меня творческий процесс, готовлю мясо по-французски.

— На кулинарные курсы записаться, что ли, — проворчала я. — Все словно с ума посходили: Агатка пирог печет, этот мясо по-французски.

— Агата Константиновна пироги печет? — проорал Берсеньев из кухни. — Удивила. Я-то думал, она умеет только прокурорских в тоску вгонять.

— У нее много талантов, которые тебе и не снились, — сказала я, появляясь в огромной кухне-столовой, а также гостиной.

— Сплю я без сновидений, — хмыкнул Берсеньев. — Преимущество человека с чистой совестью.

«Врешь, гад, — подумала я. — Но комментировать мы это не будем, раз уж я решила лежачего не бить». Он стоял возле плиты, что-то там колдуя, а я села в кресло напротив окна, восхищаясь видом.

— Что привело тебя ко мне, прекрасное создание? — спросил Берсеньев.

— Знамо дело, бомж.

— Так его ж похоронили. Валяй, рассказывай.

Вторично рассказывать до мельчайших деталей было неохота, но я поднапряглась. Берсеньев слушал и время от времени кивал. Когда очередь дошла до братства, я решила показать Берсеньеву бумаги в папке, но он лишь рукой махнул.

— Верю на слово. Ты ж у нас не только выдающийся юрист, но и журналист-недоучка и сравнительный анализ, разумеется, провела блестяще.

К тому моменту, когда я закончила рассказ, и мясо подоспело. Мы устроились за большим столом со стеклянной столешницей.

— Какое вино предпочитаешь? — спросил Сергей Львович.

Один из многочисленных кухонных шкафов у Берсеньева был забит бутылками, лежали они рядком в специальных ячейках, возле них он и замер.

— Чего ты спрашиваешь, я же все равно не разбираюсь.

— Ну, так учись. Что ж, если выбор за мной, будем пить чилийское.

— Да хоть монгольское.

— Дура, от жизни надо получать удовольствие.

Он открыл бутылку, разложил мясо по тарелкам, а потом налил вина в бокалы. Мы выпили и принялись есть.

— Тебе бы шеф-поваром в ресторан, — сказала я.

— Талантливый человек талантлив во всем.

— Не томи, талантливый. Что ты обо всем этом думаешь?

— Пока ничего. Вот доем и думать начну. И ты не сиди с постным видом, а жуй.

Бутылку вина мы допили, мясо съели, а он все молчал.

— Ты нарочно, да? — не выдержала я.

— Жизнь прекрасна, — хмыкнул он. — И не смей ее портить. С бомжем твоим разберемся. Эка невидаль.

Я собрала посуду, сунула ее в посудомоечную машину, а Берсеньев устроился в кресле, блаженно потянулся, потом закинул руки за голову, сцепил их замком и стал насвистывать.

— Нет, ты точно издеваешься.

— Ладно, внимай. Что мы имеем? Парень восемнадцати лет от роду живет один, вечера проводит за компьютером... После смерти бабки история трагической кончины родителей вдруг его заинтересовала. Свидетельство тому фотография в книжке и рассказ приятеля. Положим, твоих блестящих способностей у него нет, но, шаря в Интернете, он мог наткнуться на сайт «Братства» и обратить внимание на странную схожесть текстов. Что он сделает в этом случае?

— Ну, не знаю... в полицию пойдет?

— Это если умный. А ему восемнадцать, и умным он не может быть по определению. К тому же предки его скончались одиннадцать лет назад, и кто теперь его слушать будет? Значит, он сделает то, что сделал бы среднестатистический дурак на его месте: решает разобраться со всем этим сам. И вот тут мы вновь вернемся к фотографии. Она у тебя с собой?

— Конечно. — Я бросилась за фоткой, нашла ее и протянула Берсеньеву. Он на нее таращился, а я на него, всерьез ожидая, что он одним махом раскроет все секреты. С него станется...

— Здесь восемнадцать человек. За минусом самого Дениса, то бишь бомжа, все жители общины, впоследствии сгоревшие, то есть все семнадцать.

— Ну, — кивнула я, не очень понимая, куда он клонит.

— А кто снимал?

— Черт, — выругалась я. Почему, спрашивается, мне эта мысль не пришла в голову? От обиды я начала вредничать.

— Да кто угодно. Бабка Дениса, к примеру, когда за ним приехала, или фотоаппарат на выдержку поставили...

— Очень может быть, и к этому вопросу мы еще вернемся. Сейчас о главном. Самосожжение было не единственной версией следствия. Я правильно понял?

— Правильно, но никаких доказательств, что это... ты считаешь, парень мог решить: его родителей убили?

— А что еще? У следователей такая мысль присутствовала, у тебя тоже... А он жил с этими людьми, пусть и был тогда ребенком. Ездил летом к родителям, в последний раз, когда ему было уже лет девять. Так что вряд ли то лето начисто стерлось из памяти. Менты с мальчишкой не общались...

— Он знал что-то такое... — начала я.

— Что и заставило его заподозрить убийство. Фотографию он с собой не взял. В случае, если он просто бродяжничать отправился, она ему попросту не нужна. А если он разыскивал убийц или убийцу...

— Она — улика, которая выдаст его с головой.

— Мало того, он сунул ее в книжку, принадлежащую тетке...

— Потому что предполагал: предприятие будет опасным. И если с ним что-нибудь случится...

— Ну, может, мы слегка преувеличиваем его сообразительность, — сказал Берсеньев. — Но в общем мыслишь верно. Подтверждение тому — как раз это и произошло. Два месяца назад у него в квартире появляются гости и вроде что-то ищут.

— Фотографию? Да что ж в ней такого?

— Думаю, не что, а кто. Ты сказала, есть фото всех самосожженцев?

— В Интернете, — пискнула я.

— Тогда двигаем к компьютеру. Проведем очередной сравнительный анализ.

Мы прошли в кабинет Берсеньева, большую комнату с двумя диванами, письменным столом и книжными полками вдоль одной из стен. Кабинет был выдержан в английском стиле, деревянные панели, обои в полоску. Я задержалась возле полок с книгами, пока Берсеньев включал ноутбук. Весьма неплохой подбор современной литературы.

— Много читаешь? — спросила я.

— Временами, — усмехнулся он. Сергей Львович устроился за столом и мне кресло придвинул. Я нашла статьи Ушакова, заработал принтер, и вскоре мы имели семнадцать фотографий. Разложили их на журнальном столе, в центр поместили снимок, который был у тетки Дениса.

— Что ж, начнем, — взяв в руки карандаш, сказал Сергей Львович. — Гавриил, его семейство: жена и две дочки.

На общей фотографии он ставил крестик карандашом над лицами, откладывая в сторону листы с фотографиями уже опознанных. Через десять минут осталось лишь одно лицо без крестика и один лист с фотографией: Самойлов Николай Владимирович, тридцать восемь лет. Выходило, что на общей фотографии был именно он. И тут же стало ясно: с уверенностью этого не скажешь. На групповой фотографии он стоял во втором ряду, немного боком, как будто в последний момент втиснувшись между женой Гавриила и высоким худым мужчиной по фамилии Абрамцев. Рука его была приподнята, точно он приветливо махал кому-то, но из-за этого жеста лицо наполовину скрыто. На мужчине кепка с длинным козырьком, так что, по сути, отчетливо видна лишь аккуратная бородка.

— Занятно, — сказал Берсеньев.

— Ты считаешь, он нарочно рукой закрылся? — нахмурилась я.

— На фотографии в статье Ушакова Самойлов без бороды, — вслух размышлял Берсеньев, не торопясь отвечать на мой вопрос. — Но это, конечно, ничего не значит. Фотографии может быть несколько лет, и тогда он бороду еще не носил. А в общине решил отпустить.

— В статье есть еще одна общая фотография. Давай сравним.

Сравнение мало что дало. На групповом снимке возле дома Гавриила стояли восемь человек из семнадцати, Самойлов был среди них. Все мужчины с бородками. Рост у Самойлова средний, такого же роста был и мужчина с поднятой рукой.

— В общине Самойлов жил вместе с женой, — пробормотала я. — Вот она, во втором ряду справа.

— Ага, — кивнул Берсеньев. — А ее предполагаемый супруг почему-то не встал рядом с ней, а примостился с противоположной стороны и довольно далеко.

— Но это ничего не значит.

— Конечно, нет, — согласился Берсеньев. — Но все остальные стоят рядышком со своими половинками. Только дети в первом ряду вперемежку. Если предположить, что Самойлов стоял с фотоаппаратом в руках, чтоб запечатлеть своих братьев и сестер по вере, тогда выходит, что...

— На самом деле их было восемнадцать.

— Точно. И мальчишка об этом знал. Или вспомнил, когда в руки ему попала фотография.

— Вспомнил сам момент съемки? — заволновалась я. — То есть точно знал, их кто-то фотографировал, фотоаппарат не ставили на паузу и никто не бежал торопливо, чтобы присоединиться к остальным. Господи... — покачала я головой. — Если бы бабка тогда позволила следователю поговорить с мальчишкой...

— Может, и вышло бы из этого что путное, а может, и нет. Девятилетний пацан не пересчитывает взрослых и необязательно всех знает по именам. Вряд ли он вообще интересуется делами общины, его куда больше занимают игры с другими детьми.

— Но почему ты решил, что эта фотография существует в единственном экземпляре? — засомневалась я.

— Если этот тип позаботился о том, чтобы прикрыть лицо, скорее всего, и об остальном позаботился тоже, у него было время с августа по ноябрь, чтобы незаметно изъять копии снимка. Сомневаюсь, что их было много. Вероятно, только две. Одну увез Денис на память, а вторая осталась в общине, висела где-нибудь на стеночке. Ведь люди собирались жить вместе долго и счастливо, зачем в этом случае делать для каждой семьи отдельную фотографию. Кстати, а где фотки печатали?

— Ушаков пишет, у Гавриила было что-то вроде фотолаборатории. Оказывается, он фотографией еще до создания общины увлекался.

— Оригинальное хобби для человека, ждущего на днях конца света. При той жизни, которую вели в общине, наш парень имел возможность войти в любой дом... Кстати, о доме. Так ли уж случайно сгорел тот, что был рядом с церковью?

— Там жила семья врача, он сам и его жена.

— А может, был кто-то третий? — улыбнулся мне Берсеньев. — Ментам не повезло, — с ноткой сожаления продолжил он. — Они не видели эту фотографию. Семнадцать общинников, семнадцать трупов. Версия убийства, к чести следователей, возникла, но они искали убийцу, так сказать, снаружи. А он был внутри. Таинственный восемнадцатый, появившийся в начале августа.

— Почему в начале августа, а не в июле, например?

— В июле врач ездил в Москву, чтобы продать квартиру.

— Ни с кем из родственников он не общался...

— Но наш хитрец об этом знать не мог. Если он так тщательно за собой все подчистил, значит, точно знал: о его присутствии в общине никто из посторонних не догадывается.

— Остаются Денис и бабка, — напомнила я.

— Ты сама говорила, бабка в общине не задерживалась. Привозила внука и в тот же день возвращалась. Или на следующий. При некоторой сноровке ей можно на глаза не показываться. С сыном и снохой отношения у нее натянутые, вряд ли они делятся с ней новостями. А вот родителям мальчишки, конечно, хотелось, чтобы сын Денис о них помнил, оттого ему и подарили эту фотографию.

— Но если все так... выходит, этот восемнадцатый заранее планировал убийство. Ты считаешь, он сделал это из-за денег? Из-за тех самых денег за мо-

сковскую квартиру, которые так и не нашли? При-
кинулся последователем Гавриила, чтобы проникнуть в общину и украсть деньги?

— Если он хотел их украсть, то уж непременно
украл бы, — ответил Берсеньев. — У них ведь даже
сейфа не было. Сказался больным, выждал, когда
все граждане скопом молиться пойдут, свистнул
деньги и дал деру.

— Его могли поймать, заявить о краже.

— Ну, да, — хмыкнул Сергей Львович. — А если
он грохнет семнадцать человек, его, конечно, не
поймают.

— Тогда почему он это сделал? — нахмурилась я.

— Мы пока даже не догадываемся, кто он такой. Как же я отвечу на твой вопрос? О фотографии,
которую увез Денис, он не знал, или ему пришлось
пойти на риск. И он не прогадал. Но два месяца назад фотографией предположительно заинтересова-
лись.

— Убийца?

— А кто еще? Времени прошло немало, и если
одиннадцать лет никто его не беспокоил, с чего ему
вдруг вспоминать о фотографии?

Ответ был очевиден.

— Денис его нашел, — медленно произнесла я.

— Умница.

— Но почему он не заявил в полицию?

— Причин может быть сколько угодно: самая
простая — у парня не было доказательств. И он хотел их раздобыть. Но был неосторожен. И убийца
что-то заподозрил. В результате наш пацан оказался в наручниках. Идем дальше. Зачем, спрашивает-

ся, держать его в неволе, когда убить куда проще? Для человека, уже спровадившего на тот свет семнадцать человек, из которых трое были детьми, вряд ли это являлось проблемой.

— Вот именно, — поддакнула я, глядя на Берсеньева во все глаза.

— Тот, кого Денис подозревал, хотел убедиться, что за парнем никто не стоит и вслед за ним не явятся другие люди. При необходимости Кочетков мог стать разменной монетой. Я возвращаю вам щенка, а вы забываете о моем существовании.

— С ментами бы этот номер не прошел, — покачала я головой.

— Думаю, восемнадцатого заботило одно: есть у парня доказательства или нет. Если у кого-то он их припрятал, обмениваем на его жизнь. А после этого ничто не мешает с ним разделаться.

— Но где могли держать человека в кандалах? — пробормотала я.

— Да хоть в гараже, — махнул рукой Берсеньев. — Дело-то в другом. Вспомни сайт, который Денис просматривал. Его интересовали секты. Прибавь к этому, что целый год он где-то болтался. Возможно, просто бродяжничал, но лично я сомневаюсь. Он ушел из дома и, скорее всего, уже знал, куда идет.

— Он нашел общину, — я наконец догадалась, к чему клонит Берсеньев. — Подобную той, в которой жили его родители. Отправился туда и именно там столкнулся с убийцей.

— Но ему потребовалось несколько месяцев, чтобы убедиться в этом.

— Если он что-то нашел в Интернете, — вновь засомневалась я, — почему не сказал об этом хотя бы тетке?

— Я уже ответил на данный вопрос: потому что дурак, потому что это его крестовый поход. Его.

— Но что такого он мог найти?

— И об этом мы уже говорили. Обратил внимание на явную связь между Белой церковью и «Братством знающих». Теперь представь: он понимает, что «Братство» — клон Белой церкви, вспомнил то, что за одиннадцать лет вроде бы успел забыть, у него есть основания считать, что его родителей убили, и есть огромное желание найти убийцу. С чего он начнет?

— Попытается встретиться с кем-то из «Братства».

— Что, собственно, сегодня ты и сама проделала. В его родном городе есть отделение «знающих»?

— Нет, — покачала я головой. В своем рассказе я не упомянула, где живет тетка Дениса, а Берсеньев не спросил. Я очень рассчитывала, что и сейчас не спросит. Если же Берсеньев вынудит назвать город... Сомневаюсь, что моя физиономия будет выглядеть абсолютно естественно, и Сергей Львович ничего не заподозрит. Тип он очень приметливый.

— Ближайшее у нас и... черт, — буквально простонала я.

— Что? — поднял брови Берсеньев.

— В соседней области, там, где мы и столкнулись с Денисом. Только не в Ремизове, а в областном центре.

— Значит, логично предположить, отправился он либо к нам, либо к соседям. А наш отец Константин вдруг затеял переезд...

— Денис был здесь? — глупо задавать этот вопрос Берсеньеву, но кому же еще?

— Соседей я бы тоже проверил. Учитывая, что встретились вы на их земле. Подводя итог всему вышеизложенному: надо искать поселение, подобное тому, где в детстве был Денис. В таком месте человек проживет и год, и два, вряд ли его там отыщут, а держать в подобном поселении отступника в кандалах куда сподручней, чем в гараже.

— Значит, мы имеем дело с чокнутым фанатиком, который убил семнадцать человек, организовал собственную секту и теперь живет в каком-нибудь захолустье, в окружении таких же психов?

— Совершенно справедливо, — дурашливо покивал Берсеньев. — Рискну предположить, что он не рядовой общинник, а лидер, иначе зачем все это затевать?

Я вспомнила, как отец Константин отреагировал на вопрос о том, кто в их лавочке командир, и задумалась. Весьма вероятно, что Берсеньев прав.

— Я усматриваю в нашей версии одну серьезную нестыковку, — прикидывая и так, и эдак, заговорила я. — Психологический портрет предполагаемого убийцы. — Берсеньев закатил глаза, демонстрируя отношение к моей учености, а я продолжила: — Он у нас то вор, убивший людей, чтобы присвоить их сбережения, то религиозный фанатик.

— Одно другому не мешает, — и тут нашелся Сергей Львович. — Позавидовал чужому счастью, создал секту, прикарманив чужую доктрину, а от денег еще никто не отказывался. Опять же, благое дело с пустым кошельком не начинают.

— Как же мы эту общину найдем?

— Денис ведь как-то нашел.

Берсеньев застучал по клавишам ноутбука, на мониторе появилась карта соседней области.

— Где вы обнаружили Дениса? — спросил через минуту.

— Примерно здесь, — ткнула я пальцем, карту района я успела изучить еще во время нашей с Агаткой поездки, и теперь было очень интересно, что там надеется отыскать Берсеньев.

— Ага, — кивнул он. — Места глухие, то есть очень подходящие.

— Если в очередной брошенной деревне кто-то организовал общину, местное начальство должно об этом знать, — проворчала я.

— Так я и не спорю. Наведем справки. Денис со сломанными ребрами и больным сердцем далеко убежать не мог. Если хватились не сразу, у него была фора во времени, но вряд ли особо значительная. Он шел пешком, а преследователи были на машине. Сколько способен пройти человек в его состоянии? В экстремальной ситуации довольно много. Но бездорожье тоже приходится учитывать. Вокруг лес, а у него даже компаса не было, шел наудачу. По-любому, не больше пятидесяти километров. — Он распечатал карту, сверился с масштабом и провел круг возле места на дороге, указанного мной. — Здесь и надо искать. Это как раз район Шерифа. Видишь, как складненько все получается.

— Шериф покрывает убийцу семнадцати человек? — засомневалась я.

— Во-первых, он может и не знать о прошлом нашего восемнадцатого, а во-вторых, это вопрос цены. Если прикармливают его основательно, запросто мог страдать беспамятством.

— Хорошо, Шериф обеспечивает прикрытие и готов вмешаться в случае нужды, а что ты скажешь о бывшем бандите? Он там с какой стати?

— Случаи, когда братишки подаются в секту, наукой не описаны, но все когда-нибудь случается в первый раз. Однако если с психологическим портретом мы не намудрили, то лихие парни нашему восемнадцатому очень даже могут пригодиться. Паству в страхе держать или вот за Денисом бегать. В общем, поле деятельности у нас с тобой огромное.

— То есть ты готов мне помочь? — стараясь не особо демонстрировать радость по этому поводу, уточнила я.

— А я что делаю? — удивился Берсеньев. — Не хочу, чтобы количество жертв увеличилось на одну симпатичную дурочку. А это очень вероятно, если тебе позволить копаться в дерьме одной. Завтра и начнем.

— Завтра я не могу, — вздохнула я. — Агатка с теткой Дениса едет в Ремизов, а меня оставляет на хозяйстве.

— Тогда с повышением. Это, кстати, надо бы обмыть. Предлагаю итальянское, красное, сухое.

Обмыли мы мое временное повышение основательно (к итальянскому прибавилось испанское, Берсеньев предлагал почувствовать разницу, и я делала вид, что почувствовала, из большого желания его порадовать), но в конторе оно осталось незамеченным. Кристина, как всегда, скривилась, хотя я опоздала всего на десять минут, Вера с Ирой трудились себе, не обращая на меня внимания. И что за радость быть начальником, если остальным до этого дела нет? Часа через два я решила, что руководство — не моя стезя, и перестала надувать щеки. Зато Агатку ждала с нетерпением. Конечно, очень хотелось ей позвонить, но сестрица не любит, когда ее отрывают от дел, вот и пришлось терпеть.

Вернулась она уже после обеда, лицо хмурое, и я заподозрила неладное. Самолично приготовила чай и с подносом в руках направилась в ее кабинет.

— Не томи, ради Христа, — сказала жалобно.

Агатка стала пить чай и рассказывать:

— С Софьей Николаевной встретились возле больницы, для начала поговорили с врачом. Дениса на фотографии она узнала, медсестры тоже, после чего отправились к нашему майору. Встретил ласково. И не особо удивился, думаю, кто-то из больницы успел ему стукнуть. Со мной был предупредительно вежлив. Перед теткой извинился за своих сотрудников, которые вовремя не смогли выполнить свою работу. Рассказал о пожаре и извинился вторично за то, что парня пришлось спешно похоронить.

— Не поинтересовался, откуда тетка узнала, что Денис в больнице умер?

— Нет, не поинтересовался. И мне вопросов не задавал. Вроде бы в нашем приезде не было ничего необычного. Опознали парня, и слава богу. Со своей стороны обещал помощь в бюрократических процедурах, но сказал, что времени на них уйдет немало. Был так любезен, что вместе с нами съездил на кладбище. Одним словом: образцовый мент из рекламных роликов. Старушку через дорогу переведет, с сиротой поплачет, вдову утешит.

— Ну а дальше что? — нетерпеливо спросила я.

— А дальше — ничего, — развела руками Агатка.

— Как это ничего? — возмутилась я. — Откуда парень взялся на дороге, где болтался целый год, кто его в наручниках держал, наконец?

— Не забывай, труп у нас не криминальный. Умер Денис в больнице, от сердечного приступа. Болтаться целый год мог где угодно, и кто угодно мог ему ребра сломать. Повода возбуждать уголовное дело нет, а нет повода, нет и вопросов. Шериф это знает не хуже меня, оттого и был ласков до приторности.

— Но если они так старались, чтобы имя парня не узнали...

— Успокоились и поняли, что суетились зря. Хотя, конечно, не совсем зря. Опознай его вовремя, тетка, увидев парня избитым да еще с характерными следами на руках и ногах, забила бы тревогу, подалась к начальству. Могла потребовать повторную экспертизу, и неизвестно, что бы из этого вышло. А теперь в отчете патологоанатома «следы застарелых побоев» и ничего более. Ладно, — вздохнула

Агатка. — Тетка хоть знает теперь, где он похоронен, значит, не зря мы время тратили.

— А Шериф этот, а «Братство»? — не унималась я, не желая верить, что Агатка готова отступиться.

— Не вижу, как мы можем прижать Шерифа. А «Братство»... — сестрица пренебрежительно махнула рукой.

— А вот Сергей Львович считает, что связь легко нащупать и даже доказать. — Тут я, конечно, как всегда приврала, желая придать себе бодрости.

— Берсеньев здесь при чем? — удивилась Агатка.

— Берсеньев ни при чем, просто я поделилась наболевшим, мы все обсудили и выработали вполне приемлемую версию. Если честно, выработал он, я принимала посильное участие. — Сестрица взирала с сомнением, а я принялась излагать, пока у нее есть желание слушать.

— Это не версия, — хмыкнула родная кровинушка, когда я закончила рассказ, воодушевляясь все больше и больше. — Это готовый детектив. Надо признать, фантазия у Берсеньева богатая, и вывернуть все в нужную сторону он умеет.

— Почему же фантазия? — обиделась я.

— Потому что ваша версия строится на том, что Денис наткнулся на те же сайты, что и ты, и выводы сделал точно такие же, а потом рванул в общину. Если он ее нашел, почему ты — нет?

— У него было больше времени на поиски.

— По-вашему, выходит, он несколько месяцев жил в общине, пока его не рассекретили и в кандалы не заковали. Девятнадцатилетний парень в роли Джеймса Бонда...

— Если б ему было сорок, я и сама бы не поверила, а в девятнадцать жизнь агента под прикрытием очень даже вдохновляет.

— Берсеньев просто решил посмеяться, вот и пудрит тебе мозги.

— Вовсе нет, — возмутилась я.

— В самом деле, — кивнула Агатка. — Откуда им у тебя взяться? Оттого и в друзьях у тебя черт-те кто... Димка — разбойник, а Сергей Львович — Андерсен. С дурной компанией ты связалась, сестрица, — хмыкнула она, а я сладко улыбнулась в ответ.

— Вообще-то я ее основала. Давай по-доброму. Не хочешь время тратить, так и быть: мы с Сергеем Львовичем побегаем. Я очень рассчитываю на небольшой отпуск...

Сестрица задумалась, но, когда заговорила, выяснилось, что думали мы о разном.

— Все-таки странный он человек.

— Кто? — не поняла я.

— Берсеньев, естественно. Ну, что это за бизнесмен, готовый по первому твоему зову бегать в поисках преступников? По-моему, это ненормально. Ты как считаешь?

— А чего мне считать, бегает, и хорошо. Ты-то не побежишь, а одной не всегда удобно.

— Может, он все-таки влюблен в тебя?

— Я думаю, он в детстве не наигрался в подвижные игры. Ты же знаешь, он рано осиротел и все такое... Если совсем по-простому, задержался в переходном возрасте.

— Да, наверное, — с серьезным видом кивнула Агатка. — Как он при этом умудряется дураком не выглядеть...

— Так что там с отпуском?

— Отпуск — это, пожалуй, слишком. Но отпускать с работы обязуюсь по первому требованию. Берсеньеву тоже надо трудиться...

— Спасибо, — с чувством произнесла я и даже заключила сестрицу в объятия.

— Если бы ты с таким же рвением делом занималась... — покачала она головой, я отправилась «заниматься делом» и до половины шестого была образцовым служащим, ответственным и целеустремленным, чем слегка разволновала девчонок.

В половине шестого позвонил Берсеньев, и я незамедлительно смылась, на этот раз подвергнув их воображение серьезной перегрузке, потому что лишь на мгновение сунула нос в кабинет сестрицы и уже мчалась в приемную, где висело мое пальто.

— Чудеса, — пробормотала Ирка и, в общем-то, была права.

Пока я шла к машине Берсеньева (он припарковался неподалеку от нашего офиса), попыталась решить, с чем связана исключительная покладистость сестрицы, и в конце концов остановилась на двух версиях: либо она всерьез подумывала сбыть меня с рук Сергею Львовичу (акт самопожертвования, вызывавший как огромную благодарность за сестринскую любовь, так и сомнение в наличии у Агатки здравого смысла), второй вариант мне нравился куда больше: сестрица проигрывать не любит, и хоть нашу с Берсеньевым версию сочла глупостью, да еще за уши притянутой, но в глубине души рассчитывала на наш безоговорочный успех.

Сергей Львович ожидал в машине, разговаривая по мобильному, кивнул мне и беседу продолжил, но, так как с его стороны состояла она исключительно из «да» и невнятного «м-м-м», интересной она мне не показалась. Отложив телефон в сторону, Берсеньев улыбнулся и спросил:

— Как настроение?

— Боевое.

— Отлично. А я раздобыл адрес филиала «Братства», сейчас забью в навигатор, и рванем навстречу приключениям.

Берсеньев предпочел ту самую дорогу, по которой мы с Агаткой возвращались со свадьбы, должно быть, хотел взглянуть на место памятной встречи. Я-то думала, он там прогуляется немного или хотя бы из машины выйдет, ничего подобного. Притормозил, когда я сказала: «Это здесь», и дальше поехал. Заезжать в Ремизов тоже не стал.

— Откуда ты узнал адрес? — додумалась спросить я.

— Тамошний мент навел справки.

— У тебя в тех краях есть знакомые менты? — слегка удивилась я, хотя и зареклась давно: Берсеньев человек непредсказуемый.

— У меня — нет, а вот у одного моего знакомого капитана — сколько угодно. Он три года назад как раз оттуда к нам и перевелся. А боевые друзья всегда на связи.

— Да? А бывшего позвонить не допросишься. Хотя его ниоткуда не переводили, может, и нет у него боевых друзей.

— Твоя проблема в том, что ты имеешь дело с начальством, — засмеялся Берсеньев. — Что папа твой, что бывший. А это скорее минус, чем плюс. То ли дело капитан или майор, на худой конец. Все по-дружески расскажет, с кем надо, свяжется и даже денег не возьмет. Обойдется коньяком. И никакой бодяги о служебной этике...

Тут мне пришлось согласиться, от бывшего в самом деле пользы не так много, как хотелось бы, а от папы вообще никакой. Одно название, что дочка прокурора...

Отделение «Братства» занимало офис в спальном районе, часть цокольного этажа недавно построенного жилого дома, оттого искали мы его довольно долго. Сначала сам дом, затем вход в офис, пока не заметили скромную табличку рядом с железной дверью. Берсеньев потянул дверь на себя, но она оказалась заперта, звонок отсутствовал. Только я собралась буркнуть в досаде: «В такую даль зря тащились», как Сергей Львович указал на окно по соседству с дверью, окно закрывали жалюзи, но сквозь них пробивался свет электрической лампочки, в помещении явно кто-то был. Хотя меня бы не удивило, затей местный проповедник переезд по примеру отца Константина. Берсеньев грохнул кулаком по железу, звон пошел по всему дому, не услышать его было трудно. Барабанил он не меньше минуты, в замке повернулся ключ, потом дверь приоткрылась, и мы увидели молодую женщину в темном платке и длинной юбке в мелкий цветочек.

— Что вы хотите? — тихо спросила она.

— Спасти свои души, — серьезно ответил Берсеньев. Пока женщина растерянно переводила взгляд с его физиономии на мою, Сергей Львович аккуратно оттер ее от двери и смог проникнуть в помещение, после чего сказал, обращаясь ко мне:

— Заходи, не стесняйся.

Я торопливо прикрыла за собой дверь, а он заговорил вновь:

— Вы сможете нам помочь?

Пока женщина силилась что-то ответить, я оглядывалась. Небольшая комната, справа вешалка, какие обычно стоят в офисе, две скамьи вдоль стен. Вот, собственно, и все. Впереди за открытой дверью еще одна комната, отсюда я видела только кожаный диван и стеллаж с папками. Женщина продолжала таращиться на Берсеньева, а он мило ей улыбался.

— Так вы нам поможете? — переспросил он.

— Отец Павел, — точно очнувшись, позвала она.

Немедленно из комнаты появился мужчина. Я ожидала увидеть точную копию отца Константина, мутного типа с хитрющим взглядом, но мужчина внешне оказался его противоположностью. Высокий, худой, лицо имело мрачное выражение, впрочем, немудрено, если ждать конца света со дня на день. Он вопросительно взглянул на Берсеньева, потом на меня, и в глазах его мелькнуло нечто вроде узнавания. Хотя, может, я просто фантазирую. Встречаться ранее нам точно не приходилось.

— Идемте, — буркнул он и вернулся в комнату, мы вслед за ним вошли в просторный кабинет. Два письменных стола, на ближайшем включенный ноутбук, вдоль стен лавки, установленные друг на друга. Как видно, здесь и проводились собрания «Братства». Мужчина кивнул на диван, сам предпочел стоять. Женщина проскользнула за стол и уткнулась в ноутбук. — Слушаю вас, — резко сказал мужчина без намека на отеческую заботу.

— Мы ищем молодого человека, его зовут Денис Кочетков, — начал Берсеньев, не сводя глаз с лица мужчины, а я мысленно обозвала его балбесом, сейчас дядя выставит нас за дверь. Мог бы придумать что-то жалостливое, а не задавать вопросы в лоб. Впрочем, если я и сойду за несчастную овцу, то у Берсеньева, при всех его талантах, это вряд ли получится, чересчур много в нем несокрушимого нахальства.

— А почему вы ищете его здесь? — ровным голосом осведомился мужчина.

— Потому что, когда я разговаривал с ним в последний раз, он отправлялся к вам. Большие жизненные трудности и все такое... Парень считал — вы его последняя надежда.

— Давно это было? — спросил отец Павел.

— Достаточно для того, чтобы начать беспокоиться.

— День, два?

— Значительно больше. Вы его помните?

— Имя ни о чем мне не говорит, — покачал головой мужчина.

— Тогда вам стоит взглянуть на фотографию. — Берсеньев кивнул мне, я достала фотографию Дениса в то время, когда он был еще жив, и положила ее на стол. Отец Павел взглянул небрежно, а вот женщина вытянула шею, чтобы как следует ее разглядеть. Мы смотрели на ее босса, и она, должно быть, решила: на нее внимания никто не обращает. Губы ее дрогнули, точно она собралась что-то сказать, но в последний момент не решилась и перевела взгляд на отца Павла.

— Впервые вижу, — сказал он, женщина растерянно моргнула, вновь посмотрела на фотографию, а потом на него. — Если молодой человек и собирался прийти к нам, то, наверное, передумал. Вам следует обратиться в полицию.

— Что ж, мы так и сделаем.

Берсеньев легко поднялся и направился к двери; прежде чем последовать за ним, я еще раз взглянула на женщину. Она с таким усердием уткнулась в монитор, словно от этого зависело, наступит конец света уже завтра или его приход отложат на пару дней.

— Ты бы не мог заранее предупреждать о своих планах? — ворчливо поинтересовалась я, когда мы с Берсеньевым направились к машине. — Не сомневаюсь, все, что ты делаешь, практически гениально, но если бы сюда я заглянула в одиночестве, был бы шанс дядю разговорить.

— Я узнал все, что хотел, — ответил Берсеньев с веселым смешком.

— Да ладно? — съязвила я.

— Денис был здесь. Наш проповедник узнал его, и баба тоже, при этом не могла взять в толк, почему он врет. А еще нас ждали, точнее будет сказать, ждали тебя. Не зря отец Константин твой портретик усердно срисовывал.

— У меня возникло подобное ощущение, — покончив с вредностью, сказала я. — И женщина действительно очень удивилась. Денис был тут, и скрывать это необходимости она не видела. Чего не скажешь о ее боссе. Думаю, нам следует с ней поговорить. Когда-нибудь она отправится домой...

Берсеньев согласно кивнул, мы вернулись к машине и стали ждать. Минут пятнадцать ничего не происходило. Все пространство между домами было заставлено автомобилями, удивительно, как нам удалось здесь приткнуться. Я очень рассчитывала, что внимания на нас не обратят, но Берсеньев напомнил об иногородних номерах и решил не рисковать. Сдал назад в самую глубину двора и взгромоздился на клумбу, уже лишенную снега, а я начала проявлять беспокойство, не из-за клумбы, а из-за того, что, удалившись от офиса «Братства», мы рискуем проглядеть что-то интересное. Сергей Львович обозвал меня занудой, мы пешочком вернулись к офису и предусмотрительно укрылись под козырьком ближайшего подъезда. Кроме козырька, была еще кирпичная стена, на которой он держался, как раз со стороны офиса. Погода в тот вечер особо не радовала. Как это обычно бывает весной, на смену раннему теплу пришел холод. Сунув руки в карманы пальто, а нос в шарф, я думала, что температура стремительно падает и, скорее всего, достигла нулевой отметки. Если нам придется здесь задержаться, я непременно превращусь в сосульку. Берсеньев обнял меня и привлек к себе, одет он был в полупальто и, наверное, тоже понемногу начинал клацать зубами.

— Сойдем за влюбленных, — весело сказал он, а я головой покачала:

— Сейчас нет дураков возле подъезда обниматься.

— Да, — покивал Берсеньев сокрушенно. — Романтизм уже не в моде. Трахаются, минуя стадию объятий.

Не успел он договорить, как к офису подкатил джип. Я не могла утверждать, что джип тот самый, встреченный мною и сестрицей на дороге, если уж номеров тогда не видела, но очень похож. Машина остановилась, однако никто из нее выходить не спешил. А вот дверь офиса открылась, я услышала женский голос, растерянный и взволнованный одновременно, а вслед за этим голос проповедника:

— Ты же слышала, что он сказал. Значит, надо ехать.

Соблюдая осторожность, мы смогли увидеть, как парочка подошла к джипу, женщина села сзади, а мужчина впереди. Джип тут же сорвался с места, а я чертыхнулась, прикидывая расстояние до нашей машины.

— Не волнуйся, — сказал Берсеньев ускоряясь. — Мы их не потеряем.

В его способности я верила свято, но все равно переживала. Как выяснилось, не зря. Удача нам внезапно изменила.

Мы благополучно покинули двор, впереди на светофоре я увидела джип и вздохнула с облегчением, и тут Берсеньев вдруг засмеялся, стукнув ладонью по рулю.

— Ты чего? — удивилась я.

— Нас пасут.

Красный сигнал светофора сменил зеленый, джип рванул вперед, а Берсеньев свернул направо.

— Мы же их потеряем, — заныла я.

— Я же тебе сказал, за нами «хвост». В лучшем случае мы будем долго кататься без всякого толка, в худшем — окажемся в ловушке.

С этим, конечно, не поспоришь. Надо полагать, отец Павел обратил внимание на мимику своей подчиненной, а также предположил, что мы захотим с ней встретиться, вот и не рискнул оставить ее без присмотра. Заодно решил проверить, что мы за птицы... если только этим все и ограничится. Я вспомнила, что нам предстоит дорога затемно, и невольно поежилась, а потом с надеждой взглянула на Берсеньева.

— Как думаешь, куда они ее везут?

— Туда, где мы хотели бы оказаться, но при других обстоятельствах, — усмехнулся Сергей Львович. — Из их разговора следует, что некто срочно велел приезжать. Скорее всего, тот самый тип, которого мы ищем.

— Восемнадцатый?

— В любом случае ослушаться его они не могут. Он для них авторитет, следовательно, очень интересен для нас. Граждане отправляются на одной машине, а другая пристраивается за нами. Неплохо для захудалой секты. Хотя, очень возможно, мы имеем дело с профессионалами.

— А эти профессионалы нам по дороге голову не оторвут? — все-таки спросила я.

— Не позволим врагам нас одолеть, — засмеялся Сергей Львович, хотя я ничегошеньки смешного в ситуации не видела. Агатка права, сыщик из меня на слабую троечку; не будь рядом Берсеньева, я непременно бы потащилась за этим джипом, еще бы и радовалась, что не упустила, а чем бы это кончилось, ведомо одному господу...

Тут я сообразила, что Берсеньев петляет в переулках, то и дело поглядывая на навигатор. Примолкла и старалась лишнего шума не производить, чтоб не отвлекать от чрезвычайно ответственной операции по нашему спасению. Совершенно неожиданно мы оказались на проспекте, а потом и вовсе на объездной. Берсеньев удовлетворенно кивнул.

— Ну, вот и все...

— Оторвались? — пискнула я.

— А ты сомневалась?

— В тебе? Никогда, — решила я польстить, но тут же вздохнула: — Как же мы теперь найдем этого типа?

— Фенька, ты и вправду зануда. Удача сама идет нам в руки...

— Ты имеешь в виду, что мы смогли сбежать?

— Я имею в виду, — наставительно изрек Берсеньев, — что наши смелые фантазии можно считать максимально приближенными к действительности. А что для сыщика главное? Двигаться в правильном направлении. Не успеешь оглянуться, как этот тип будет у нас в руках.

— Я зануда, а ты выпендрежник, — съязвила я.

— Чудная компания, — кивнул Сергей Львович. — Да мы с тобой горы свернем.

Утро вторника началось рано и крайне неприятно. Всю ночь мне снились кошмары, странные люди в белых балахонах водили вокруг меня хороводы, тощая тетка с синюшным лицом грозила пальцем, скверно улыбаясь. В 5.50 я проснулась, взглянула на часы и возблагодарила господа, что вскакивать с постели нужды нет, таращилась в темноту, вспоминая детали сновидений и пытаясь понять, к чему такая напасть. В 6.30 зазвонил мобильный, он был под рукой, и, увидев, что звонит Агатка, я поторопилась ответить, уже догадываясь: кошмары мне снились неспроста, не стала бы сестрица звонить в такую рань.

— Тимоху убили, — сказала она и замолчала. Я попробовала оценить новость.

— Как убили? — обретя дар речи с некоторым опозданием, задала я вопрос и поспешно добавила: — Я сейчас приеду.

Вызвала такси, потому что никак не могла найти ключи от машины, и помчалась к сестре. Несмотря на ранний час, Агатка была уже одета, с прической и макияжем, выглядела собранной и деловитой.

— Хочешь кофе? — спросила она, кивнув в сторону кухни. Мы выпили кофе, сестрица хмурилась, вертя чашку в руке.

— Рассказывай, — вздохнула я.

— Сначала позвонил знакомый мент, потом Бубнов. Оказывается, вчера Тимоха отправился в ночной клуб, хотя клялся и божился, что будет сидеть дома. Предкам сказал, поедет к своей девушке. Те сдуру поверили, хотя могли бы предположить, что посиделками в квартире дело не кончится. Ты же знаешь, мать во всем потакает мальчишке, а Бубнов вмешиваться боится, супруга его уже не раз обвиняла в том, что к Тимохе он предвзято относится, мол, был бы тот его сыном... короче, он уехал, у любимой пробыл недолго и вскоре оказался в ночном клубе. Как обычно, выпил лишнего и сцепился с такими же трезвенниками. Они его малость помяли, вмешалась охрана, и придурков развели по углам. Покидать клуб Тимоха отказался, менеджер позвонил Бубнову, тот примчался и увез пасынка домой. До часу ночи его воспитывали, потом разошлись по комнатам. Супруги вскоре уснули, а Тимоха, прихватив бейсбольную биту, через веранду выбрался на улицу и поехал в ночной клуб. Бубнов сквозь сон вроде что-то слышал, но только после трех решил заглянуть в комнату Тимохи. Само собой, его там не оказалось. Позвонил в клуб, но праздник жизни к тому моменту уже закончился, последние ее прожигатели разъезжались по домам, и нашего оболтуса среди них не было. Александр Осипович все-таки решил туда съездить. Клуб закрыт, но охрана еще находилась на месте. Бубнов несколько раз звонил, мобильный пасынка был предусмотрительно выключен. В переулке обнаружили его машину, ключ в замке зажигания. Вместе с охранниками прочесали все подворотни и нашли Тимоху. Ножевое ранение в живот. Найди кто-нибудь парня чуть раньше, наверное, могли бы спасти. Но к пяти часам он уже был мертв. Вызвали ментов, типы, с которыми он сцепился, охране клуба хорошо известны. Все трое сейчас дают показания. У одного из них нашли мобильный Тимохи, другой зачем-то прихватил биту. Скопище идиотов. Теперь трое придурков отправятся в тюрьму, а Тимоха на кладбище. Знаешь, о чем я думаю? — вздохнула Агатка.

— Догадываюсь, — ответила я.

— Если б я так старательно не спасала его от тюрьмы... — Агатка прикрыла лицо ладонью и замолчала.

— Не взваливай на себя чужую вину, — покачала я головой. — Сама говоришь, это порочный путь.

— Ладно, поеду к его родителям. Не знаю, зачем, но чувствую, что надо. Даже боюсь представить, в каком состоянии сейчас его мать...

Я проводила ее до машины и побрела в контору, возвращаться домой смысла не было. Девчонки, застав меня уже на работе, заподозрили неладное, пришлось сообщить им последние новости. Агатка так и не появилась, звонить ей я не советовала, а день, как назло, выдался хлопотный. Я поняла, что в кресле начальника мне ужас как неуютно и занимать его в ближайшие сто лет я не хочу. Только успевай на звонки отвечать и звонить клиентам, чтобы перенести встречи, какие возможно...

Несмотря на крайнюю занятость, Берсеньеву я позвонила.

— С расследованием придется подождать, — сказала в глубокой печали. — У нас клиента убили.

— Ужас. А деньги сестрице он перечислить успел?

— Не смешно.

— Ваш клиент Тимофей Бубнов? С утра трындят по радио... недобро кивают в сторону правоохранительных органов. Парню бы надо сидеть в тюрьме, а он по ночным клубам шастает.

— Заткнись, а? Без тебя тошно.

— Если предки успели расплатиться, не вижу повода для огорчения. Он так усердно нарывался, что было ясно: добром это не кончится.

— Сестрица непременно оценит твою поддержку, — буркнула я, вешая трубку.

Наконец слет сумасшедших под названием «рабочий день во вторник» подошел к концу. Я всерьез сомневалась, что смогу добраться до дома самостоятельно, вышла из офиса и обнаружила Димку. С суровым выражением лица он топтался возле своей машины. Перегаром от него несло за версту. Димка значился последним в списке тех, с кем в тот день я хотела бы встретиться. Выяснять отношения я просто не в состоянии ввиду крайней усталости, да и просто желания нет. Скроив злобную мину, на которую только была способна, я решительно направилась в его сторону.

— Привет, — сказал он, шагнув навстречу. — Как дела?

— Отвратительно.

— Ты Тимоху имеешь в виду? — сочувственно поинтересовался он.

— А кого же...

— Слушай... — Димка обнял меня за плечи и зачем-то принялся оглядываться. — Надо поговорить.

— Дима, ты в запое, вот и продолжай пить. Мне и без тебя тошно.

— При чем здесь запой? — обиделся он. — Ну, попил немного... в конце концов, у меня был повод, хотя ты, может, так и не считаешь. Но поговорить я хотел не об этом.

— А о чем?

— О сестрице, конечно. У Руднева крышу начисто снесло, когда он узнал, что пацана убили. Короче, он считает, во всем виновата Агатка. Не послушай он ее, сын был бы жив.

— Вот уж не знаю. Его могли убить где-нибудь в Киеве...

— Запросто. Но сейчас говорить ему это бесполезно. Мужик не в себе. Я ему сказал, если такой расклад, спрашивать он должен с меня, а вовсе не с твоей сестрицы. Он малость присмирел, вопрос, надолго ли. Может, Агатке охрану организовать?

— Сомневаюсь, что она на это согласится.

— Ей об этом знать необязательно.

— А если она твоих парней засечет? Будет только хуже. Ладно, отвези меня к сестре.

По дороге я позвонила Агате, мобильный отключен, домашний телефон не отвечает. Окна ее квартиры были темными.

— Где она может быть? — разволновался Димка и смог-таки меня запугать.

Обзвонив всех, кого могла, без всякого результата, я простилась с Ломакиным и поднялась в квартиру сестры, решив ждать ее здесь. Открыла дверь своим ключом и вздохнула с облегчением, увидев пальто сестрицы на вешалке, а потом и голос ее услышала.

— Фимка, ты, что ли? — Агата лежала на диване, прикрывшись пушистым пледом, и терла спросонья глаза.

— Ты даже не представляешь, как я рада тебя видеть, — сказала я, опускаясь в кресло по соседству.

— Ты сейчас названивала? — зевнув, спросила она.

— Я.

— Как дела в конторе? Справляетесь?

— Не повышай меня в звании. Это обременительно. Лучше я навеки останусь третьим и самым бестолковым помощником.

Агатка махнула рукой, собрала волосы в хвост и стянула их резинкой.

— Голова раскалывается, — пожаловалась она. — Выпила снотворного, думала, хоть высплюсь, все равно день пропал.

Я поскребла за ухом и робко поведала о разговоре с Димкой.

— Вот только бандитской охраны мне и не хватает, — такой ответ не удивил, но спокойствия в душе, само собой, не прибавил. — Не совсем же Руднев идиот, — поглазев на меня с минуту, сказала сестрица. — Эмоции захлестывают, это понятно. Через пару дней попытаюсь с ним встретиться.

— Не лучше ли Димке дать возможность разрулить ситуацию?

— Что за терминология? Передай этому оболтусу: свои проблемы я сама решаю.

— Кто в этом сомневается? По мне, так от дружеской помощи глупо отказываться.

— Отвянь, — коротко бросила она.

— Не возражаешь, если я у тебя останусь? — помолчав немного, спросила я.

— Оставайся. Дверь забаррикадируем, два последних патрона оставим для себя.

— Дурища, — сказала я.

— Нет, я ее родная сестра.

Утром на работу мы отправились вместе, о Тимохе, точно по молчаливому уговору, помалкивали. Оказавшись в конторе, я решила: если уж сестрица снова у руля, мне ничто не мешает смыться, но мыслей этих устыдилась и даже Берсеньеву не звонила.

После обеда Агатка возникла возле моего стола и бросила на папку с документами, которые я безуспешно осваивала, ключи от своей машины.

— Сделай доброе дело.

— Сгинуть с глаз долой?

— Ага. Но с пользой. Резину надо поменять. Я договорилась.

— А вдруг еще снег будет?

— Не будет. У меня прямая связь с главным по погоде.

— Сколько мороки с этой резиной, — проворчала я.

— У тебя-то уж точно, летом ты ездишь на зимней, а зимой — на летней. Это принципиально или времена года в твоей голове перепутались?

— Просто время бежит стремительно... Ладно, чего не сделаешь для сестры.

Радуясь, что в офисных буднях наметилось хоть какое-то развлечение, я спешно удалилась. Станция техобслуживания за старым кладбищем, которое уже давно оказалось в черте города, ехать туда минут двадцать пять. Водитель я не то чтобы очень внимательный, но в зеркала иногда смотрю. Заметив темно-зеленый джип на светофоре, я тут же о нем забыла, но уже через десять минут вспомнила. На очередном светофоре заняла чужой ряд, в последний момент перестроилась, невежливо подперев «Ситроен», который тут же истошно засигналил, скорее от злости, чем по необходимости, и успела увидеть все тот же джип, повторивший мой маневр. На смену недоумению быстро пришло беспокойство. Джип держался на расстоянии, но неукоснительно следовал за мной. А в чьей машине я еду? Правильно, в Агаткиной. Почему бы сестре для разнообразия не послушать разумного совета?

Желая убедиться, что глюками не страдаю, я остановилась возле супермаркета. Джип пристроился в конце стоянки. Заплатив за мобильный телефон, я вернулась к машине, выехала с парковки, а через пару минут в зеркале увидела надоевшую тачку. Можно не сомневаться, глюков нет, и спокойствия теперь тоже. Одно смущало: когда я двигала в супермаркет, водитель джипа меня, безусловно, видел. С Агаткой мы, по общему мнению, похожи, но не до такой степени, чтобы нас перепутать. Хотя справедливости ради надо признать: один такой случай уже был. Тогда Агатку приняли за меня, и сестрица оказалась в больнице с огнестрельным ранением. Надеюсь, этот тип не столь кровожаден.

Размышляя на эту невеселую тему, я добралась до станции техобслуживания, сдала Агаткину красавицу знакомому умельцу и поднялась на второй этаж коротать время в баре. Здание станции представляло собой стеклянный куб, и вид со второго этажа открывался прекрасный. Но не он, понятное дело, меня интересовал, а темно-зеленый джип с местными номерами. Очень скоро я его увидела на гостевой стоянке в ряду с десятком других машин.

Я собралась звонить Димке, решив наплевать на запрет сестрицы, и тут... тут стекло со стороны водителя опустилось, парень, сидевший за рулем, выбросил сигарету, а я едва устояла на ногах, потому что узнала его сразу. Звали его Сергей, и несколько дней назад он сопровождал меня в ресторан «Шанхай». Взгляды наши встретились, он приветливо помахал мне рукой и вскоре тронулся с места. А я рухнула на диван, который стоял по соседству, что было очень кстати. Выходит, моя глупая выходка вовсе не закончилась испугом и данным себе словом не лезть куда не просят. Она имеет продолжение. Требовалось срочно решить: что делать? Звонить Димке? Или предупредить Берсеньева? Что в такой ситуации может сделать Димка? О Берсеньеве вовсе думать не хотелось. Он мне голову оторвет. Давно грозился. Но я предупреждениями пренебрегла, и вот результат.

Так ничего и не решив, я забрала машину сестры и поехала в офис. Все глаза проглядела, но джипа со знакомыми номерами не увидела. Не появился он и на следующий день, хотя я, против обыкновения, долго раскатывала по городу уже на своей машине. Джип как в воду канул. А я гадала, стоит этому радоваться или нет. Берсеньеву на всякий случай не звонила и его звонки игнорировала.

В пятницу Агатка вызвала меня в свой кабинет, велела прикрыть дверь и кивком указала на кресло. Приготовления насторожили.

— У нас опять кого-нибудь убили? — брякнула я.

— Типун тебе на язык, — разозлилась сестрица. — Покопалась я немного в биографии отца Константина. До того как стать ловцом заблудших душ, он был адвокатом. За попытку дать взятку судье из коллегии вылетел. Но на этом не успокоился. Затеял на пару с одним типом аферу, и оба угодили в тюрьму. Константин Максимович Белкин получил два года. После освобождения некоторое время болтался без дела, а потом начал проповедовать слово божье. Грешники, бывает, раскаиваются, а в тюрьме есть время пересмотреть свои жизненные принципы. Но...

— Не томи, — попросила я. Агатка усмехнулась.

— Когда Пушман и Савицкий, типы из банды Лазаря, были арестованы, адвокатом Пушмана стал наш Белкин. В то время он в определенных кругах был очень популярен и денег стоил немалых. Биографию свою он, кстати, не скрывает и вроде бы даже ею гордится, любит приводить себя, любимого, в пример. Был, мол, грешником, стал почти святым. И еще. Я решила проверить ваши с Берсеньевым фантазии, так, на всякий случай. Связалась с коллегой в том городе, где живет тетка Дениса, он шустрый малый, и с ментами, и с прокурорскими на дружеской ноге. Попросила его выяснить, не интересовался ли кто в последнее время пропавшим Денисом. Так вот, был звонок начальнику отдела полиции по месту жительства Кочеткова. Дружески просили справки о нем навести, кто, чем занимается, и прочее в том же духе. Звонил старый знакомый, когда-то учились вместе. Отгадай кто?

— Шериф?

— Точно. Теперь его приятель в замешательстве. Он ведь сообщил, что парень в розыске, и, естественно, проявил любопытство, чем тот Шерифа заинтересовал. В ответ услышал байку, что парня арестовали за драку, но, так как он оказался вроде бы не виноват, отпустили. И теперь возникает вопрос: если Денис гостевал у ментов и сам Шериф наводил о нем справки, как могло случиться, что парня не смогли опознать и закопали безымянным?

— Мы и раньше знали, что Шериф в этом деле увяз по самые уши, — пожала я плечами.

— Если все это дойдет до начальства, а мы очень постараемся, то ему придется нелегко.

— Он звонил по телефону, — покачала я головой. — Бездоказательно.

— А вот и нет. По телефону начальник отдела выслушал просьбу, в тот момент о Кочеткове знать ничего не зная. А ответить поручил своему заместителю, и тот ответил, причем в письменной форме. У нас есть шанс довести это дело до конца.

— Если им займутся менты, велика вероятность, что спустят все на тормозах. Свои своих сдавать не любят. Отделается порицанием, вот и все.

— Ну, это мы посмотрим. Когда я говорю «мы», понимать надо: ты и Берсеньев, — засмеялась Агатка. — Удивил меня Сергей Львович, он не Андерсен, он комиссар Мегрэ.

Зря о нем Агатка напомнила, беспокойство незамедлительно вернулось, на этом фоне блекло все, даже надежда раскрыть запутанное дело. А надо бы порадоваться: появилось недостающее звено, стало ясно, что связывает бандитов с «Братством». Отец проповедник — когда-то адвокат Пушмана. Оба возвращаются из тюрьмы, и судьба сводит их в очередной раз. Судьба сводит или они сами ей помогли. Бывший адвокат и бывший бандит. Тот и другой привыкли жить, ни в чем себе не отказывая. А после тюрьмы встать на ноги непросто. Законным путем. Вряд ли они его выбрали.

Вечером мы отправились к родителям выполнять свой дочерний долг. Домой я вернулась поздно, полночи просидела за компьютером в поисках каких-либо сведений о «Братстве». Ничего нового. С утра в субботу занялась уборкой, а где-то около часа позвонил Юрка.

— У меня новость. Шериф погиб, — огорошил он. — Вчера поздно вечером возвращался с рыбалки. Менты говорят, скорость у него была за сотню. Наши дороги ты знаешь, на повороте не справился с управлением и влетел в дерево. Машина вдребезги, сам Шериф скончался на месте. В городе теперь только и разговоров. Меня с утра на работу вызвали, присутствовал при вскрытии, проводила его Мегера. В крови обнаружен алкоголь, выпил он примерно полбутылки водки. Из области высокое начальство пожаловало, рвут и мечут. ЧП областного масштаба, и опять пьяный мент за рулем. Знакомый мой, который под началом Шерифа служит, то есть служил, в недоумении. Шериф, оказывается, в юности в авторалли выступал, как любитель, конечно, но сам факт... И полбутылки водки для здорового мужика не та доза... есть свидетели аварии, говорят, он несся так, точно поворота не видел, а ведь дорога ему хорошо знакома. Правда, было темно и к вечеру подморозило... Может, уснул за рулем. Тот же мент сказал, Шерифа в область вызывали, как раз в понедельник должен был предстать перед начальством.

После разговора с Юркой я еще долго сидела в глубокой задумчивости. Все свои тайны Шериф унес в могилу... Если вызов к начальству связан каким-то образом с Денисом (а это вполне вероятно, учитывая то, что рассказала Агатка), его внезапная смерть выглядит более чем подозрительной. Ниточка, связывающая Дениса с человеком или людьми, державшими его в неволе, теперь оборвалась. Шерифу не придется объяснять свое странное поведение, а мы никогда не узнаем, кого он покрывал.

Я взяла мобильный с намерением звонить Агатке, тут входная дверь хлопнула, послышались шаги, а потом и голос Берсеньева:

— Фенька, принимай гостей.

«Не иначе как с Димкой притащился», — подумала я, распахивая дверь комнаты, но Берсеньев был один, что настроения не прибавило.

— Ты прячешься от меня, что ли? — с усмешкой спросил он, а я буркнула:

— С какой стати? Дел много... Тимоха, да и без него неприятностей хватает.

Берсеньев сбросил куртку и устроился в кресле, поглядывая на меня с сомнением. Я начала томиться и поспешила выложить новость, чтоб он меня взглядом не сверлил.

— Шериф погиб.

— Да ну? — удивился Берсеньев. — Когда господь прибрал?

— Вчера вечером. Юрка звонил. — Я подробно пересказала наш разговор.

— Полбутылки водки — ерунда, а он в своем районе хозяин, поди не первый раз за руль из-за стола садился. А на рыбалке выпить — святое дело.

— Вот и доездился, — проворчала я.

— То, что начальство пожаловало, хорошо, — не обращая внимания на мою реплику, продолжил Берсеньев. — Вот только как они себя поведут, еще вопрос. Решат сор из избы не выносить и поспешат все списать на несчастный случай, про алкоголь в крови умолчав. А вот если займутся расследованием всерьез, тогда тачку Шерифа проверят с большой тщательностью и, уверен, найдут что-нибудь интересное. Неисправные тормоза, к примеру.

— Ты считаешь, его убили?

— На девяносто девять процентов. Мы имеем дело с серьезными людьми, если они ментовского начальника не побоялись грохнуть. «Он слишком много знал», — готовая эпитафия на могилу Шерифа.

— А если все-таки несчастный случай? — упрямилась я.

— Тогда очень своевременный. Сунули мы палку в муравейник, — весело подмигнул он. — Димка в большом беспокойстве за твою сестрицу, — сменил тему Сергей Львович. — Какая-никакая, а родня, своих парней к Агатке приставил.

— Благодарности от нее он вряд ли дождется, — фыркнула я, но подумала о Ломакине с теплотой и любовью. Чего, в самом деле, сестрицу слушать?

— Ну а я на всякий случай решил присмотреть за тобой. Пасут тебя, милая, — сердце мое ухнуло вниз, да там и осталось. — А вот Агаткой, похоже, никто не интересуется. Отсюда вывод... Однако не очень понятно, чего им от тебя надо. Почему их интересуешь только ты? К соседям мы вместе ездили, а по номеру тачки выйти на меня — дело двух минут.

Он считает, слежка за мной связана с нашим расследованием, а на самом деле... Черт, я должна ему сказать... Должна? Ничего подобного. Пусть сам за свои грехи отвечает...

— Идем чай пить, — сказал Берсеньев, поднимаясь с кресла, и направился к двери. Я пошла за ним и неожиданно для себя произнесла:

— Тут вот еще что... — Он повернулся, ожидая продолжения, у меня была возможность все отыграть назад. Просто промолчав. Но в кабинете ресторана «Шанхай» я уже безоговорочно приняла его сторону. Во всем надо быть последовательной, даже в глупости. — Ты не спросил, где живет тетка Дениса, — подбирая слова, начала я. Берсеньев нахмурился, глаза за стеклами очков приняли неприятное выражение, а я назвала город. Лицо его оставалось спокойным, но взгляд откровенно пугал. «Молчи», — точно кто-то шепнул в ухо, а я, отрезая себе все пути к отступлению, произнесла: — Я была там в один день с тобой...

Он стремительно выбросил вперед руку, стиснул мою шею, вдавив меня в дверной косяк. Глаза из голубых стали серыми, холодными, точно льдинки. Глаза убийцы. «Последнее, что я вижу в своей жизни», — подумала я. Пальцы вдруг разжались, а я сползла на пол, хватая ртом воздух и натужно кашляя, еще не успев испытать радости от своего внезапного освобождения. Скорее удивление. Берсеньев стоял надо мной и грязно матерился. Потом сгреб за шиворот и поволок к дивану.

— Рассказывай.

На это сил пока не было, я сидела, сжавшись в комок, держа левую руку на горле. Ощущение такое, точно голова на шее держится с трудом. Берсеньев сел в кресло, закинул ногу на ногу, а я, откашлявшись, начала рассказывать.

— Он велел тебе передать: ты до сих пор жив, потому что он смотрит на это сквозь пальцы, — завершая свой рассказ, со вздохом произнесла я. Берсеньев неожиданно засмеялся.

— Ну, самомнения ему не занимать...

— За мной следили его люди, одного я точно узнала. Он мне еще рукой помахал, гад.

— Говорить тебе, что ты идиотка, значит, напрасно тратить время, — заявил Сергей Львович. — Я тоже хорош, свернуть тебе шею надо было давно, как только ты сообразила, что Берсеньев из поездки в Венесуэлу не вернулся. Первое правило профессионала — никаких свидетелей. И ничего личного — это второе правило, хотя, может быть и первым. Дурака я свалял, Ефимия Константиновна. Старею, становлюсь сентиментальным. За что теперь и придется расплачиваться своей спокойной сытой жизнью. С другой стороны — она скучна до безобразия, — он опять засмеялся и головой покачал. — Надо же... так только дуракам везет. Второй раз ловишь меня на ерунде. Впрочем, все великие как раз на ерунде и засыпались.

— Каких великих ты имеешь в виду? — пискнула я.

— Это я так... образно.

— Я этому Тимуру ничего не сказала...

— Умница. Хотя Тимурке меня искать ни к чему.

— Тогда я вовсе ничего не понимаю....

— И в этом твое счастье. Но кое-что придется пояснить, чтоб ты сдуру еще чего-нибудь не сотворила. Люди, на которых я когда-то работал, не могут позволить себе роскоши оставить меня в живых. Я, конечно, очень постарался, чтобы меня сочли мертвым. Но сомнения у них остались, а значит, осталось и беспокойство. Оттого из вида известную тебе женщину они не теряют. Она единственное, что связывает меня с прошлым. Ты сунула свой нос, куда не просили, и механизм завертелся. Кто-то из Тимуркиных людей наверняка работает на них, и о твоем появлении они уже знают. Ему самому не могла не прийти в голову та же мысль, вот он и послал своих людишек проверить, проявляют к тебе интерес или нет.

— Но я ничего не сказала... и не скажу, — добавила я упрямо, правда, с некоторой долей сомнения.

— Во-первых, как спрашивать будут. Во-вторых, это и не понадобится, если решат не торопиться. Проверят твое окружение, лишь только всплывет история с аварией в Венесуэле и пластической операцией, все станет ясно. Возможности у них большие...

— Ты работал на мафию? — робко поинтересовалась я.

— Нет, блин, на Ватикан.

— Этот Тимур — форменный мафиози, — не обращая внимания на его иронию, заметила я. — Но... если он обо всем догадался и его люди уже здесь... почему ты еще жив?

— Украшаю собой его скучный мир. Забудь о нем, желательно уже сегодня.

Что-то между этими двоими было не так. Явная вражда и угрозы, и вместе с тем... Тимура Вячеславовича Берсеньев как будто не опасается. Следующие его слова лишь подтвердили мои сомнения.

— Будем исходить из того, что Тимурка просто решил подстраховаться. Убедится, что тебя никто не трогает, и уберется восвояси. Если нет... в общем, слушаться меня, как маму в детстве. Станешь чересчур обременительна — махом окажешься на кладбище. А сейчас идем пить чай. У меня, кстати, тоже новости есть.

Я покорно поплелась за ним и даже чаю выпила, хотя шея все еще болела и глотать было больно. Берсеньев насмешливо на меня поглядывал, а я едва сдерживалась, чтобы не сказать ему гадость. Держать себя в руках он умел. Не знаю, что творилось в его голове, но выглядел он спокойным, даже расслабленным.

— Я навел справки об интересующем нас районе. Как будто ничего подозрительного. Брошенных деревень в избытке, но никто там не заселялся. Зато пять лет назад некий бизнесмен из Сибири купил бывшую турбазу «Солнечная». Имя бизнесмена — Зиновьев Всеволод Андреевич. Турбаза к тому моменту представляла собой жалкое зрелище: все, что могли, добрые люди успели растащить. Числилась она на балансе комбината, находящегося в Ремизове, комбинат еле-еле сводил концы с концами и от своей неликвидной собственности рад был избавиться. Продали за весьма скромные деньги. Что там сейчас — не ясно, но точно не турбаза. Очень может быть, это как раз то, что мы ищем. Находится в тридцати километрах от Ремизова, в районе, где Шериф хозяин. Местечко глухое, а до шоссе по прямой от него километров двадцать. Предлагаю взглянуть.

— Ты хочешь продолжить расследование? — растерялась я.

— А ты решила, я от страха в шкаф полезу? — хмыкнул Берсеньев. — Подходящего шкафа, кстати, я у тебя не вижу.

— Просто я подумала...

— Сделай милость, прекрати это дело. Думать, я имею в виду. Лишнее беспокойство.

— Хорошо, давай взглянем на турбазу. Только я Агатке позвоню.

— Боишься? — засмеялся Берсеньев. — Убивать тебя без особой надобности я не собираюсь.

— Мудрый подход, — не удержалась я. — Готова ответить взаимностью. Но Агатке все-таки позвоню. Расскажу про Шерифа... Лучше, чтобы она знала, куда мы поедем.

Звонила я при Берсеньеве, чтоб он разговор слышал и не заподозрил меня в разглашении секретных сведений. Сестрица, как обычно, начала гневаться, особо указав, что если Шерифа пустили в расход, то папа-прокурор не гарантия безопасности, но, узнав, что еду я с Сергеем Львовичем, заметно подобрела и велела передать ему трубку. Что я и сделала.

— Не волнуйтесь, Агата Константиновна, — серьезно заявил Берсеньев, выслушав наставления сестрицы. — Я за ней присмотрю.

«Ага, — мысленно скривилась я. — Отправили волка овец пасти». И язык ему показала, скорее от нервов. Он сунул кулак мне под нос, продолжая ласково щебетать с Агаткой. Уболтал чуть не до смерти, меня, не ее, она-то, похоже, готова его слушать до бесконечности. Наконец они простились, Берсеньев вернул мне мобильный и направился в прихожую, на минуту зайдя в комнату за своей курткой. Джентльменски подал мне пальто и сказал со своей обычной усмешкой:

— Похоже, я успел к тебе привыкнуть. И мне это совсем не нравится.

— Можно подумать, я от тебя в восторге.

По дороге мы все больше молчали. Я от нечего делать разглядывала карту соседней области (карта нашлась в машине Берсеньева), то и дело сверяясь с навигатором. Берсеньев за моим копошением наблюдал с отеческой улыбкой. Не очень-то я верила, что он завезет меня в укромное местечко и там придушит, но все равно хмурилась, наблюдая пейзаж за окном. Неизвестно, что он на самом деле задумал, от такого можно ждать чего угодно, и Агатка не спасет.

Тут я вспомнила о недавней слежке и уставилась в зеркало. Берсеньев на мое ерзанье внимание, конечно, обратил и сказал насмешливо:

— Никто за нами не увязался.

— Ты уверен? — спросила я с сомнением, хотя дорога была совершенно пуста. Он закатил глаза и отвернулся.

Вскоре мы оказались в Ремизове, а еще через двадцать минут выехали на шоссе; если верить указателю, вело оно в соседний районный городок. Как ни странно, движение здесь куда более оживленное, а вот дорога желала лучшего. Когда мы свернули на проселочную, ухабы стали такими частыми, что Берсеньев больше не пытался их объезжать. Через пятнадцать километров я увидела проржавевший щит на обочине «Турбаза «Солнечная». Снять щит никто не потрудился. Сергей Львович свернул в очередной раз, узкая дорога вела в лес. Впереди между деревьев показалась кирпичная стена. Берсеньев притормозил, с дороги съехал и остановил машину за густыми зарослями кустарника. Сейчас от этих зарослей проку немного, но с дороги его джип, пожалуй, не увидишь.

— Идем, — сказал он.

Местами в лесу еще лежал снег, почва здесь была песчаная, и пройти можно, не утопая в грязи. Но я все равно пожалела, что нет резиновых сапог, сейчас они бы очень пригодились. Сергей Львович шел вдоль кирпичного забора, держась от него на расстоянии. Поверх забора пропущена колючая проволока, то и дело попадались таблички «Частные владения». Из-за забора не доносилось ни звука, такое впечатление, что там ни души. Лес неожиданно кончился, перед нами было небольшое поле. Берсеньев поглазел на него с минуту и пошел назад.

Мы вернулись к дороге, она заканчивалась возле металлических ворот, над ними я заметила две видеокамеры. Теперь нежелание Берсеньева приближаться к турбазе становилось понятным. Все еще держась на почтительном расстоянии, мы обошли ее с другой стороны. Из-за забора по-прежнему не доносилось ни звука. Может, народ здесь появляется только в летнее время, а ранней весной обитает один сторож?

Через несколько минут мы очутились на берегу пруда. К нему вела едва заметная тропинка от калитки в заборе. Над ней тоже видеокамера. Пруд по периметру огорожен сеткой рабицей. Вдруг залаяла собака, сначала одна, потом к ней присоединились другие. Кажется, их было не меньше десятка. Мы поспешили отойти подальше. Лес в этом месте заметно поредел, и теперь за забором были видны строения, точнее их крыши. Из трубы в серое небо поднимался дымок. Потратив еще немного времени, мы вновь вышли к полю, но уже с другой стороны. Песчаная дорога уходила куда-то на восток, тут тоже оказались ворота. Вот, собственно, и все, что удалось разглядеть.

— Местечко подходящее, — произнес Берсеньев.

— Может, это какой-то приют для охотников, — нахмурилась я. — Почему бы не попытаться заглянуть внутрь? Скажем, что сбились с дороги.

— Непременно заглянем, — кивнул он. — Только подготовимся. А тебе лишний раз на глаза попадаться не стоит, если здесь обитают те, кого мы ищем.

Мы вернулись к машине, и я начала ворчать:

— Зря мы, что ли, сюда тащились?

Берсеньев пожал плечами. Препираться с ним дело зряшное, это я знала доподлинно. Оттого и предпочла помалкивать. Выехали на шоссе, и тут он удивил, свернув в противоположную от Ремизова сторону. Я сверилась с навигатором, в шести километрах западнее деревня Ухолово. Туда, надо полагать, мы сейчас и направлялись.

Окна в большинстве домов были закрыты ставнями. Наполовину разрушенная церковь на пригорке и магазин, запертый на огромный навесной замок. На единственной улице ни души. Правда, собаки бродили и нам обрадовались, дружно увязавшись за машиной. Сразу за деревней начиналось кладбище.

Берсеньев развернулся и медленно поехал назад. Собачий лай привлек к нам внимание, возле одного из домов появился мужчина в старом ватнике нараспашку. Замер в нескольких шагах от своего крыльца и неторопливо закурил. Берсеньев остановил машину и направился к нему.

— Здравствуйте, — сказал громко.

— Здравствуйте, — ответил мужчина, теперь было видно, ему уже за семьдесят, узловатой ладонью он прикрывал сигарету от ветра. — Заблудились? — спросил с хитрецой. — У нас тут в это время мало кто ездит.

— Похоже, что заблудились, — кивнул Берсеньев, я открыла окно, чтобы слышать их разговор. — Нам сказали, здесь где-то турбаза.

— Поворот вы проскочили. Там указатель, правда, весь перекошенный. В прошлом году Витька

Сазонов его трактором задел. Указатель какой ни есть имеется, а вот турбазы больше нет.

— Как же так? — удивился Сергей Львович.

— А так... давно продали. Каким-то сектантам. Может, вы их ищете, прошу прощения?

— Мы вообще-то думали остановиться на пару дней. Порыбачить. — Старик насмешливо взглянул в мою сторону и кивнул, а Берсеньев как ни в чем не бывало продолжил: — На карте турбаза есть. А вы говорите — нет.

— Лет пять как нет, — сказал дядя, отбрасывая сигарету. — Раньше народ отдыхал, молоко у нас брали, картошку и прочую провизию. Бабка моя в сезон банок по пятьдесят огурцов продавала. Деньги, может, и не велики, но без них совсем беда. Крышу который год перекрыть не могу... железо проржавело. Турбазу закрыли, совхоз развалился, живи как знаешь. Кто мог, давно сбежал, а мы вот в пяти домах не живем, а мучаемся. Магазин только летом работает, когда дачники понаедут. Места-то у нас хорошие, грибы-ягоды.

— А турбазу, значит, продали?

— Я же говорю, секта там. Чем заняты, неизвестно, к нам не заглядывают и к себе никого не пускают.

— Если так, откуда же про секту знаете?

— Ну, шила в мешке не утаишь. Когда строились, кое-кто из наших мужиков там работал. Вот и рассказывали. Главный у них весь седой, волосы до плеч. А все остальные ему кланяются и руки целуют. На священника не похож, ходит в белом балахоне. Они, считай, год строились, он каждую неделю приезжал, с ним охрана и баб штук пять, все в длинных юбках и платках, вроде монахинь. Его отцом называли. А бабка моя, она страсть какая любопытная, пошла взглянуть на новых соседей, когда они в очередной раз пожаловали; так вот, Татьяна говорит, никакой этот отец Всеволод не старик, молодой совсем, а волосы красит, должно быть, для солидности, корешки-то темные. И на лице ни морщинки. Строились с размахом и все прораба торопили, не терпелось им сюда заселиться. А как въехали, так от нас заборами отгородились, подойдешь поближе — тут же охрана. Спрашивают, чего надо. Сколько их там живет, до сих пор не знаем. Продукты из города возят, у нас даже картошки не берут. Скотину точно не держат, если только кур или свиней. На своем лугу косить не дают, а там трава самое то, как раз для скотины. Народу к ним ездит много, и машины все хорошие. Часто и «Газели» катаются. И этот их главный здесь не постоянно, то уедет, то опять вернется. Машина у него здоровенная такая, вроде вашей, только еще больше. А месяца два назад от них сбежал кто-то, — хитро прищурился дед. — Полночи с фонарями по лесу бегали. Отсюда было видать. Утром к нам явились трое охранников, уж не знаю, какому они богу молятся, а по виду — бандиты. Спрашивали, не было ли в деревне чужаков. Танька с расспросами сунулась, ну, они сказали, вроде воры к ним пытались наведаться, но врут, знамо дело. Какие воры и кто к ним полезет? Там же эти... камеры кругом, собаки и охрана. Вроде уехали, но Танька проследила: они все дома проверили, те, что на зиму закрыты. Каждый замок, каждую дверь подергали. Видать, кто-то устал богу молиться и дал деру.

— Два месяца назад? — уточнил Берсеньев.

— Ну, может, чуть больше.

— В последние дни ничего странного не замечали?

— Да вроде все тихо. К нам точно не заглядывали. Машины, правда, проезжали, то ли их, то ли кто-то вроде вас заплутал.

— Странное у вас соседство, — покачал головой Сергей Львович. — Я бы на вашем месте в полицию обратился на всякий случай.

— А нам что, живут, не мешают. Участковый было сунулся, так ему быстро салазки завернули. Сиди, мол, тихо, мил-человек. Говорят, у сектантов этих наш главный полицейский чин частый гость. Он участковому мозги и вправил. Сказал, если закона не нарушают, нечего людям мешать. Это мне сам участковый рассказывал. Он машину начальника не один раз здесь видел.

— Фамилия начальника Колокольцев? — уточнил Сергей Львович.

— А шут его знает. Мне его фамилия ни к чему. И без начальства проживем как-нибудь.

— Что ж, спасибо, — кивнул Берсеньев. — Будем в другом месте пристанище искать.

— Я смотрю, номера-то у вас не нашенские, — подмигнул старик и направился к дому, а Берсеньев вернулся в машину.

— Почему два месяца назад? — немного невпопад спросила я, но Берсеньев понял. — Не мог Денис зимой в лесу столько времени прятаться.

— Почему же. Деревень, где зимой никто не живет, здесь в избытке. И кое-какую снедь в домах дачников найти можно. Хотя есть еще вариант. Он пытался бежать два месяца назад, но его поймали.

— И он оказался в кандалах?

— Вопрос, как он смог от них избавиться.

— Ему кто-то помог?

— Давай не забегать вперед. Мы даже не уверены, что Денис здесь был когда-то.

Мы подъезжали к городу, когда позвонила Агатка.

— Как прошла экскурсия?

— С пользой.

— Давайте ко мне. Я, чтоб вы знали, тоже без дела не сижу. И кое-что интересное удалось нарыть.

Пока мы ехали к сестре, я изнывала от любопытства, до чего докопалась Агатка. Кстати, в ее способностях я никогда не сомневалась. С Сергеем Львовичем она чинно поздоровалась, меня удостоила поцелуя. В присутствии сестрицы Берсеньев демонстрировал свои лучшие качества: вежливость, интеллигентность и обходительность. Одним словом, менялся на глазах. И никаких тебе шуточек, образцово-показательный бизнесмен. Как он умудрялся столько времени сестрице голову морочить? То ли он талантище, то ли верно говорят: любовь слепа. В их случае, справедливы скорее оба утверждения. Он вежливо попросил кофе, с благодарностью принял чашку из Агаткиных рук и устроился в кресле. Я плюхнулась на диван, подвернув под себя ноги, Агатка возилась с закусками, решив быть гостеприимной хозяйкой.

— Рассказывайте, что видели, — кивнула она, я предпочла бы услышать ее новости, но Сергей Львович начал деловито излагать. Сестрица слушала и время от времени усмехалась. — Похоже, это то, что мы ищем, — вынесла она вердикт. — Я на всякий случай обзвонила коллег с одним вопросом: не было ли у них в последний год дел, связанных с сектами или чем-нибудь подобным? Все без толку. Кагарлицкий был в списке последним (это, кстати, сестрицын приятель, тоже адвокат), я ему и звонить-то не собиралась, видимся часто, и о всех его делах я в принципе знаю. Оказалось, звонить ему следовало первому. — Агатка сделала выразительную паузу совершенно напрасно, между прочим, мы и так слушали со всем вниманием. — Так вот, чуть больше двух месяцев назад к нему пришла молодая женщина и рассказала совершенно невероятную историю о секте, где людей удерживают чуть ли не силой. При этом никакой конкретики, ни имен, ни места, где все это предположительно происходило. Впечатление произвела странное, девушка явно не в себе. Но он терпеливо ее выслушал, после чего посоветовал обратиться в полицию. Идею она с ходу отвергла. По ее мнению, все менты — продажные сволочи. Кагарлицкий спросил, чего она ждет от него, и объяснил, что, пока нет заявления, не видит, чем бы мог помочь. На всякий случай предложил отправиться в полицию вместе с ней, она еще ему всяких страстей нарассказывала и ушла, обещав позвонить. Но не позвонила. Через неделю он о ней вспомнил и позвонил сам. Телефон домашний, ответила ему какая-то девица и сообщила, что его несостоявшуюся клиентку увезли в психушку. Володька, как тебе известно, парень основательный, оттого в психушке о ней справился. Девушка действительно была там. Вскрыла себе вены. Причем это не первый случай, когда она пыталась сводить счеты с жизнью, три года назад вены уже резала на почве несчастной любви. Мать вовремя вызвала «Скорую». В этот раз врач констатировал глубокую депрессию, вступать в контакт пациентка отказывается, молчит, как партизан. Родни у нее, похоже, нет, мать умерла два года назад. Вот, собственно, и все.

— И Володька твой думать о ней забыл, — проворчала я.

— У него без этой девицы дел по горло. А тут вроде все ясно: склонность к суициду, депрессия, что ей там привиделось, поди разберись. Но он не поленился навести справки, к знакомым ментам обращался, ничего подозрительного... Кстати, «Братством» тоже интересовался.

— Два месяца назад, — произнес Берсеньев, выразительно взглянув на меня.

— Точно, — кивнула Агатка. — Что, если побег из турбазы «Солнечная» совершил не Денис, а именно она? Есть еще вариант: девица действительно чокнутая, навыдумывала небылиц... адрес она Кагарлицкому не оставила, только телефон. Но лечащий врач в психушке сообщил ему прежний адрес, указанный в истории болезни: Первомайская, дом три, квартира шестнадцать. Она, конечно, может до сих пор находиться в больнице, но я бы проверила... два месяца — срок большой.

— Поехали, — поднимаясь с дивана, сказала я.

К некоторому удивлению, Агатка решила ехать с нами. То ли Берсеньев тому виной, то ли была иная причина. Меня это порадовало: Агата Константиновна разговорит любого депрессивного. Хотя и на Сергея Львовича я в этом смысле очень рассчитывала: он умел найти подход к женщинам. Пора ему проявить свои таланты.

Сестрица быстро переоделась, вскоре мы уже садились в машину Берсеньева, а через полчаса тормозили возле дома номер три по улице Первомайской.

— Думаю, нам лучше идти вдвоем, — кивнув мне, сказала Агата. — Женщины вызовут больше доверия.

Вот уж не знаю. Каждая вторая, с которой Сергей Львович имел дело, готова была открыть ему душу за десять минут общения. Выходит, сегодня его способности останутся не востребованы. Берсеньев к предложению отнесся с пониманием, и мы направились к подъезду.

Агата набрала номер квартиры на домофоне и стала ждать. Длинные гудки, и никакого отклика. Я разочарованно вздохнула. Только начнет казаться, что удача забрезжила на горизонте, как тут же выясняется, что с надеждами я поторопилась. Агатка, хмуро взглянув на меня, набрала номер семнадцатой квартиры, а когда ей вновь не ответили, пятнадцатой. Из динамика послышался женский голос.

— Да.

— Простите, мы разыскиваем Веселову Елену Борисовну.

Я некстати подумала, что для депрессивной девахи со склонностью к суициду фамилия самая неподходящая.

— Лену? — В голосе женщины удивление. — Так она здесь уже не живет.

— Не могли бы мы немного поговорить? Я адвокат, моя фамилия Завьялова... — не успела Агатка это произнести, как дверь открылась.

— Пятый этаж, — донеслось из динамика.

Возле приоткрытой двери стояла женщина лет сорока пяти, кутаясь в вязаную шаль с кистями, наброшенную поверх махрового халата. Агатка полезла в сумку за удостоверением, протянула его женщине, та взглянула мельком. В квартиру нас не пригласили, стало ясно: беседовать придется на лестничной клетке.

— Вы давно видели Лену? — спросила Агатка.

— Мама ее умерла почти два года назад, в июле. Вот тогда и видела. Хоронили Оксану Федоровну без нее, а потом Ленка приехала, чтобы квартиру продать. Неделю здесь жила, пока документы оформляли. А вместе с ней еще одна женщина. Ужасно неприятная. Она тут всем заправляла.

— Какая женщина? — не поняла Агатка.

— Я так думаю, кто-нибудь из этих сектантов. Смотрит в пол, лицо злющее, ни с кем не здоровалась.

— Какое она имеет отношение к Лене?

Разумеется, мы догадывались какое, в моей душе вновь вспыхнула надежда, что наш визит сюда будет ненапрасным.

— Как какое? — усмехнулась женщина. — Ленка ведь в секту подалась. Парень ее бросил, нашла себе командированного, неделями у них жил. Оксана Федоровна заподозрила неладное, приедет, уедет, время идет, а он о женитьбе ни слова, ест, пьет на Ленкины деньги. Она в банке работала, очень прилично получала. В общем, в конце концов выяснилось, женатый он. Ленка в слезы, мол, как же так? А он ей — я на тебе жениться и не собирался. Покидал вещички в сумку и уехал. Оксана Федоровна сначала перекрестилась, совсем он ей не нравился. А Ленка... в общем, вены себе вскрыла. Видно, любила этого прощелыгу. Из больницы вернулась на свою тень похожая. А потом вроде успокоилась. Оказалось, в секту подалась.

— В какую секту? — не сдержалась я.

— Кто ж знает? — пожала женщина плечами. — Мало их, что ли... вон, по телевизору показывают... Оксана Федоровна ни о чем не подозревала, пока дочка не стала ей о конце света толковать. Душу надо спасать и все такое. Забила тревогу, да поздно. Мозги Ленке уже основательно промыли. Из банка она уволилась, какая работа, если со дня на день нас всех призовут. А потом и вовсе уехала. Продала машину, были у нее кое-какие сбережения... в общем, все, что имелось, с собой забрала, а мать бросила. Звонила иногда, но, где она, мать толком не знала. Вроде живут в какой-то деревне, человек десять их, что ли. Оксана Федоровна от горя слегла и померла через месяц. А мы даже не знали, как Ленке сообщить, ни адреса, ни телефона. Хоронили знакомые и соседи. Как раз на девятый день Ленка и позвонила. Я в сердцах ей, может, лишнего наговорила. Приехала на другой день с этой бабой страшной. Продала квартиру, и больше я ее не видела.

— Два месяца назад Лена точно была здесь. В городе, я имею в виду, — сказала Агата. — Не знаете, у кого она могла остановиться?

— Подруг у нее близких вроде не было. Может, кто на работе? Слушайте, — встрепенулась женщина. — Ей же тетка комнату свою оставила. Сестра Оксаны Федоровны. Они ее студентам сдавали. Может, там?

— Адрес знаете? — с надеждой спросила сестрица.

— Адрес не знаю, но объяснить, где находится, могу. Когда тетку-то хоронили, я им помогала, вот и была там пару раз. Малый Козинцев переулок, это возле стадиона. Там три дома — сталинки. Средний их. Второй подъезд, а квартира на первом этаже, как войдете — направо. А чего вы Ленку-то ищете? — спросила она, понижая голос.

— Как раз этой сектой мы и интересуемся. Поступило заявление, что людей там силой удерживают, — соврала Агатка, глазом не моргнув.

— Пересажать бы всех этих сектантов, к чертовой матери, — возмутилась женщина. — Людям жизнь калечат. А родне каково? Ведь Ленка мать раньше времени на тот свет спровадила.

Мы торопливо простились и направились к лифту.

— Ее там может и не быть, — умерила мой пыл Агатка, но в Козинцев переулок мы, конечно, поехали. По дороге я рассказала Берсеньеву все, что мы узнали от соседки. Он покивал с умным видом, от замечаний воздержался.

Дом, о котором говорила женщина, нашли без труда. На двери ни кодового замка, ни домофона. Из ближайшей квартиры доносилась громкая музыка. Агата надавила кнопку звонка, но, похоже, его никто не слышал. Пришлось барабанить в дверь. Музыка внезапно стихла, я услышала шаги, дверь распахнулась, и перед нами предстала девица в полотенце, которое она использовала как парео, вторым полотенцем была обмотана голова девушки, на предплечье цветная татуировка, рысь с распахнутой пастью.

— Музыка мешает? — насмешливо спросила девица. Берсеньева мы опять оставили в машине, о чем в тот момент я горько сожалела.

— Если музыка хорошая, отчего не послушать? — ответила Агатка, окидывая девицу взглядом с головы до ног. Очень сомнительно, что это Лена. Или в ее жизни произошли значительные перемены, — Веселова Елена здесь живет?

— Уф, — вздохнула девица. — Здесь, здесь.

— Она дома?

— Где ж ей быть? Только к себе не пустит.

— Не любит гостей?

— Ни гостей, ни музыки. Ничего на свете. Послал бог соседку.

— Мы все-таки пройдем, — сказала Агата.

— Валяйте, — девушка отошла в сторону, пропуская нас в коридор. Комнат в квартире оказалось две. В первой жила девица в полотенцах, дверь распахнута настежь, на полу разбросаны диски, тут же открытая бутылка шампанского и пепельница, доверху заполненная окурками.

Дверь в комнату, что была ближе к кухне, плотно закрыта. Агата постучала и, не получив ответа, подергала запертую дверь и позвала:

— Лена, откройте, пожалуйста.

Соседка, стоя рядом, сказала, понижая голос:

— Она так может целый день сидеть, — и выразительно покрутила пальцем у виска.

— Лена, пожалуйста, откройте, — повторила Агата. — Нам надо поговорить.

— Не-а, не откроет, — покачала головой девица. — Она недавно из психушки. Видно, не долечили. А мне, прикиньте, с ней жить.

Агатка продолжала барабанить, а я, повинуясь внезапному импульсу, сунула под дверь фотографию Дениса. Через полминуты дверь неожиданно распахнулась. На пороге стояла женщина, сначала я решила, ей лет сорок, не меньше. Худая до изнеможения, с бледным лицом и потухшим взглядом. Растрепанные волосы с сероватым оттенком, которые в первый момент я приняла за седину. Потом стало ясно: женщина значительно моложе, просто жизнь с ней обошлась сурово. Или она сама со своей жизнью. Ранние морщины, бесцветные губы, узкие, нервно подрагивающие. В руках женщина держала фотографию.

— Откуда у вас это? — хрипло спросила она.

— Значит, с Денисом вы знакомы, — сказала Агатка, входя в комнату, дождалась, когда войду я, и захлопнула дверь перед соседкой, которая, вытянув шею, пыталась рассмотреть, что там на фотографии.

Елена отступила на шаг, Агатка оглянулась в поисках места, где могла бы пристроиться, и выбрала кресло, старое, потертое. Впрочем, вся остальная мебель в комнате выглядела точно так же. Антиквариат, который и за копейки не продашь. Я взяла стул и устроилась на нем. Елена, все еще с фотографией в руках, подошла к круглому столу возле окна, оперлась на него рукой, стоя спиной к нам, и беззвучно плакала.

Мы терпеливо ждали.

— Откуда у вас фотография? — минут через пять вновь спросила Елена.

— У Дениса есть тетка, единственная родственница, — сказала Агата. — Вам известно, что Денис уже год как в розыске?

Лена повернулась к нам и кивнула.

— Кто вы? — спросила она, шаря взглядом по лицу Агатки.

— Адвокат Завьялова.

— Адвокат?

— Родственница Дениса обратилась к нам за помощью...

— Они убьют его, — произнесла женщина. — Если вы попытаетесь, они убьют его...

Сестрица сурово нахмурилась, а я сделала предупредительный жест и сама заговорила:

— Расскажите нам, где и когда вы познакомились с Денисом?

Елена прошла к дивану, села на самый краешек и сложила руки на коленях, не выпуская фотографии.

— Он моложе меня на семь лет. Но иногда это не имеет значения, верно?

— Сейчас значение имеет, насколько будет откровенным ваш рассказ, — не удержалась сестрица. — Вы хотите ему помочь?

— Я расскажу, — кивнула Лена. — Я все расскажу. Если вы поможете его спасти от этих ужасных людей.

— Вот с них, пожалуй, и начнем, — подхватила Агата. — Итак...

— Несколько лет назад, — торопливо начала женщина, — я... у меня возникли проблемы... Личные. Я не знала, как дальше жить и вообще... все было ужасно. Знакомая однажды пригласила меня на встречу с проповедником.

— Тут неподалеку, на Садовой? — уточнила я.

— На Садовой у них офис, а собрания проходили в обычных квартирах, то у одних последователей, то у других. Тогда я впервые увидела Всеволода. Теперь мне трудно понять, почему он произвел на меня такое впечатление. Наверное, я чувствовала себя очень одинокой, и его слова... запали в душу. Хотя я бы не сказала, что он хороший оратор. Но в нем проглядывалось что-то... суровое, требующее подчинения, и вместе с тем в нем была любовь. Так мне казалось... Та первая встреча изменила всю мою жизнь. Прошлые неурядицы, работа, даже мама — все перестало иметь значение. Я хотела быть рядом со Всеволодом, слушать его, повиноваться...

Агата, пользуясь тем, что Елена на нее не смотрит, закатила глаза, демонстрируя свое отношение к женщинам вроде Елены. Мою-то сестрицу повиноваться вряд ли кто заставит; даже если начнет использовать физические меры воздействия, Агатка все равно изловчится и плюнет в морду. Я закатывать глаза не спешила, у самой был опыт сродни Еленину. Правда, речь шла о любви отнюдь не духовной, хотя и в ее случае одной духовной любовью не обошлось. Этот Всеволод заменил ей всех мужиков, им можно вдоволь восхищаться и любить, не опасаясь, что он вдруг женится на другой.

— И когда он позвал меня в общину, я сразу же согласилась. Надо было внести определенную сумму, довольно значительную. Денег, что у меня были, оказалось достаточно. Сначала он посоветовал приехать в общину на пару дней. Осмотреться, решить, подходит ли мне такая жизнь... Два первых дня, что я провела там, показались мне самыми счастливыми.

— Где находилась община?

— В соседней области, Ремизовский район.

— Бывшая турбаза «Солнечная»?

— Да, — кивнула Елена. — Мы называли это место «Городом радости».

— Город радости? — нахмурилась Агатка. — Помнится, в учении «Братства» речь идет о близком конце света. И что в этом за радость?

— Вы не понимаете, — наставительно изрекла Елена. — Близкая встреча с творцом — всегда радость. Мы должны очиститься еще здесь, на земле...

«Угораздило Агатку спросить», — в досаде решила я, слушая незапланированную проповедь, Елена увлеклась, а проповедь затянулась...

— Вы окончательно переехали в общину? — вмешалась Агатка.

— Да, конечно.

— Сколько там находилось человек?

— Пятнадцать. Пятеро мужчин, включая самого Всеволода, и десять женщин, то есть восемь и две девочки подросткового возраста. Там были семейные пары, но Всеволод сам назначал, кому с кем жить. Он вообще решал все: когда молиться, когда и что есть... назначал посты, иногда очень суровые...

— То есть, в отличие от первых двух дней, особо счастливой жизнь общины не выглядела?

— Тогда мне казалось, что все правильно. Послушание — путь к спасению.

— Но потом вы стали думать иначе?

— Да, — опустив голову чуть ли не к коленям, ответила Елена. — Все началось... он спал со всеми женщинами общины, — скороговоркой произнесла она.

— Всеволод? — уточнила Агата. Елена кивнула.

— Это считалось особой честью. Он называл свою избранницу «божьей невестой».

— От скромности мужик не загнется, — брякнула я, но Лена, занятая воспоминаниями, на мои слова, к счастью, внимания не обратила.

— Меня он долго не призывал, и я... я так переживала, так молилась... и когда наконец это произошло, я просто не могла прийти в себя от счастья. Все женщины старались ему угодить, надеялись, что в следующую ночь будут с ним. Не думайте, что я сумасшедшая, теперь я понимаю, что он мерзкий развратник, но тогда... тогда я словно находилась под гипнозом... мне кажется, нам что-то подмешивали в пищу. Мы все, и мужчины, и женщины, выглядели расслабленными, равнодушными ко всему, что не касалось общины.

— А чем вы занимались, когда не слушали проповеди и не старались ему понравиться? — задала вопрос Агатка.

— Женщины что-то делали по хозяйству: готовили, стирали, убирали. Мужчины занимались мелким ремонтом, а еще ложки деревянные вырезали, их потом продавали на рынке.

— А сельскохозяйственный труд? С утра в поле...

— За территорию никого не выпускали, — покачала головой Елена. — Охрана за этим тщательно следила. Охранники в общине не живут, сменяют друг друга. Никаких животных не держали, даже кур. Все продукты привозили...

— Содержание пятнадцати человек влетало в копеечку, — заметила Агатка. — Плюс охрана, то да се... а на ложках много не заработаешь.

— Поэтому и необходимо было внести деньги, — пожала плечами Елена. — Но мне кажется, Всеволод — богатый человек, состоятельный — уж точно. Он учил нас бедности, а сам жил в роскоши... Когда умерла мама и я продала квартиру, все деньги отдала ему.

— Вас сопровождала женщина, — напомнила Агатка.

— Да, одна из сестер. В общине все за всеми следили и наушничали. Всеволод знал о любой мелочи, но я об этом тогда не задумывалась, так же как и о том, что все связи у нас с внешним миром были нарушены, и если бы кто-то захотел вернуться... куда? Квартиры проданы. У большинства, как и у меня, никаких родственников. Документов и тех нет. Вступающий в общину торжественно сжигал их, отрекаясь от всего бренного. Нам некуда было идти, даже если бы кто-то решился на это... Я вам сказала, что в общине находились две девочки вместе со своими матерями. Всеволод уделял им большое внимание. Отеческое, как мне тогда казалось. Но... однажды он позвал к себе ту, что постарше...

— И ее мать это позволила?

— С радостью. Сама отвела ее к нему. Потом пришла очередь младшей, ей едва исполнись тринадцать. Никто не находил в его поступке ничего предосудительного, но я... я считала это отвратительным. Он запирался с ними в своем доме, не знаю, что там происходило. Я видела синяки на их телах... Иногда он заставлял их стоять на коленях, два часа, три, морил голодом, а взрослые вроде бы попросту этого не замечали. Тогда я впервые начала задумываться: что общего у меня с этими людьми? Я считала их сумасшедшими, нет, они хуже сумасшедших, люди, лишенные элементарных человеческих чувств. Издеваться над детьми, насиловать их, и это человек, которому я верила? А потом в общине появился Денис, — вздохнула она. — Поздней осенью. Мы как-то сразу потянулись друг к другу, несмотря на разницу в возрасте. Но скрывали свою симпатию, быстро поняв: Всеволод не терпел ни любви, ни дружбы, если она обращена на кого-то другого. Любить можно только его. В редкие минуты, когда мы оставались одни, Денис рассказывал мне, как попал в общину. Узнал о «Братстве» из Интернета, потом пришел на встречу со Всеволодом, выдержал испытательный срок, работая в отделении «Братства». У него были деньги, и в общину его в конце концов приняли. Он говорил об этом вроде бы с радостью, но... я чувствовала, что-то его тяготит... А потом решилась рассказать ему о своих сомнениях. Он выслушал молча. Наверное, тогда он мне еще не доверял. Ему понадобилось несколько месяцев, чтобы мне поверить. И однажды он признался, почему на самом деле хотел оказаться здесь. Он подозревал, что Всеволод — убийца. Вы знаете, что произошло с его родителями? — Мы дружно кивнули. — Так вот, Денис был уверен, что узнал человека, которого видел в общине родителей, и этот человек — Всеволод. Как ни были мы осторожны, но на нашу дружбу обратили внимание. Всеволод что-то заподозрил... может, лицо Дениса показалось знакомым, или он вспомнил фамилию его родителей... Хотя прошло столько лет... Но если Денис узнал его, Всеволод тоже мог... Мы видели, как изменилось его отношение к нам. Бесконечный пост, бессмысленная работа, восемь дней подряд Денис перетаскивал камни с места на место. То, что нас из общины не выпустят, мы уже понимали, и решили бежать. Долго и тщательно готовились, демонстрируя полную покорность. И однажды ночью нам удалось перелезть через стену, несмотря на колючую проволоку. Шел снег, и мы надеялись, что наши следы он скроет. Собак Денис успел приручить, и они не залаяли, но нас хватились очень быстро. Я ведь сказала, в общине все друг за другом следили. Мы ушли совсем недалеко. Когда они нас почти догнали, Денис... он велел мне бежать к дороге, а сам увел преследователей в сторону деревни. Спас меня, понимаете? Не помню, как я добралась до Ремизова, на дорогу выходить боялась, в темноте не отличишь машину охраны... Утром наконец оказалась в городе. И сразу пошла в полицию. Я не знала, схватили Дениса в ту ночь или нет, но боялась, что ему не удалось уйти. И если он в общине... мне даже подумать было страшно, что с ним сделают... Я все рассказала дежурному, по-моему, он мне не поверил, решил, будто я сумасшедшая. Пошел докладывать начальству. Когда я увидела начальника полиции, поняла, что угодила в ловушку. Этого человека я видела в общине. Передвигаться по всей территории нам было запрещено, территория разделена забором, в одной половине дом Всеволода и еще какие-то постройки. В его дом без приглашения не входили. Охрана за этим следила. С той стороны ворота, и гостей, когда они приезжали, мы видеть не могли. Но так вышло, что однажды я убиралась в доме Всеволода, вдруг подъехала машина. Всеволод попросту забыл обо мне, а когда вспомнил, велел покинуть дом. Но из мансардного окна я увидела машину и человека, который из нее выходил.

— Его фамилия Колокольцев? — спросила Агата.

— Не знаю. Я так испугалась, когда встретила его в полиции, что фамилию попросту не расслышала. Он стал меня расспрашивать, а я... я не знала, что делать, что говорить. Но дежурный... ему-то я успела рассказать... Я попросилась в туалет. Дежурный пошел меня проводить, и тут в отделение привели цыганок, целый табор. Они кричали, полицейские на них шикали, в общем, мне повезло, я сбежала. В Ремизове оставаться было нельзя. Единственное место, где я могла укрыться, вот эта квартира. Денег на билет у меня не имелось, сюда добиралась на попутных машинах. Три дня ждала, может, Денис объявится, адрес он знал. Что мне было делать? Полицейским я не верила. Я же догадывалась, разбираться поручат тому типу в Ремизове. Все это может тянуться неделями, а то и месяцами. В полицию я все-таки пошла, но по дороге увидела адвокатскую контору. И подумала: возможно, адвокат мне поможет? По крайней мере, кто-то будет знать мою историю. Сомневаюсь, что он мне поверил. Я вернулась домой, а вечером здесь появился один из охранников, сказал, что Денис в общине. У него была фотография, это чтобы я не сомневалась. Дениса избили до такой степени, что я с трудом его узнала. Я думала, этот тип пришел убить меня, а он сказал: Денис жив до тех пор, пока я молчу. И если я только попытаюсь... Он ушел, а я решила: для меня все кончено. Я... я хотела умереть. Но соседка...

— Н-да, — вздохнула Агатка. — Логики я не вижу, но, наверное, у вас зрение лучше.

Я укоризненно взглянула на сестру, хотя она, конечно, права. Выходило, что своим самоубийством Елена подписывала Денису смертный приговор. Но ей, похоже, это даже в голову не пришло. Девушка считала себя загнанной в угол, а в такой ситуации человек часто видит только один выход.

Я сама, когда припечет, не раз подумывала, а не на-
жраться ли таблеток — и навеки в нирвану.

— Надеюсь, вы понимаете, — продолжила Агатка. — Если вы не напишете заявление...

— Они убьют его, — пробормотала Елена. — Вы
что, не поняли? Я все рассказала вам, но никакого
заявления писать не буду.

— Некоторое время назад Денис все-таки сбежал от них, — вздохнула сестрица. — Он умер в
больнице, у него было слабое сердце...

— Нет, — покачала головой Лена. — Нет... —
Она повторяла это снова и снова, заходясь криком,
сползла на пол, колотила руками и ногами и кричала, кричала... Агатка пробовала ее успокоить, и в
лицо водой брызгала, и по щекам била, становилось
только хуже. В дверь забарабанила соседка.

— Эй, что за дурдом?

Я впустила ее в комнату, сказав с досадой:

— Вызывай «Скорую».

Берсеньев слышал крики, находясь в машине, и
прибежал на помощь. Толку от него как от козла
молока. Пока приехавший врач «Скорой помощи»
приводил Елену в чувство, Берсеньев ласково шеп-
тался с девицей-соседкой. Она, само собой, пялила
на него глаза и на всякий случай вцепилась в его рукав, чтоб это сокровище чего доброго не смылось.
Елену увезли, а девице локоток пришлось выпус-
тить, Сергей Львович направился к двери. Мы с
Агаткой, конечно, тоже. Я была очень зла на сестрицу, оттого и не сдержалась:

— Права мама, тебе только полком командо-
вать. Лучше армией, где-нибудь под Сталингра-

дом. Тебе никто не говорил, что с людьми надо помягче...

— Можно узнать, что, собственно, произошло? — вмешался Берсеньев.

— Дикое Средневековье, — бормотала под нос сестрица. — Свихнувшиеся тетки, проповедники-растлители, и все это по соседству с областным центром. Куда смотрят менты и прокурорские?

— Куда менты смотрели, мы уже знаем, а куда прокурорские — спроси у папы.

— Он-то здесь при чем? — возмутилась Агатка.

— Папа ни при чем, но, может, знает.

— Дамы, — вновь подал голос Берсеньев, — дискуссия затягивается, а ничего полезного я так и не услышал.

— Агата Константиновна — слон в посудной лавке. Теперь девица в психушке, и заявление писать некому. А нет заявления, нет... ничего, одним словом.

Агатка махнула рукой, и мы загрузились в машину Берсеньева. Пока ехали к сестрице, я пересказала все то, что узнала от Елены.

— Средневековьем действительно попахивает, тут Агата Константиновна права, — кивнул Сергей Львович, выслушав мой рассказ. — Значит, мы имеем дело с лицемером и развратником, да еще любителем малолеток в придачу. Кстати, а что ты говорила по поводу трупа девочки в первой общине?

— У нее единственной была рана на затылке. Девочка лежала отдельно от остальных, ближе к двери. А почему ты спросил? — насторожилась я.

— Денис узнал в проповеднике человека, которого видел в детстве. Не вижу повода сомневаться в его словах.

— А при чем тут девочка?

— Мы с тобой голову ломали: кто наш восемнадцатый — фанатик или вор. Очень может быть, ни то, ни другое. Хотя деньгами, конечно, не побрезговал, если они были.

— А потолковей можно? — разозлилась я.

— Потолковей я еще сам не знаю, — хмыкнул Берсеньев. — Но предположить могу.

— Постой, — нахмурилась Агатка, которая, как видно, соображала лучше меня. — Ты хочешь сказать, он изнасиловал девочку?

— А потом убил, — вновь кивнул Берсеньев. — С перепугу или потому что она сопротивлялась. Братья и сестры, конечно, люди верующие, но ведь такого могли и не простить. А учитывая, что девочка — дочь Гавриила... запросто мог оказаться в тюрьме.

— И тогда он убил всех?

— Избрав единственный возможный способ. Не забывайте, в общине были мужчины, а с ними так легко не справишься. Он просто дождался, когда все соберутся в церкви, подпер дверь, чтоб выбраться не могли, или вовсе заколотил гвоздями, облил стены бензином... Труп девочки бросил в огонь, когда уже остальные были мертвы, вот она и оказалась возле двери...

— О господи, — пробормотала Агатка. — Меня сейчас стошнит. Что ж это за мразь такая?

— Думаю, пора его навестить.

— Спятил? Они от Шерифа избавились, глазом не моргнув... Здесь надо действовать в рамках закона и с большой осторожностью. Неизвестно, кто еще у Всеволода в друзьях. Его место в тюрьме, и он там непременно окажется. Хороший повод пожалеть, что у нас мораторий на смертную казнь. Охотно бы поприсутствовала.

Тут Берсеньев свернул во двор ее дома. На прощание Агатка продемонстрировала мне кулак.

— Во... только посмей. Сергей Львович, ты бизнесмен, а не Бэтмен. Почувствуйте разницу, — сестрица вышла из машины и захлопнула дверь.

Мы направились в сторону моего дома, а я спросила:

— О чем ты с соседкой болтал? Назначал свидание?

— Она не в моем вкусе. Поспрашивал немного. Оказывается, за комнатой в отсутствие хозяйки присматривала старушка из соседней квартиры. Сдавала ее жильцам и коммуналку оплачивала. Студентик как раз перед возвращением Елены съехал.

— И что?

— Ничего, — удивился Берсеньев. — Ты всегда слушаешь свою сестрицу? — задал он вопрос и широко улыбнулся. — Или полагаешься на собственные суждения?

— Чего на них полагаться? Я плетусь по жизни дура дурой... суждения отдельно, а я сама по себе. А как мы его навестим? — решила я перейти к насущному.

— Тайно, — дурашливо ответил Берсеньев.

— Вторгаться на частную территорию незаконно, а если в рассказе Елены хотя бы половина правды, то и опасно. Запросто могут голову оторвать, если попадемся.

— А кто собирается попадаться? — удивился Берсеньев.

На бывшую турбазу «Солнечная» мы собрались на следующий день уже после обеда. В ожидании Берсеньева я сидела на подоконнике в кухне и, по обыкновению, дрыгала ногами. И тут мое внимание привлек джип, пристроившийся возле гаражей. Пристроился он хитро, двор перед ним как на ладони, а вот его заметишь не сразу, я бы точно не заметила, если б не таращилась на въезд во двор, то есть как раз в ту сторону. Раз пять равнодушно мазнула его взглядом, а потом забеспокоилась, хотя в нашем переулке кто только не паркуется, и бывает, машины стоят целый день. Я на всякий случай предупредила Берсеньева. Через несколько минут он показался во дворе, проехав как раз мимо подозрительной машины. Позвонил мне и велел выходить. Я обула приготовленные заранее ботинки на толстой подошве, с липучками вместо шнурков. Резиновые сапоги были мною забракованы: если долго болтаться в них по лесу, непременно замерзнешь, погода радовала, но по вечерам еще морозило. К ботинкам прилагались джинсы, старая меховая куртка и лыжная шапка, все черного цвета. Взглянув на себя в зеркало, я решила, что похожа на вора-домушника, и поздравила себя с почином.

Увидев, как я сажусь в машину, Берсеньев весело фыркнул.

— Не хватает только маски и набора отмычек.

— А сам-то? — скривилась я.

Костюм Сергея Львовича мало чем отличался от моего. Высокие ботинки, легкая куртка, лыжная шапка лежала на сиденье сзади.

— Джип видел? — перешла я к насущному, считая, что комплиментами мы обменялись.

— Джип как джип, — отмахнулся Берсеньев, и мы покатили в сторону объездной, в зеркало я поглядывала, но ничего подозрительного не заметила. Таких джипов в городе пруд пруди, а движение весьма плотное, вот и думай, пристроился кто-то сзади или нет.

Берсеньева это вроде совсем не волновало, что слегка сбивало с толку. «Врагов у нас на сегодняшний день предостаточно, и общие, и лично его... хотя с врагами полная неразбериха, а в дела Сергея Львовича лучше не соваться», — мудро рассудила я.

Когда свернули к Ремизову, движение поутихло, а я успокоилась, вроде все чисто. Довольно скоро мы оказались возле поворота к турбазе. Однако сворачивать Берсеньев не стал. То есть свернул, но чуть дальше, на проселочную дорогу, ведущую к садовому товариществу, и приткнул машину возле ворот.

— Отсюда пешком пойдем? — сообразила я и добавила ворчливо: — Далековато.

— Тебе полезно размяться, — ответил Берсеньев. Они с сестрой сговорились, что ли?

Сергей Львович открыл багажник, достал рюкзак, не особо внушительного вида, но и не маленький, и бодро зашагал по дороге. Я припустилась следом. Когда свернули к турбазе, пошли через лес. Каким образом он здесь ориентировался, понятия не имею, несколько раз у меня возникало чувство, что мы ходим кругами, но только я собралась высказаться на этот счет, как впереди мелькнул забор турбазы. Мы обошли пруд и оказались на лесной опушке. Молодые сосны надежно нас скрывали от любопытных глаз. Берсеньев предложил устраиваться с удобствами, а сам полез на здоровенную ель, метрах в ста от меня. Взобрался быстро и, что удивительно, практически бесшумно. Пялиться на забор и крыши домов мне быстро надоело, и я припустилась к елке. Разглядеть Сергея Львовича среди раскидистых лап не удавалось, и я позвала:

— Эй!

— Чего тебе? — буркнул он.

— Можно подняться?

— А если свалишься?

— Не свалюсь.

Я полезла наверх, выбирая ветки потолще, ободрала руки и исколола лицо, но метра на два поднялась. Берсеньев сидел на здоровенном суку, держа бинокль возле глаз.

— Мог бы помочь, — разозлилась я.

— Я делом занят, а тебя никто не просил сюда лезть.

— Какого хрена я тогда с тобой поехала?

— Чтоб по дороге не скучно было.

Подходящий сук все-таки нашелся, но сидеть на нем оказалось очень неудобно.

— Дай бинокль, — попросила я, заподозрив, что страдаю напрасно.

Берсеньев подал мне бинокль. Территория турбазы отлично просматривалась. Особенно та ее часть, что примыкала к западным воротам. В центре небольшая площадь, посередине что-то вроде клумбы и большой деревянный крест. Вокруг площади шесть домов, сделанные из бруса, возле каждого палисадник. Чуть в стороне серое панельное сооружение, наверное, оставшееся от прежней турбазы, столовая или хозблок. Появилась женщина с ведром, поверх платья белый передник. Бегом припустилась к низкой избушке. «Погреб», — догадалась я. Когда она шла назад, в ведре была картошка. Значит, в здании и сейчас общинная столовая. Сразу за ней начинался забор, который делил территорию на две неравные части. Дом за забором с мансардой казался побогаче. Большая веранда, выложенная плиткой, пластмассовый стол и стулья. Слева от дома хозяйственные постройки. Если учесть, что никакого хозяйства, по словам Елены, не было, неизвестно, зачем они нужны. У ворот с той стороны будка охранника, который в настоящий момент отсутствовал, и вольер с собаками. Три здоровенных кавказца. Тут и охранник появился, шел, позевывая, со стороны дома. Крикнул что-то собакам, псы тут же вскочили. У западных ворот собачек я тоже обнаружила, и кирпичный домишко, старый, с проржавевшей крышей, где, скорее всего, находился охранник.

Сначала все это я разглядывала с интересом, но время шло, и интерес таял. Ничегошеньки не происходило, если не считать беготни за картошкой и зевков охранника.

Я вернула бинокль Берсеньеву по первому требованию, и хоть сидеть на дереве было жутко неудобно, спускаться вниз не торопилась.

— Чего ждем? — вяло спросила я.

— Темноты, естественно.

Я взглянула на часы и призвала себя к терпению.

Однако вскоре события начали развиваться. На дороге со стороны поля появилась машина, большой джип. Обитатели общины ее, как видно, тоже заметили, из дома побогаче вышло четверо мужчин, один из них с длинными светлыми волосами, заплетенными в косу. Когда Берсеньев дал мне бинокль, удовлетворить любопытство, ворота уже были распахнуты, а четверка беседовала с вновь прибывшими. Я насчитала шестерых, крепкие парни в спортивной одежде, они толпились возле типа с косичкой, а потом направились в сторону хозпостроек.

Ворота к тому времени закрыли, но их вскоре пришлось открыть вновь: подъехали еще машины, два джипа и «Газели». В них стали загружать коробки и ящики, которые перетаскивали из хозблока. Тип с косичкой наблюдал за погрузкой, остальные прилежно работали. Сначала восвояси отправилась одна «Газель», доверху загруженная, потом другая. Обе машины сопровождали джипы. Ворота закрылись, теперь в пространстве между забором и домом находились большой джип, что приехал первым, и еще один, темно-зеленого цвета. Тип с косичкой, который, скорее всего, и был Всеволодом, вошел в дом вместе с двумя мужчинами. В одном я без труда узнала знакомого здоровячка с татуировкой. Из дома все трое больше не показывались.

В другой половине бывшей турбазы вовсе ничего не происходило. Но когда начало смеркаться, в домах зажегся свет.

— Они задумали переезжать? — спросила я, адресуясь к Берсеньеву.

— Скорее решили избавиться от лишних вещей, — ответил он. — Жаль, нельзя заглянуть в ящики.

— И что в них, по-твоему?

— Ясно, что не духовная литература. Ящики тяжелые, похоже на какое-то оборудование. Слезай, — скомандовал он. — Я прихватил кофе и бутерброды. Перекусим, пока есть время.

Устроившись рядом с елкой, Берсеньев достал из рюкзака термос и пластиковый контейнер. Я сунула нос в рюкзак, но мало что успела увидеть, Берсеньев отодвинул его в сторону и мне подмигнул. Пока мы не спеша пили кофе, стемнело.

— Значит, так, — сказал Сергей Львович, поднимаясь. — Возвращаешься к машине и там терпеливо ждешь. Держи ключи. Двигай лесом вдоль дороги, так не заплутаешь и на глаза никому не попадешься.

— А ты?

— А я в гости загляну.

— А колючка, а собаки, а охрана? Их здесь человек семь, не меньше. Предлагаю другой вариант:

звоним ментам и сообщаем номера «Газелей». Пусть стражи порядка в ящики заглядывают.

— У Всеволода здешние менты прикормлены, только спугнем божьих людей. Делай, что я говорю.

Берсеньев натянул мне шапку на самый нос, подхватил рюкзак и почему-то в лес направился. Должно быть, решил выйти к турбазе ближе к западным воротам. Это разумно, потому что деревья там вплотную к забору подходят, если решение проникнуть в общину вообще можно назвать разумным. Берсеньев скрылся из глаз, я было направилась к дороге, но очень скоро примостилась на поваленном дереве. Поймают этого выпендрежника, я и помочь-то ничем не смогу, сидя в машине. А здесь я ему чем помогу?

К машине я так и не пошла, сидела и нервничала. Тишина. Собачки тявкнут и замолчат. Вроде оделась я тепло, но быстро начала зябко ежиться, хотя, может, не от холода вовсе, а от страха. Время тянулось медленно. В просвете между облаками появились звезды, потом и луна выплыла, вот уж некстати.

Я взглянула на мобильный, прошло уже больше часа. Немного попрыгала, похлопала себя по плечам руками. И тут истошно залаяли собаки, точно все разом взбесились. По периметру вспыхнул свет, освещая турбазу. Оказывается, на стенах прожектора установлены, как же я их просмотрела? Чего ж делать-то? К машине бежать? А если они Берсеньева поймали? Не могу же я его здесь оставить? Я заполошно носилась по поляне, не зная, как поступить. Вдруг прожектора погасли, а собачий лай стих.

Но это спокойствия не прибавило. Если хозяева больше не суетятся, значит, точно поймали. Какого хрена он вообще туда полез? За забором опасные психи, хорошо, если Берсеньева в кандалы определят, а если убьют? Прямо сейчас? Пока не убили, надо действовать. Пойду к калитке и скажу: тут мой приятель к вам заглянул, отпустите его, пожалуйста, если вы этого не сделаете, через час здесь будет ОМОН. Папа у меня прокурор, и я уже успела сообщить ему, что вы плохие люди. Папе я ни за что звонить не буду, а вот Агатке не худо бы...

Я взглянула на дисплей и к своему величайшему изумлению увидела, что связь есть, хотя всего на два деления.

— Что за нужда человека беспокоить? — спросила сестрица.

— Проститься с тобой хочу, на всякий случай.

— Где ты, дурища?

— На турбазе. Похоже, Сергей Львович попал в плен. Иду воздействовать на врагов добрым словом. Если через полчаса не позвоню...

— Охренела совсем? — рявкнула Агатка.

— Не вижу другого выхода. Как говорится, сам погибай, а товарища выручай.

— Не стоило родителям отправлять тебя в «Артек» в детстве, — проворчала сестрица. — Что тебе сказал Берсеньев? Должен у вас быть план, даже если он дурацкий?

— Он мне велел в машине ждать.

— Ну, так и жди.

— Машина далеко.

— Иди в машину.

— А если его уже пытают?

— Так ему и надо. Иди в машину, идиотка, — повторила она. — Оттуда позвонишь.

Тут я услышала, как заработали двигатели машины, и там, где были ворота, мелькнули огни. Похоже, погоню снарядили? За Берсеньевым или уже за мной?

Я бросилась к дороге, но теперь от нее следовало держаться как можно дальше, начнут раскатывать туда-сюда, и меня непременно застукают. Я бежала в темноте и очень скоро поняла, что заблудилась. Луна, как назло, спряталась, когда ее об этом не просили, лес вокруг стоял сплошной стеной. Где же дорога? Не могла я от нее далеко уйти. Я прислушалась. Где-то совсем рядом проехала машина. Я припустилась в том направлении. Деревья вдруг кончились, и стало ясно: дорога вот она, под ногами. Осталось сообразить, в какую сторону двигать. По идее, направо. А если все-таки налево? Занятая этими размышлениями, я не сразу обратила внимание на характерный звук, а когда до меня дошло, что машина совсем рядом, свет фар ударил в глаза, а я бросилась к ближайшим деревьям, споткнулась, повалилась на землю и уже собралась орать, потому что стало ясно: за мной кто-то бежит.

— Куда ты, дура, — услышала голос Берсеньева и счастливо охнула, тут же получив в ухо. — Тебе говорили, слушать меня, как маму в детстве?

— Мама по ушам не била, — пискнула я.

Берсеньев тащил меня к дороге, запихнул в машину, развернулся и на сумасшедшей скорости помчался в темноту.

— Ты что, моих звонков не слышала?

Я взглянула на мобильный, так и есть, восемь звонков.

— Ой, я режим случайно переключила. Надо Агатке позвонить, она волнуется.

— Ты и сестрице настучать успела?

— А что мне было делать?

Агатка ответила сразу.

— Сергей Львович смог избежать пленения, — сообщила я. — Поднимать в воздух полк ВВС не стоит, мы домой едем.

— Убогая, — буркнула Агатка, — а Берсеньеву скажи, что он дважды дурак, если играет в ковбоев, да еще с тобой на пару.

Она б еще, наверное, поговорила, но я отключилась.

— Что произошло? — спросила я, поворачиваясь к Берсеньеву, но он отмахнулся.

— Из-за твоей глупости запросто можем нарваться на этих типов. Так что сиди молча, чтоб я о тебе на время забыл. Ну, почему я не свернул тебе шею еще год назад?

Зря Берсеньев о преследователях вспомнил, не поминай черта к ночи, а врагов не ко времени. Они, как по волшебству, и появились. Вспыхнули фары, и навстречу нам выехал джип. На мгновение показалось, что мы сейчас столкнемся, и я зажмурилась. Берсеньев оказался первоклассным водителем, рванул вправо, избегая столкновения, машину удержал и в кювет не улетел. Джип, оказавшийся за нашей спиной, поспешно развернулся, и начались гонки по лесной дороге.

— Полезай назад и ложись на пол, — скомандовал Сергей Львович. На этот раз я решила не умничать и полезла. Свалилась между сидений, и тут грохнул выстрел, один, второй, третий. — Девочки настроены серьезно, — усмехнулся Берсеньев.

Свет бил в заднее стекло. Я сжала в руках мобильный. Агатке звонить, и чем она поможет? Если только придумает подходящую эпитафию, что-нибудь типа «умерла по глупости». Впереди вдруг вспыхнули фары, и я поняла: удача окончательно нас покинула. Скрип тормозов и гневный окрик:

— Выходи из машины.

— Сами напросились, — буркнул Берсеньев, распахивая дверь, и добавил, обращаясь ко мне: — Лежать.

Я вжалась в пол, стараясь не дышать. Топот ног, потом выстрелы и отборная матерщина. Кто орет, кто стреляет, не поймешь. Мимо пронеслись машины, вроде две, и вдруг стало тихо. Только я собралась позвать Сергея Львовича, как услышала его голос.

— Ты вовремя...

Адресовались эти слова точно не мне. В сознании, и без того растревоженном, возникла еще большая сумятица. Я подняла голову и рядом с машиной увидела два силуэта.

— Какого хрена ты ее с собой потащил? — услышала я знакомый голос, и в первое мгновение подумала: глюки.

— У тебя неправильное ви́дение ситуации, — засмеялся Берсеньев. — Это не она со мной, а я с ней.

— Да? Ситуация, кстати сказать, полное дерьмо.

Я распахнула дверь, в трех шагах от меня стоял Берсеньев, а рядом с ним Стас. Чуть в стороне, на обочине, замер джип. Вроде у Стаса машина другая, но похоже, что джип все-таки его. Тут я еще кое-что заприметила: тела двоих мужчин, лежащих на дороге. Один лежал лицом вниз и не двигался, второй ухватился за левую ногу и едва слышно поскуливал.

— Привет, — брякнула я, гадая, откуда здесь Стас взялся.

— Давно не виделись, — ответил он. — Что с этим будем делать? — кивнул на стонавшего.

— Придется ему прокатиться в багажнике, а там решим, — пожал плечами Сергей Львович.

Раненого подхватили с двух сторон и определили в багажник машины Берсеньева.

— Сматываемся, — скомандовал дорогой друг и весьма невежливо запихнул меня на заднее сиденье.

Раненый застонал сильнее, а я смогла его разглядеть: старый знакомый с татуировкой. Берсеньев занял водительское кресло и тронулся с места, Стас ехал следом. Само собой, я полезла с вопросами и выяснила следущее: типы, что гнались за нами, как видно, смогли связаться со своими дружками, и те выехали нам навстречу. В разгар военных действий внезапно появился Стас, внеся в стан врагов легкую панику. Враги бежали, оставив раненого и труп. Наличие трупа мне особенно не понравилось. А сестрице об этом вообще лучше не знать.

Наш визит к Всеволоду закончился кроваво. Если меня появление Стаса крайне удивило, то Сергей Львович отнесся к этому спокойно. Я вновь полезла с вопросами. Оказалось, Стаса он застукал еще во дворе моего дома (не зря я на джип внимание обратила), но сделал вид, что не замечает. О его присутствии все это время где-то по соседству догадывался, а Стас, в свою очередь, глаза не мозолил, предпочитая не вмешиваться, пока не решил, что это необходимо.

— А что он во дворе делал? — нахмурилась я.

— У него и спросишь, — ответил Сергей Львович с усмешкой.

Я-то думала, мы направляемся к шоссе, но Берсеньев избрал проселочную дорогу, а потом и вовсе едва заметную тропу. Перебравшись на переднее сиденье, я включила навигатор и смогла убедиться: двигаемся мы в сторону родных краев и уже миновали Ремизов, объехав его по кругу. Скорость у нас не ахти, на востоке небо светлело, а в багажнике стонал раненый.

— Его в больницу надо, — ворчливо заметила я.

— Лучше в морг, — отозвался Сергей Львович.

Видно было, что здорово злится, оно и понятно. В такое дерьмо вляпались два преуспевающих бизнесмена, и я вместе с ними. Берсеньев вдруг остановился и заглушил мотор. То же самое сделал Стас. Оба вышли из машины, открыли багажник, где лежал раненый.

— Найди в аптечке жгут, — сказал мне Сергей Львович, — не то этот тип истечет кровью раньше времени.

Аптечку я нашла и протянула жгут Берсеньеву. Тот деловито наложил его на ногу раненого, после чего парня из багажника выволокли. Несмотря на боль, он держался молодцом, даже попробовал встать, вцепившись в дерево, со второй попытки все-таки поднялся и привалился спиной к шершавому стволу. Перепачканной кровью рукой убрал волосы со лба.

— Чего ж вы меня на дороге не пристрелили? — спросил он, голос дрожал, но скорее от боли, чем от страха.

— Есть вопросы, — сказал Берсеньев.

— И какой резон мне на них отвечать?

— Ну, если ты решил умереть мученической смертью... — пожал плечами Сергей Львович. Стас все это время молчал.

Фары машины продолжали гореть, свет бил куда-то вправо, но его хватало, чтобы разглядеть лица мужчин.

— Твоя фамилия Савицкий? — спросила я.

— Савицкий. И что?

Внезапно выражение его лица изменилось, он нахмурился и сказал, обращаясь к Стасу:

— Я тебя знаю.

— Да ну?

— Ты-то меня в живых точно не оставишь, — и со смешком добавил: — Не в твоих правилах.

— По идее, вас надо было перестрелять еще одиннадцать лет назад, — буркнул Стас. — Сейчас бы мараться не пришлось.

— А дружок твой особенно страшным не выглядит, — продолжил Савицкий. — Интеллигент...

— Вглядись получше, — усмехнулся Стас, а Берсеньев широко улыбнулся. — Что у вас за лавочка на этой турбазе? — задал Стас вопрос, а я с опозданием сообразила: он же ничего не знает.

— Судя по всему, — заговорил Берсеньев, — мы имеем дело с отлаженной сетью по сбыту наркоты. Турбаза что-то вроде перевалочного пункта, а если принять во внимание оборудование, которое сегодня спешно загружали, кое-что производили на месте из привозимого сырья. Или очищали. И куда теперь все это отправилось?

— Не знаю, — отмахнулся пленный.

— Какой смысл тебе дружков покрывать? — удивился Сергей Львович. — И меня расстраивать?

— Смысла никакого, — согласился Савицкий. — В двадцати километрах от турбазы бывшие конюшни, конезавод когда-то был. Наш проповедник купил его год назад по чужим документам. Менты прикормлены, если кто начнет копать — предупредят, и оборудование перевезут в другое место. Россия большая. А девку вашу по-любому пришьют, и ее, и сеструху. Он сказал, что убьет их, значит, так и будет.

— Он — это Всеволод? — поинтересовался Берсеньев.

— Да какой он Всеволод? — презрительно хмыкнул Савицкий. — Леха Станкевич, его братанов ты помнить должен, — добавил он, обращаясь к Стасу. — Старшего уж точно. Они с Лехой помогли Лазаря грохнуть, а должны бы знать, что свидетели долго не живут. Вот старший и получил пулю в лоб, младшему повезло, успел смыться.

— Где он скрывался? — спросила я.

— Понятия не имею. Я в то время на нарах отлеживался, о том, как Лазаря убили, Лешка со мной не говорил, да и вообще не откровенничал. Но слухами земля полнится...

— Когда вы встретились вновь? — задал вопрос Сергей Львович.

— Когда я из тюрьмы вернулся. Он меня сам нашел. Нужны были надежные люди. Ну, мы к нему с дружком и подались. Подчиняться Лехе радость небольшая, у Лазаря он бегал чуть ли не в шестерках, а тут — хозяин. Но выбирать особо не приходилось. Идея с наркотой была классная, все шито-крыто, комар носа не подточит. Если б этот псих окончательно с катушек не съехал...

— Ты имеешь в виду общину?

— Само собой. Бога из себя вообразил, все ему должны в ноги кланяться... завел гарем из чокнутых баб... Конечно, деньги ему несли приличные. Квартиры, тачки, все продавали. На дураках делать деньги — святое, для того они и дураки, но он же сам поверил во всю ту брехню, что им навешивал. Так иногда хотелось сказать: Леха, какой ты, на хрен, бог, ты считал за счастье за пивом сбегать, когда мы у Лазаря... Короче, с катушек он съехал окончательно, и я начал подумывать: пора сматываться, добром это не кончится. Особенно когда парнишка из общины сбежал.

— Вот об этом поподробнее, — вежливо попросил Берсеньев.

— Ну... появился парнишка... прежде чем кого-то в общину принимать, его обязательно проверяли. Желательно, чтоб близкой родни не было, и месяцев пять-шесть, иногда больше, приглядывались, насколько у дурачков мозги замкнуло. Этот казался совершенно безопасным. Тихий идиот, ищущий бога. Ну, нашел, само собой. Одного из наших отправили о парне разузнать. Он себя особо не утруждал, зашел в жилконтору, выяснил, что пацан сирота, живет один в двухкомнатной квартире, больше никто не прописан, словом, наш кадр. Ну и взяли. Я этой Лехиной затеи никогда не понимал. Ладно, баб молодых охмурял, это понятно, трахаешь, кого хочешь, а они скачут от радости до потолка. Но на хрена ему старые бабы и мужики? Хотя, может, он и мужиков трахал, черт его знает. В общем, парня привезли в общину. Стал он везде шастать и вынюхивать, небось думал, что это никто не заметит. Особо его Лехин дом интересовал и все, что рядом. А рядом... сами знаете что. Леха сразу понял: казачок засланный. Стали за ним приглядывать. Шериф, это мент, который всем здесь заправлял, выяснил, что у парня предки в какой-то секте были и там сгинули, вроде сожгли себя, а сам парень в розыске. Когда Леха все это услышал, враз переменился. Аж побелел весь. Мы понять не могли, чего его так плющит. Но пацана трогать не велел, видно, ждал, что дальше будет. А тот возьми да сбеги. С одной бабой. Парня поймали, а ее нет. Устроили беглецу допрос с пристрастием, допрашивал сам Леха, он это умеет, школу у Лазаря прошел хорошую. Оказалось, никто за парнем не стоит, и, по идее, его проще в расход пустить. Но оставалась беглая баба. Я ее быстренько нашел и растолковал: хоть слово скажет, и щенку конец. Башка у нее набекрень, начни что болтать, никто не поверит, но я на всякий случай страха нагнал. Вроде проблему решили, но пацана продолжали в общине держать, хотя я смысла в этом не видел. Сидел он в погребе, остальным сказали, они с девкой общину покинули, а ночью тревога была, потому что к нам воры лезли. Через месяц он в погребе загибаться стал. И пусть бы загнулся. Но Леха его к себе в дом перевел, руки-ноги освободив, правда, взаперти держал. Очень наш босс любил с ним беседовать. Ну, не псих? Кончилось тем, что щенок опять сбежал. Хорошо, успел в больнице сдохнуть, рта не открыв. После того как Шериф родословную щенка узнал, на Леху смотрел косо, вроде черная кошка между ними пробежала. А тут еще начальство его начало проявлять интерес. Ну, Леха сказал, заждались Шерифа на том свете. Тот как раз приехал в общину насущные вопросы обсудить, а домой уже не вернулся. Девка ваша появилась у адвокатишки, то есть у отца Константина, вот и решили, что на всякий случай надо сворачиваться. А сегодня ясно стало: кто-то у нас в гостях побывал, собачки залаяли, да поздно. Леха сказал: девок в расход, и того, кто здесь был, найти во что бы то ни стало. Ну и нашли на свою голову. Я хотел сказать, на мою... Еще вопросы есть?

— Рассказ был исчерпывающим, — кивнул Берсеньев, выразительно взглянув на Стаса.

— Тогда кончайте меня быстрее, — сказал Савицкий.

Стас достал пистолет из кармана куртки и снял с предохранителя.

— Ты что, спятил? — сказала я, подходя к нему.

— Я ведь просил тебя не копаться в этом дерьме, — ответил он. — Но ты не послушала.

— Она такая, — кивнул Берсеньев.

— Отдай оружие, — зло сказала я.

— А если нет, тогда что? — спросил Стас.

— Тогда тебе придется и меня пристрелить.

Берсеньев с любопытством наблюдал за нами, точно его все это не касалось.

— Ты не понимаешь... — начал Стас, а я схватилась за пистолет, повторив:

— Отдай оружие.

Он поморщился, но руку разжал. И тут случилось то, чего никто не ожидал. Я-то уж точно. Ошибкой было подходить к Савицкому слишком близко, он этим не преминул воспользоваться. С неизвестно откуда взявшимися силами он оттолкнулся от дерева и сгреб меня в охапку, мгновение — и дуло пистолета оказалось у моего виска.

— Пожалуй, подыхать я рано собрался, — засмеялся Савицкий. — Вы оба двадцать шагов назад, дернетесь, уроды, и я ей башку снесу.

— Не глупи, — сказал Стас. — Мы тебя по-любому достанем.

— Верно. Но девка сдохнет раньше.

Стас сделал шаг назад, в упор глядя на него.

— Садись в мою машину и уезжай. Клянусь, охотиться за тобой не стану, только отпусти девчонку.

— Может, и отпущу. Но ей придется со мной прокатиться, на всякий случай. Ключи от машины положи на капот и в сторону...

— Ключи в замке.

Занятый разговором со Стасом, на Берсеньева Савицкий не смотрел. А я и вовсе мало что видела.

Лучше б мне опять по башке навернули, как предрекала мамуля, пистолет — это пистолет, нажмет на спусковой крючок с перепугу — и конец. Душу жгла обида: опять моя дурость во всем виновата. Тут Берсеньев сделал едва заметное движение, и я увидела направленное на себя оружие. Только собралась визжать, как грохнул выстрел, в лицо мне брызнуло что-то горячее, Савицкий стал заваливаться назад, увлекая за собой меня, и я оказалась на земле в его объятиях.

— Твою мать! — орал Стас. — Ты же мог ее задеть!

— Ну не задел же, — рассудительно ответил Берсеньев. Оба стояли надо мной, а я таращила глаза, не в силах вымолвить ни слова. — Отзовись, — нахмурился Берсеньев и помог мне подняться, добавив с удовлетворением: — Проблема разрешилась сама собой. Здесь рядом озеро, еще замерзшее. Труп под воду, оружие туда же. Начинаем двигаться, ребята. Надо поскорее покинуть эти места, очень вероятно, что нас ищут.

Мужчины подхватили Савицкого и поволокли к озеру, оно оказалось совсем рядом. Я плелась за ними, хотя меня никто об этом не просил. Труп ушел под лед, вслед за ним оружие. Берсеньев набрал воды в канистру и отмыл багажник от крови, коврик из багажника вынул, облил бензином и сжег. Стас хмуро наблюдал за этим.

— Не любишь компаньонов? — весело спросил Берсеньев.

— Уверен, ты их тоже не жалуешь.

— Точно. Но со старыми привычками придется проститься, — кивнул он в мою сторону.

— О чем ты? — не поняла я.

— Выяснилось, что мы члены одного профсоюза, — буркнул Стас.

— Ага, — поддакнул Берсеньев. — Рыбак рыбака видит издалека, а бизнесмен — бизнесмена. Поехали.

Я взглянула на Стаса.

— Ты что, следил за мной? — спросила как можно мягче.

— Пришлось. Можешь поверить, никакого удовольствия я от этого не испытывал. Кстати, за тобой куча народу болталась. Димкины олухи и еще какие-то... должно быть, дружки Савицкого. Мой совет: поживи месяцок у родителей. Так надежней.

Он пошел к машине, я бы предпочла ехать с ним, но он не позвал. Хлопнул дверью, завел мотор и направился в сторону дороги.

— «Ты что, следил за мной?» — передразнил Берсеньев. — Нет бы сказать: «Спасибо, любимый, что подставил свою задницу, чтоб меня, неразумную, спасти». А этот упрямый идиот тоже хорош... башкой рисковать — пожалуйста, а сказать «я тебя люблю» ума не хватает. Марш в машину! — неожиданно рявкнул он. Я вздрогнула и бросилась к двери.

Мы быстро догнали Стаса, следуя за габаритными огнями его джипа. Берсеньев поскреб подбородок и вновь заговорил:

— Искренне надеюсь, об этом маленьком инциденте сестрице ты не расскажешь. Я-то в твоих любимцах не числюсь, но вот Стас...

— Отвали, — хмуро бросила я. Да, с сестрицей подобным не поделишься.

— Да не переживай ты. Считай, мы сделали доброе дело. Одним, то есть уже двумя бандитами меньше.

— Ага, примкнули к силам добра... боюсь, они, силы эти, в глубоком замешательстве, стоит ли радоваться такому везению?

— Не умничай, — посоветовал Берсеньев и сосредоточился на дороге.

Окольными путями, преодолев оставшиеся километры, мы в конце концов въехали в город. Стас, мигнув габаритами, свернул на светофоре, а мы направились к сестрице. Несмотря на ранний час, она уже была во всеоружии, то есть готова навалять нам по шее. По дороге я ей дважды звонила, так что особо обеспокоенной она не выглядела.

— Вас пора изолировать от общества за безответственность и глупость.

— Изолируй меня прямо сейчас, — кивнула я. — Спать хочу.

— Перебьешься. Рассказывайте о своих приключениях.

Рассказывал Сергей Львович. Собственно, ничего нового сестрица не услышала. О том, как я по лесу бегала, Агатка уже знала. Само собой, о нападении на нас гвардии Всеволода и появлении Стаса Берсеньев промолчал, по этой причине об исповеди Савицкого тоже промолчать пришлось. Так что рассказ получился коротким.

— Значит, они за собой все успели подчистить? — вздохнула сестрица.

— Мы знаем, куда вывезли оборудование. Бывший конезавод, километрах в двадцати от общины.

— Анонимный звонок в следственный комитет я организую, — кивнула Агата. — Но в целом ситуация скверная. Что мы имеем? Девицу в психушке? Допустим, заявление она напишет. Явятся менты на бывшую турбазу, а там божья благодать. Насильно никто никого не держит. Веселова общину покинула, потому что нуждалась в серьезной медицинской помощи. Денис жил у них некоторое время, но ушел. Где он сейчас — им неизвестно. Избить его мог кто угодно во время двухмесячных странствий. Шерифа они в глаза не видели, остается рассказ психически неуравновешенной особы.

— А где руки можно помыть? — невпопад спросил Сергей Львович.

— Вы, наверное, голодные? — встрепенулась Агатка. — Сейчас что-нибудь соберу.

Берсеньев отправился в ванную, Агатка готовила завтрак. Меня никто не трогал, чему я от души порадовалась. Савицкий косвенно подтвердил слова Елены: Денис узнал в проповеднике человека, которого видел в общине одиннадцать лет назад. Это младший из братьев Станкевич. Банду Лазаря разгромили в июле. Денис гостил у родителей в августе. Каким образом там оказался Станкевич? И почему они его приняли? Получается, он жил у них три месяца. Они не догадывались о его прошлом или искренне верили, что раскаявшийся грешник угоден господу не меньше, чем праведник? А он отплатил им тем, что убил всех. А потом создал свою банду... Просто набивать карманы, используя людские пороки, ему было мало, хотелось поклонения...

Берсеньев не возвращался слишком долго, и Агатка пошла взглянуть, куда он подевался. И тоже исчезла. Слегка заинтригованная этим обстоятельством, я заглянула в гостиную. Сергей Львович устроился на диване и сладко спал, сложив руки на груди, очки лежали на подлокотнике. Агатка стояла в трех шагах от него, держа в руках плед, лицом напоминая мадонну: безграничная любовь и смирение.

— Утомился трудами праведными, — сказал я, внеся в происходящее некий диссонанс. Агатка шикнула и аккуратно прикрыла его пледом.

Я тоже отправилась спать, а когда проснулась, выяснилось, что в квартире я одна. Сестрица отправилась на работу, и Сергей Львович, надо полагать, тоже. Если меня не разбудили, значит, торопиться в контору не следует. Я выпила кофе, послонялась немного по гостиной, и тут позвонил Стас. Сердце замерло в сладкой истоме, но ровно на полминуты.

— Мне нужен номер мобильного твоего Берсеньева, — сказал Стас, не поздоровавшись.

— Зачем? — не очень уверенно спросила я.

— Номер продиктуй, — повторил он. Я, конечно, продиктовала, а потом немного послушала короткие гудки.

Я его люблю, и он... не стал бы Стас рисковать, решив все, что было между нами, оставить в прошлом. «Не обольщайся, — с печалью подумала я. — Он просто вернул тебе долг. Но даже если... ты же знаешь, у вас ничего не получится. Ты не сможешь забыть, и он тоже... Вот так оно все в жизни... в романах герои уже давно бы сливались в объятиях...» Вскоре стало ясно: в пустой квартире я долго не протяну, начну на стенки бросаться. И я отправилась на работу, но предварительно изрядно потрясла гардероб сестрицы. Явись я в своем костюме для ночных прогулок, наши девчонки решат, что дурная компания толкнула меня на путь криминала, и в свободное от адвокатской деятельности время я лазаю в форточки.

Увидев меня на рабочем месте, Агатка нахмурилась и сказала:

— Костюм новый. И сапоги тоже. Сломаешь каблук — стоимость сапог вычту из зарплаты.

— Вычти сразу и за костюм, пойдем обедать, я непременно пятно поставлю.

— А ты сегодня без обеда трудишься, — осчастливила сестрица.

В тот день с работы она ушла рано, а я задержалась. Выходя из офиса, увидела Сергея Львовича, он не спеша прогуливался до угла здания и обратно.

— Куда сегодня двинем? — вздохнув, спросила я.

— Ты — к родителям. Стас звонил. Сказал, на пару дней ему необходимо отлучиться. Я обещал лично сопроводить тебя в отчий дом. Скажешься больной и просидишь безвылазно хотя бы недельку. А я займусь своими делами, твои мне уже надоели.

Я пыталась возразить, но не преуспела и вскоре уже была в квартире родителей. Осчастливить мамулю тем, что заселяюсь на неделю, не спешила, решив для начала разведать обстановку. Обстановка оказалась накаленной. Одна из маминых подруг стала бабушкой, мама только что вернулась с торжеств по этому поводу. Большая радость за подругу отзывалась гневным возмущением на собственные чада, которые далеки от идеи материнства. Тут и я, очень кстати, под руку подвернулась. Мне припомнили все: четыре идиотских брака, вечные мамины нервы и даже коммуналку, в которой люди в здравом уме добровольно не живут. Папа был в Москве, и остановить поток маминого красноречия никто не пытался, папа и Агатка ввиду отсутствия, а я — точно зная, что будет только хуже. Когда мама, утомившись, стала меня кормить, я готова была согласиться, что семья — это страшное бремя, и все больше радовалась, что не обзавелась ею вновь. А главное, никакие силы небесные не заставят меня находиться в отчем доме целую неделю.

В общем, поблагодарив за ужин, я тихо смылась и направилась к троллейбусной остановке, не желая тратиться на такси: буржуазные замашки скромной девушке не к лицу. Но в скромности судьбой мне было отказано. Я услышала автомобильный сигнал, машинально оглянулась и увидела Димку, точнее, его машину. Он открыл окно и помахал рукой, предлагая к нему присоединиться. Без особой охоты я перешла дорогу и устроилась на сиденье рядом с ним.

— Какая ты сегодня красивая, — сказал он.

— Почему сегодня, а не всегда?

— Ну... всегда тоже. Но сегодня в особенности. И пальтишко класс...

— Агаткино.

— За что такая щедрость?

— За непосильный труд. Отвези меня домой, — попросила я.

— Может, кофейку, пивка или водочки?

— Обойдусь. Отвезешь?

— Куда мне деваться, — вздохнул Димка.

— Как там папаша Тимохи? — спросила я, когда мы не спеша ехали по проспекту.

— Да вроде успокоился.

— Это хорошо.

— Я в отпуск собираюсь, на недельку. Махнем вместе?

— Не до отпуска мне...

— Ты все со своим бомжем носишься?

— Все надо доводить до конца, — наставительно изрекла я, и он замолчал.

Только когда въехали во двор моего дома, спросил ворчливо:

— Чаем напоишь?

— Перебьешься, — ответила я и торопливо простилась.

В подъезде свет не горел, вещь неслыханная для образцового дома. Я сделала шаг в кромешной тьме, посылая мысленный привет соседке тете Маше, и тут же замерла. Все-таки это очень странно. Разумеется, лампочка могла перегореть только что, и соседка этого попросту не успела заметить. Я задрала голову. Весь подъезд тонул во мраке. Какова вероятность, что лампочки на всех этажах перегорели одновременно? Я подумала о пустой квартире и ключе, который оставляла под ковриком возле двери. Привычка, от которой избавляться совсем не хотелось. Но в настоящий момент это показалось откровенной глупостью.

Добраться до ближайшей квартиры, позвонить и узнать, что за новшества у нас в подъезде? Вместо этого я поспешно выпорхнула на улицу. Димка только-только успел тронуться, я отчаянно замахала руками, и он затормозил. Выбрался из машины и пошел мне навстречу. А я машинально отметила: лампочка под козырьком тоже не горит.

— Совесть мучает? — весело спросил Ломакин.

— С совестью порядок. Света в подъезде нет.

— Да? — Он вроде не усмотрел в этом ничего особенного. Как ему растолковать в двух словах, что в доме образцового санитарного состояния такое попросту невозможно. — Темноты боишься?

— Сегодня да, — ответила я.

— Давай провожу, — сказал Димка. — С тебя чай и два поцелуя.

«Может, лучше к Агатке?» — подумала я.

И тут за Димкиной спиной возникли двое. Крепкие парни без намека на улыбки на лицах. Дверь подъезда открылась, и я ощутила чье-то присутствие совсем рядом. Димка нахмурился.

— Садись в свою тачку и вали отсюда, — сказал один из мужчин и слегка его подтолкнул, как выяснилось позже, отнюдь не рукой.

— Ты на кого прешь, урод? — грозно осведомился Ломакин. — Да я вас...

— Дима, не надо, — начала я, но опоздала, впрочем, вмешайся я раньше, вряд ли он стал бы вести себя по-другому. Второй тип ударил его рукояткой пистолета куда-то возле уха, я закричала, а Димка рухнул на землю. Цепкие пальцы ухватили меня за шею, и тот, кто маячил за моей спиной, обрел голос:

— Давай без глупостей.

Я, однако, попыталась вырваться, что, как ни странно, удалось. Бросилась к Димке и заорала погромче.

— Не дергайся, — сказал один из троицы. — Жив твой дружок. Полежит чуток и очухается.

Не очень-то я им поверила, но возразить не могла. Здоровенной ладонью мне стиснули рот, другой рукой крепко держа за шею, и быстро поволокли в глубь двора. Я увидела минивэн, в котором через мгновение и оказалась. Меня весьма невежливо швырнули на пол, для верности один из типов придавил меня ногой, голову я чуть-чуть повернула, но, кроме мужского ботинка, ничего не разглядела. Мысли в голове теснились безрадостные. Неизвестно, что там с Димкой... Может, повезет, кто-то из соседей появится во дворе, вызовет «Скорую»... А может, крик услышали или кто-то видел все происходящее в окно и уже позвонил в полицию? Где ж мои бдительные старушки? Я, бывало, нервничала по поводу их настойчивого интереса к моей личной жизни, но теперь подумала: если удастся выкрутиться, буду каждую неделю бабкам конфеты покупать, чтоб двор своим вниманием не оставляли.

Шансы, что бабки насладятся конфетами, казались невелики. Я была уверена: по мою душу явились из «Братства». Станкевич обещал меня убить и решил с этим не тянуть. Я подумала об Агатке. Только бы сестрица в руки к ним не попала! Попыталась вспомнить, куда Агатка собиралась отправиться после встречи с клиентом... «Пусть она мне позвонит, насторожится и... Димка, если Димка очнется, он предупредит сестру...» О своем ближайшем будущем думать в принципе не хотелось, и я сосредоточилась на Агатке. Изобрела массу способов ее счастливого спасения... Это помогало не падать духом.

Если меня не убили прямо возле подъезда, значит, скорее всего, повезут на бывшую турбазу. Дорога не близкая, авось за это время что-нибудь случится.

Но надеждам моим не суждено было сбыться. Минивэн начал притормаживать, а потом и вовсе остановился. Сколько прошло времени с момента пленения, я точно не знала, но сомнительно, что мы успели покинуть город. Дверь минивэна отъехала в сторону, а ногу с моей спины убрали.

— Выходи, — сказал мне неулыбчивый блондин, он стоял на улице, протянул мне руку, я засомневалась, что это джентльменский жест, и руку проигнорировала. Он схватил меня за локоть.

Я стояла и оглядывалась, раз уж запрета на сие не было. Двор, окруженный кирпичным забором, справа двухэтажное строение неизвестного назначения, слева два гаража. Ворота одного из них распахнуты настежь, туда меня и повели. «Если женщине назначают свидание в гараже, вряд ли ей следует считать это большой удачей», — мысленно хмыкнула я, подозревая, что хохмить у меня повода уже не будет.

Гараж гаражом и выглядел, верстак с разными железяками, скамья у стены и стул с мягким сиденьем, промасленным и грязным, который один из мужчин поставил посередине. Под потолком лампочка на шнуре, как раз над стулом.

— Садись, — кивнул мне блондин.

Я села. Мужчины рассредоточились. Первый со скучающим видом привалился к гаражной двери, перед этим ее закрыв. Второй встал за моей спиной, чем очень нервировал, третий маячил перед глазами.

— Вы из «Братства»? — спросила я. Мужчины переглянулись, блондин хохотнул и ответил:

— Ага.

Я-то думала, недавняя встреча на дороге отобьет у них охоту к военным действиям или они хотя бы с ними повременят, чтобы прикинуть все возможные последствия. А они ничего прикидывать не стали. Станкевич псих, и на последствия ему, похоже, наплевать.

— И чего вы выгадаете, если меня убьете? — задала я вопрос, без особой надежды взывая к их разуму. — Начальник следственного комитета нашего города в курсе всех событий, а папа у меня прокурор. Вашу лавочку в любом случае прикроют. А если вы меня убьете, вас до конца дней будут искать, я уж молчу, что карму вы себе безнадежно испортите. Прибавьте еще Ломакина, прежде чем его по башке бить, сначала бы узнали, кто он такой. В отличие от ментов, у него нет задачи вас в тюрьму отправить, и отправит он вас в совсем другое место, сами знаете какое. Если вашему Всеволоду придется общину прикрыть, может, вы найдете работу получше?

Мужчины вновь переглянулись, теперь скорее с недоумением, чем с насмешкой, я не торопилась счесть это хорошим признаком, но кое-какие надежды в душе всколыхнулись.

— Не пойму, о чем ты толкуешь, — сказал блондин, дурашливо сморщив нос. — Еще и запугиваешь.

— Я больше не буду.

— Это хорошо, — кивнул он, похоже, блондин был у них главным. — Короче, так. Убивать тебя никто не собирается, главное, дурочку из себя не строй. Ответишь на два-три вопроса, и мы домой тебя отвезем. Чем скорее ответишь, тем скорее окажешься дома. Поняла?

— А зачем тогда Димке по башке? И вопросы вы могли задать в квартире.

— Да мы так и хотели, но ты почему-то до нее не дошла.

— Испугалась, — пожала я плечами. Зря я про следственный комитет и папу-прокурора брякнула, может, они приехали предупредить меня, чтоб в их дела не лезла? Чего ж теперь, слово не воробей... — Спрашивайте, обещаю ответить честно и быстро.

— Молодец. Ты недавно в один город приезжала. — Как только он назвал город, я начала соображать, что происходит. Открытие совсем не порадовало. — Интересовала тебя одна дамочка.

— Тетка Дениса? — сморщилась я.

— Какая еще тетка? Тебе напомнить, как ты за ней по городу болталась?

— Вот вы о ком, — кивнула я. — Так я это... все рассказала вашему Тимуру Вячеславовичу.

Мужчины переглянулись в очередной раз.

— Теперь нам расскажи.

— Пожалуйста, — пожала я плечами и начала свой рассказ о подруге, мечтавшей об олигархе. Если в прошлый раз удалось выкрутиться, может, и в этот повезет?

— Вот как, — кивнул блондин. — И ты думаешь, я в это поверю?

Только я собралась ответить, как он пнул меня ногой в грудь, я не удержалась на стуле и вместе с ним грохнулась на бетонный пол, больно ударившись затылком. Охнула, перевалилась на бок и схлопотала ногой по ребрам. Меня ухватили за шиворот и вновь водворили на стул.

— Видишь, к чему упрямство приводит? — сокрушенно покачал головой блондин.

Я похватала ртом воздух, попыталась глубоко вздохнуть и застонала. Однако произнести кое-что все-таки смогла:

— Вы ж велели правду, я и рассказала, все как было...

— Кто тебя к ней послал?

— Никто... подождите, — взвизгнула я. — Дайте объяснить... Я поехала туда встретиться с клиентом, вы можете это проверить... уже собралась уезжать, когда эту девицу увидела, она правда на мою подругу похожа. Фотка есть, студенческая, там вся группа... Они похожи, как родные сестры... — шанс невелик и все-таки вдруг они решат проверить?

— Кто тебя послал? — наклоняясь к моему лицу, спросил блондин и ударил кулаком в солнечное сплетение. На стуле я удержалась, но радости от этого не испытывала. Боль разлилась по всему телу, ни о чем думать в тот момент я не могла, лишь бы отдышаться. Перегнулась вперед, решив, что меня вырвет, но вместо этого принялась кашлять. Грудь болела так, будто кто-то ковырял раскаленной кочергой у меня в легких. — Больно? — спросил блондин. — Это еще что. Вот сейчас суну твою ладошку в тиски, будет больно по-настоящему.

— Не надо, — проблеяла я. Попыталась сфокусировать взгляд на физиономии блондина, но передо мной все вертелось, точно я сидела на карусельной лошадке, которую вдруг запустили со страшной скоростью. Про тиски блондин не просто так сказал, действительно перейдет к гестаповским методам воздействия. С какой стати мне из-за Берсеньева страдать? Его приятели, пусть сам с ними и разбирается. Но все во мне возмутилось этой мысли. И вовсе не Берсеньев тому причина. Хотя, может, и он. Как и тогда, в «Шанхае», я безоговорочно приняла его сторону. Кем бы он ни был, но сдавать его этим типам я не хочу. Вопрос, сколько я выдержу, а если изрядно покалечат, отпускать меня смысла уже не будет.

— Не надо, — передразнил блондин. — Конечно, не надо. Кто спорит? Ну, будешь говорить?

— Если вы продолжите драться, я начну врать. Потому что даже не понимаю, чего вы от меня хотите...

Со стула я в очередной раз слетела. По ребрам мне тоже навернули, потом блондин занес ногу над моей головой с намерением заехать мне каблуком в лицо, я дернулась из последних сил, без всякой надежды спасти свою девичью красу, и каблук пришелся мне в висок. Целый фейерверк взорвался перед глазами. «Накаркала мамуля», — успела подумать я, прежде чем отключиться.

Меня слегка подбрасывало, а чувство было такое, точно я неуклонно сползаю с большой высоты, а зацепиться не за что. Вот сейчас непременно сорвусь и полечу вниз... Я открыла глаза. И не сразу поняла, где я. Блики света, щека прижата к чему-то теплому... Я на заднем сиденье машины, тело разламывает от боли, малейшее движение превращалось в сплошной экстрим. Я бы предпочла беспамятство, все лучше... Куда меня везут? Куда бы ни везли, хорошего ждать не приходится. В моих интересах, чтобы эти гады еще некоторое время думали, что я без сознания. Кстати, а где они? Похоже, в машине нас двое: я и водитель.

Я осторожно приподняла голову. Так и есть. А значит, есть шанс попытаться открыть дверь и вывалиться на дорогу. Мы в городе... фонари горят... Впереди вспыхнул зеленый свет светофора, отражаясь в стекле. Дверь наверняка заблокирована. Огреть бы этого типа по башке... жаль, нечем. Тут я увидела свою сумку, на полу между сиденьями. А вдруг там мобильный? Незаметно вытащить, набрать номер... успеть хотя бы заорать... Незаметно не получится, любое, самое незначительное, движение вызывает гневный протест всего организма.

— Очухалась? — услышала я голос и замерла. А потом решила проверить свою догадку. Села, стеная и охая, вцепившись рукой в спинку пассажирского сиденья впереди. Так и есть, за рулем Тимур Вячеславович, чтоб ему... Наши взгляды встретились в зеркале. Он усмехнулся, а я откинула голову назад, пытаясь принять положение, при котором легче переносить боль, но вряд ли такое существовало.

— А вы говорили, видеться нам ни к чему, — сказала я.

— И что? Доставила тебе наша встреча удовольствие?

— Честно сказать, небольшое. А где эти типы?

— Кто их знает? — пожал он плечами. — Наверное, нашлись дела поважнее.

Это заставило задуматься.

— Вы хотите сказать, это не ваши люди?

— Хочу, — кивнул он.

— Но... как тогда...

— Забудь их поскорее. И не вспоминай. Они этого не заслуживают. Чего они от тебя хотели?

— А вы не знаете? — Все в моей бедной голове перемешалось. Если троица не имеет к нему отношения... тогда он откуда взялся? И куда меня везет?

— Вообще-то догадываюсь. Ты им сказала?

— Не успела, — поморщилась я. А он засмеялся.

— Надо же... где он, там непременно бабы-мученицы. И чем он вас берет... Поверь на слово, человек, из-за которого ты жизнью рисковала, этого не заслуживает.

— А вы заслуживаете? — съязвила я, наверное, спятила после недавних переживаний.

— Не наглей, — спокойно сказал он. — У меня от джентльмена только костюм и запонки.

— Это я поняла.

Тимур Вячеславович засмеялся, хотелось бы знать, чего ему так весело.

Тут машина начала тормозить, а я оглядываться. Мы, вне всякого сомнения, на парковке. А прямо передо мной гостиница «Заря». Самый центр города.

— Идти сможешь? — спросил Тимур.

— Куда? — брякнула я.

— В гостиницу. Сейчас для тебя есть лишь одно безопасное место — рядом со мной.

— Слушайте, я ничего не понимаю...

— Так это и неплохо, — пожал он плечами.

— Как для кого...

— Для тебя. Меньше знаешь — крепче спишь.

— Вы меня что... спасли? — пролепетала я, злясь на себя, уж очень глупо это прозвучало.

— Пытаюсь, — ответил он. — Но, если будешь доставать вопросами, могу и передумать.

В этот момент у него зазвонил мобильный. Он достал его из кармана, взглянул на дисплей, сидя вполоборота ко мне, и произнес:

— Да, милая.

А я ошарашенно замерла. Само собой, не его слова произвели такое впечатление. Я поразилась тому, как вдруг изменилось его лицо. Теперь ничего от хищника в его физиономии не было, я даже подумала некстати: «А ведь он красивый...» Видно, здорово мне по башке съездили. В нем была неожиданная мягкость, а еще... черт знает, как это назвать. Голос тоже изменился. Мужественный, без грубости, очень красивый голос...

— Надеюсь, что сегодня... — должно быть, ответил он на вопрос. — Встречу пришлось перенести на более позднее время... Капризничает? Скажи ей, когда она проснется, папа будет уже дома. Позвоню, как только освобожусь. Целую... — Он убрал мобильный и повернулся ко мне: — Потопали.

В некотором обалдении я кивнула и вышла из машины. Охнула, повисла на двери и немного подождала, пока все вокруг перестанет вращаться. Тимур Вячеславович оглядел меня с сомнением.

— Пальто придется выбросить.

— Невелика потеря, оно не мое...

Он помог мне снять пальто, до того грязное, что, безусловно, привлекло бы всеобщее внимание, а мой спаситель его не искал. Зашвырнул пальто на заднее сиденье и набросил мне на плечи свою куртку. Подхватил меня под руку и повел к гостеприимно освещенным дверям.

— Надо бы отвезти тебя к врачу, но придется потерпеть.

Как ни странно, идти я смогла. Все еще находясь под впечатлением от внезапных перемен в Тимуре Вячеславовиче, о своих увечьях я вроде бы даже забыла. Конечно, они сами о себе напомнили, но так как думала я не о них, а о Тимуре, то и досаждали они не особенно.

Мы оказались в просторном холле, и тут же направились к лифтам. Лифт поднял нас на одиннадцатый этаж. Ковровые дорожки, мягкий свет... номер оказался роскошным. Просторная гостиная с белоснежной мебелью и спальня. Тимур бросил куртку на диван и помог мне добраться до ванной.

Я взглянула на себя в зеркало и присвистнула: оттуда на меня смотрела заплывшая физиономия с глазами-щелками, вся левая сторона приобрела редчайший фиолетовый оттенок.

— Не переживай, красота еще вернется, — утешил Тимур Вячеславович. И вновь удивил: — Давай помогу раздеться.

— Зачем?

— Оценим ущерб.

— Вы же не врач...

— Я — фельдшер, — заявил он серьезно.

Пока я думала, как к этому отнестись, лишилась пиджака и блузки. После физиономии синяки на теле впечатления уже не произвели. Тимур заглянул в спальню и вернулся оттуда с небольшой сумкой, что-то вроде мужской косметички. Открыл молнию, достал шприц и ампулы. Увидев мой заинтересованный взгляд, усмехнулся:

— Джентльменский набор. Через полчаса станет легче.

Укол он сделал вполне профессионально.

— Вы что, правда фельдшер? — спросила я.

— Неправда. Я человек, готовый к неожиданностям.

Со знанием дела он провел ладонями по моим ребрам и удовлетворенно кивнул.

— Повезло. Вроде ничего не сломано.

Ссадины обработал пахучей жидкостью из бутылочки, я повизгивала, но терпела, до странности не испытывая неловкости, стоя в его присутствии в одной юбке. Его моя нагота не смущала, впрочем, вряд ли я способна вызвать эротические фантазии, не девушка, а пестрый коврик. Он подал мне халат, и мы вновь оказались в гостиной.

— Ложись, — кивнул он на диван.

— Можно мне позвонить? — спросила я.

— Кому?

— Другу. Он был со мной, когда эти появились, и по голове схлопотал.

— Звони, — пожал плечами Тимур Вячеславович.

Мою сумку он из машины прихватил, сходил в прихожую, где она лежала на банкетке, и принес мне. Я набрала Димкин номер. К моему величайшему облегчению он ответил почти сразу.

— Фенька, ты где? — заорал в ухо.

— Со мной все в порядке. Хотела убедиться, что ты жив.

— Где ты? — повторил он. Я покосилась на Тимура Вячеславовича и захлопнула мобильный.

— Что за приятель? — услышала я вопрос и начала объяснять, устроившись на диване.

Не успела я закончить свой рассказ, как в дверь постучали. Тимур Вячеславович положил на журнальный стол пистолет, прикрыл его газетой и пошел открывать. В номере появился мужчина лет пятидесяти, невысокий, худой, в пальто с меховым воротником. Сопровождал его двухметровый тип в серой куртке. Тип замер у дверей гостиной, сложив руки под животом, я едва не фыркнула, глядя на него. Тимур Вячеславович вернулся в кресло, где сидел недавно, разложенная газета в досягаемой близости. Гость устроился напротив, пальто он расстегнул, но не снял. Визит, видимо, предполагался недолгим, но его исход, судя по приготовлениям Тимура, вызывал опасения. Дядя, покосившись на меня, скупо улыбнулся.

— Прошу прощения за поздний визит, — произнес он.

Тимур кивнул молча, глядя на собеседника без намека на любезность. Никакого беспокойства в нем не чувствовалось, но теперь назвать его красивым мне бы и в голову не пришло. Акула. Сожрет и не подавится. Я б на месте дяди заволновалась... тот, кстати, поерзал в кресле, вроде бы устраиваясь поудобнее, но взгляд отвел. Это я отметила с удовлетворением.

— Думаю, вы догадываетесь о причине моего появления.

— Оно меня скорее удивляет, — ответил Тимур.

— Лукавите... — покачал головой дядя с хитрой улыбкой и на меня кивнул.

— У меня есть определенные интересы в этом городе, — спокойно заговорил Тимур. — Я хотел, чтобы и впредь мои дела здесь шли без осложнений. Приятель девушки весьма серьезный человек, а ваши люди, мягко говоря, вели себя неразумно. Пришлось вмешаться. Вы что, хотите тут войну развязать?

— Я далек от этой мысли и готов принести извинения... приятелю девушки...

— Надеюсь, ко мне у вас тем более нет претензий.

— Какие претензии, бог с вами, — замахал дядя ручками. — Но меня мучает вопрос. У вас как будто нет повода скрывать местонахождение одного нашего общего знакомого.

— Вы абсолютно правы, — кивнул Тимур. — Более того, у меня была причина, и даже не одна, от него избавиться. Так что ваше беспокойство совершенно напрасно.

Дядя некоторое время молчал, вроде бы что-то обдумывая.

— Должен ли я это понимать как...

— Я выразился предельно ясно, — перебил Тимур. Гость откинулся на спинку кресла и вздохнул.

— Это очень серьезный вопрос, Тимур Вячеславович. Очень серьезный. Настолько серьезный, что я хочу быть уверен на сто процентов...

— Моего слова не достаточно?

— Что вы... я знаю, с кем имею дело...

— Ну, так вот, я вам клянусь, что решил проблему. Детали вас не касаются.

— Только один маленький вопрос, — сладко так начал дядя. — Интерес вот этой девушки к вашей супруге...

— Мне бы следовало послать вас к черту, но ваше беспокойство мне понятно, и я отвечу: девушка ввязалась в расследование, весьма опасное. Оно имеет отношение к убийству, которое произошло одиннадцать лет назад. И хотела заручиться поддержкой моей жены, а я не терплю, когда моя жена воображает себя сыщиком. — При этих словах дядя улыбнулся еще слаще и с готовностью кивнул. — К сожалению, это случается слишком часто. Пришлось вмешаться и объяснить девушке, что беспокоить мою жену не следует.

— Еще раз прошу извинить за поздний визит. — Дядя поднялся и направился к выходу.

Когда за посетителем закрылась дверь, Тимур сцепил руки на коленях и уставился в пол. Из всего разговора я вынесла одно: тип в пальто интересовался Берсеньевым, а Тимур поклялся, что его нет в живых. Но... почему? Почему он спас меня и спас его? Они же враги... или я чего-то не знаю?

— Вы... — пискнула я. — Вы им неправду сказали.

Тимур усмехнулся. Он сидел, продолжая разглядывать пол, и я больше не решилась задавать вопросы, заподозрив, что сейчас лучше помолчать. Минут через двадцать он поднялся и кивнул мне.

— Поехали.

— Куда? — все-таки спросила я.

— Отвезу тебя домой.

Очень скоро мы оказались во дворе моего дома. Тимур бросил машину возле подъезда, и вместе со мной поднялся в квартиру.

— Где твоя комната? — спросил хмуро.

Я указала направление, само собой, мне и в голову не пришло предложить ему разуться и взять тапочки. Он устроился в кресле, а я, сделав круг по комнате, спросила:

— И что теперь?

— Подождем, — ответил он.

«Интересно, чего?» — подумала я, но с вопросами опять-таки не лезла. Не тот он человек, с которым запросто заведешь разговор. Входная дверь хлопнула, а я насторожилась, обратив внимание, как Тимур разом подобрался, хотя позы не менял, и лицо его по-прежнему оставалось бесстрастным. Послышались шаги, которые я узнала сразу, и в комнату вошел Берсеньев.

Двое мужчин смотрели друг на друга спокойно и прямо, я было хотела подать голос, но вместо этого вжалась в спинку дивана. Тимур заговорил первым:

— Тебя не узнать.

— Ты-то узнал, — хмыкнул Берсеньев.

— Я тебя узнаю, даже если ты превратишься в негра.

Они опять замолчали. Берсеньев все еще стоял в нескольких шагах от меня, точно прирос к своему месту. Тимур перегнулся вперед, сверлил его взглядом.

— Я поклялся человеку, которого мы оба хорошо знаем, что ты давно покойник, — произнес он ровным голосом. — Попробуй еще раз о себе напомнить, и ты им станешь.

— Кишка тонка, — лучезарно улыбнулся Берсеньев, а я поежилась. Смотреть на них в тот момент было попросту страшно.

— Ты не оставишь мне выбора, — пожал плечами Тимур. — Я дал ему слово, а своего слова я никогда не нарушаю.

Он поднялся, собираясь покинуть комнату, и вдруг кивнул на меня:

— Похвальная привычка за баб прятаться... — улыбка на лице Берсеньева стала еще шире, а Тимур добавил: — Они похожи.

— Нисколько, — ответил Берсеньев.

— Да? Тебе видней. Вела она себя геройски. Тебя не сдала. — В этот момент у него зазвонил мобильный. Он достал телефон, и вновь меня поразило, как мгновенно изменились и его лицо, и голос. — Да, милая... — произнес он. — Больше никаких дел. Думаю, часа через два буду дома. Как Нюська? Отлично. Я тебя тоже...

При первых словах Берсеньев нервно дернул щекой, глаза полыхнули такой ненавистью, что я до смерти перепугалась: эти двое так просто не разойдутся в разные стороны. Тимур продолжал говорить, а Берсеньев, не спуская с него глаз, сначала нахмурился, а потом... потом его лицо приобрело странное выражение. Я бы назвала его умиротворенным, если б была способна поверить в такое.

— Ты ее любишь, — очень тихо произнес он, когда Тимур закончил разговор.

— Больше, чем ты способен представить. — Они вновь посмотрели в глаза друг другу, но теперь не было в этих взглядах ни ненависти, ни злости. Тимур убрал мобильный, сделал шаг, и на мгновение мне вдруг показалось, что эти двое сейчас пожмут друг другу руки, но Тимур был уже возле двери, распахнул ее и, не оборачиваясь, произнес:

— Надеюсь, мы никогда не увидимся.

— Если только в другой жизни, — вздохнул Берсеньев.

— Но и тогда не подружимся, — добавил Тимур и исчез за дверью.

— Как же хочется пристрелить эту сволочь, — покачав головой, сказал Сергей Львович, а я брякнула:

— Ему хочется, тебе хочется... а не стреляете. Вас не поймешь.

— Все просто, — засмеялся он. — В нашем случае оставшийся в живых не получает ничего.

Если он решил, что стало понятнее, то напрасно. И хоть смеялся он, по обыкновению, заразительно, но веселья в нем не чувствовалось. Да и откуда ему взяться?

Берсеньев замер возле окна, и я встала рядом, наблюдая за тем, как Тимур садится в машину. Мгновение, и она скрылась за углом, но Берсеньев продолжал таращиться в темноту. А я, не очень-то отдавая отчет в своих действиях, нащупала его руку и сжала в своей ладони. Он взглянул вроде бы с недоумением, точно успев забыть обо мне, и сказал:

— На самом деле я ему благодарен. И вовсе не за то, что он спас мою задницу.

— Тогда за что? — спросила я.

— Она заслужила счастья. Покоя уж точно. А я никогда бы не смог ей дать ни того, ни другого.

Берсеньев криво усмехнулся, а я поняла: он только что отнял у себя возможность хоть иногда, хоть издали видеть женщину, которую любил. И сердце стиснуло от боли, точно не его, а меня лишили всех надежд.

Очень скоро в моей квартире появился Димка, а вслед за ним и Агата. Димке я порадовалась, выглядел он молодцом, хотя физиономию его и украшал синяк не хуже моего. Правый глаз заплыл, на виске шишка, видимая невооруженным глазом. Но, главное, он жив и вроде бы даже здоров, если бегает на своих двоих. Агатке я порадовалась куда меньше, потому что врать Димке — это одно, а вот сестрице — совсем другое. А врать, конечно, пришлось. История моя была крайней лаконична, так меньше шансов на вранье попасться. Неизвестные вывезли меня в наш Загородный парк и, пользуясь отсутствием публики в это время года и суток, от души мне наваляли, порекомендовав не лезть в чужие дела.

Бросили на аллее и удалились. Я вызвала такси и домой вернулась. Соображаю в настоящий момент плохо, за что и прошу меня извинить. Хоть я и не заявила прямо, но дала понять — неизвестные злодеи, безусловно, принадлежат к свите Всеволода. И это ответный шаг на наше вторжение на территорию общины.

— Надо непременно идти в полицию, — тоном, не терпящим возражения, заявила Агатка. Я вяло молвила, что смысла в этом не вижу, город они уже покинули, и как их прикажешь искать? То есть где искать, мы знаем, но ментам этого не объяснишь. Димка в ответ на предложение отправиться в полицию покрутил пальцем у виска. — Чего? — накинулась на него Агатка, а он фыркнул:

— Как ты себе это представляешь?

— Очень даже хорошо.

— Вот и представляй на здоровье. Я этих деятелей сам найду и...

Мне данное заявление по душе не пришлось и Агатке тоже, хотя причины у нас были разные.

— Обойдемся без твоих бандитских методов, — отрезала она. — Не сметь в расследование соваться. — И в отместку погрозила пальцем возле его носа.

У Димки наметилось легкое косоглазие, он буркнул:

— Черт... — собрался еще что-то сказать, но только ко головой покачал, справедливо рассудив: связываться с моей сестрицей себе дороже.

Само собой, она настояла, чтобы мы незамедлительно отправились в травмпункт. Сергей Львович ее поддержал, меня и упиравшегося Димку запихнули в джип Берсеньева и поехали демонстрировать наши боевые ранения. К счастью, особо впечатляющими они не оказались. Черепушки у нас крепкие, обошлось без сотрясения мозга. Но все равно Агатка в ту ночь осталась у меня, выступив в роли сестры милосердия. С задумчивым видом сновала из комнаты в кухню и обратно, то чай приносила, то температуру у меня мерила. Я-то думала, она размышляет о том, что нам делать дальше, то есть как продвинуться в расследовании, и оказалась не права.

— Знаешь, что не дает мне покоя, — присаживаясь рядом, спросила сестрица. — Откуда у Берсеньева столько талантов, не имеющих никакого отношения к стезе бизнесмена, которую он избрал? — Я вытаращила глаза, а она продолжила: — Заправский сыщик, да и только. Когда вы в прошлый раз выступали в тандеме, он то убийцу обезоруживал, то от слежки уходил... в этот раз на турбазу проник... а там собаки, видеокамеры и охрана... Он ведь даже в армии не был, у него зрение ни к черту.

Ох, как мне это не понравилось! Копаться в прошлом Сергея Львовича себе дороже, это я уже уяснила. А если Агатке что-то в голову втемяшится...

— Какие таланты? — буркнула я. — Выпендрежник твой Берсеньев... И собачки его учуяли, пришлось поспешно уносить ноги...

— Не знаю, — покачала головой Агатка, все еще пребывая в задумчивости. — Все-таки это странно... Не бизнесмен, а агент 007 какой-то... — И навеки поселила беспокойство в мою и без того мятущуюся душу. Переживай теперь, до чего она еще додумается.

Утром сестрица отправилась на работу, а я наконец осталась в одиночестве. Само собой, Агатка решила, что на люди мне лучше не показываться, и была права. Главное, чтобы родители, боже упаси, не вздумали меня навестить. Во избежании этого, сестрица придумала мне срочную командировку.

Я, по обыкновению, разглядывала потолок и напрягала свои немногочисленные извилины. Берсеньев каждый вечер меня навещал, но к теме, которая меня так волновала, мы ни разу не вернулись. Хотя основное мне было понятно. Звероватого вида ребята, устроившие мне допрос, — те самые гости, которых ожидал Берсеньев, посланцы весьма серьезных людей, желавших видеть Сергея Львовича покойником. Они не стали тратить время на проверку всех моих знакомых, а выбрали вариант наиболее простой и для меня весьма болезненный. Их появления ждал не только Сергей Львович, но, как выяснилось, и Тимур. Оттого и отправил своего человека за мной приглядывать, а когда решил, что пора вмешаться, появился сам. Надо сказать, очень вовремя. За что ему моя большая благодарность. Вот только почему он это сделал? Не меня спас (может, он от природы человеколюбив), а своего врага? Допустим, они не могли убить друг друга, хотя не очень-то сие понятно. Но Тимуру-то зачем вмешиваться? Дождался бы, когда Берсеньева убьют другие, и тихо радовался бы такой удаче. А он весьма решительно вмешался. Соперники, которых связывает не только вражда, но и еще что-то... зыбкое, неподдающееся определению. И тогда один из них начинает испытывать к другому благо-

дарность, а тот считает своим долгом его спасти?..
Не получи я по голове в очередной раз, возможно,
до чего-то и додумалась бы. А так не склеивалось,
хоть ты тресни.

А через три дня в моей квартире появился бывший. Олег Викторович, будучи человеком воспи-
танным, предварительно позвонил и вскоре уже пя-
лился на мою физиономию. К тому моменту она
вернула свои привычные размеры, синяки приняли
желтоватый оттенок, и я, как могла, старалась их
замаскировать, изведя весь тональный крем, который нашелся в косметичке. Но острый взгляд сле-
дака определил их наличие мгновенно.

— Это что? — сурово спросил Олег.

— Не поверишь, хулиганы напали.

— А почему я об этом ничего не знаю?

— Я была в компании Димки, он, само собой,
не захотел вас радовать.

— Ломакину морду набили? — ахнул бывший. — Это примиряет с твоим внешним видом.
Хотя я бы предпочел, чтобы ты держалась от него
подальше, не в этот раз, а вообще.

— Хочешь чаю?

— Нет.

— А пришел зачем?

К тому моменту Олег Викторович устроился за
кухонным столом, подумал и согласился выпить чаю.

— Вчера в следственный комитет доставили пись-
мо, адресованное мне лично. В письме диск, сидит
перед камерой какой-то идиот и кается в грехах.

— Что за идиот? — не поняла я.

— Пока не представился, я и сам терялся в догадках. Живописный такой мужик с волосами до плеч. Судя по тому, как время от времени кривилась его рожа, показания не были совсем уж добровольными. Выяснилось, что это некто Станкевич Алексей Григорьевич. — Тут бывший взглянул на меня сурово, а я нахмурилась, искренне пытаясь понять, куда он клонит.

— А в чем каялся?

— Грехов на нем немало, да таких, что... впечатляющие грехи, одним словом.

— Постой, а это не один из братьев Станкевич, из банды Лазаря? — начала я.

— Вот именно, — перебил Олег. — Мы считали, он давно покойник, ан нет, жил по соседству... Странное совпадение, не находишь?

— Что он по соседству жил?

— Что не успели мы с тобой поговорить о Лазаре, как вдруг пришел диск...

— Не преувеличивай, говорили мы уже давно... Это имеет отношение к моему бомжу?

— Еще какое... — хмыкнул бывший.

— Ну, так расскажи... Я уже отчаялась докопаться до сути этой истории...

Бывший недоверчиво усмехнулся и даже головой покачал. Но рассказывать начал. Почти обо всем я уже знала или догадывалась. Станкевич, узнав о гибели Лазаря, бросился к брату, обнаружил его с пулями в голове и сердце и пустился в бега. Путь его лежал на Север, подальше от мест, где он недавно обретался. Старых привычек он не оставил, и очень скоро нарвался на приключение, сцепившись с такими же, как и сам, отморозками. Вновь пришлось уносить ноги. Опасаясь, что его ищут, дороги он выбирал проселочные, несколько часов подряд находился за рулем и в какой-то момент попросту уснул. Машина улетела в кювет, а потом и загорелась. К сожалению, он успел из нее выбраться. И отправился в никуда налегке, толком даже не зная, где находится. Плутал по лесу больше суток, пока не вышел к той самой деревне, где поселились последователи Гавриила. Было это в самом начале августа. Станкевич рассказал слезную историю, весьма далекую от реальности. Смысл ее сводился к тому, что он сирота из детского дома, связался с дурной компанией, был обманут и ограблен, оттого без копейки денег и документов оказался в непроходимых лесах. Тогда ему было всего двадцать два года, и сердобольные люди его пожалели, не задавая лишних вопросов, оставили у себя. Он быстро сообразил, что лучшего укрытия ему не найти, и решил перезимовать в общине, а там как жизнь покажет. Понимая, что полностью зависит от этих людей, Станкевич старательно прикидывался добродушным парнем, был кроток, послушен и даже трудолюбив, при этом зорко приглядывался к происходящему. Жизнь в общине была непривычной, пьянки-гулянки отменялись, но выбор невелик. Парнем он оказался сметливым и быстро узнал, что в общине есть деньги, следовательно, покидать ее с пустыми руками не придется. Надо лишь дождаться весны, тогда можно будет позаимствовать машину. К тому моменту о нем основательно забудут в большом мире, и он где-нибудь устроится. Опасаясь вопросов взрослых, он много времени проводил с детьми, хватало ума дурному их не учить и всячески сдерживать порочные страсти, чтоб, не дай бог, родителям не рассказали. Одним словом, он оказался редкостным притворщиком, ему не только доверяли, но и искренне полюбили. За что он вскоре и отблагодарил.

Когда бывший подошел к следующему моменту в рассказе, я не могла не подивиться догадливости Берсеньева. Все дело было в девочке, четырнадцатилетней дочке Гавриила. Станкевич, не привыкший к воздержанию, довольно скоро ею заинтересовался. Само собой, ребенок об истинной причине его интереса не подозревал. Будущий отец Всеволод держался сколько мог, пока однажды ноябрьским днем попросту ее не изнасиловал, заприметив неподалеку от деревни. Девчушка, на свое несчастье, отправилась искать собаку. Станкевич надеялся ее уговорить или запугать, но она оказала достойное сопротивление, несмотря на свой возраст. Он ударил ее подвернувшимся камнем и убил. Когда вся община собралась через час на молебен в церкви, наконец-то обратили внимание на отсутствие ребенка. Станкевич вызвался девочку отыскать. Никто ничего подозрительного в этом не увидел. Он вышел из церкви, надежно подпер дверь, облил ее бензином из канистры, приготовленной заранее, и поджег. Люди кричали и пытались выбраться, а он не спеша продолжал поливать стены, пока вся церковь не превратилась в пылающий факел. Когда последние крики смолкли, он приволок тело девочки, выбил дверь и швырнул труп в церковь. К тому моменту не только снаружи, но и внутри стены полыхали, а вот пол в церкви был земляным. Будь он из дерева и успей обгореть, у следователей наверняка бы появились вопросы, а вместе с ними и догадка, что труп девочки появился там позднее. Кровля рухнула, и Станкевич вздохнул с облегчением, в живых остаться никто не мог. Он не ожидал, что местные жители скоро здесь появятся, грязь вокруг непролазная, но все же поторопился уйти, прихватив деньги и на всякий случай подпалив дом, в котором жил вместе с супружеской парой. В дом Гавриила тоже заглянул, забрал его дневник, где тот, возможно, упоминал о нем, а также единственную фотографию, на которой Станкевич был запечатлен вместе с остальными. Машину брать не стал, точно зная, что на ней далеко не уедешь, отправился пешком. С местностью он был уже знаком, и на этот раз не плутал, немногочисленные деревни обходил стороной и на следующий день оказался в районном городе, где сел на автобус. Страну он все-таки решил покинуть и подался в южные края. По дороге обзавелся паспортом, выкрал у пьянчужки вместе с бумажником. К Новому году очутился в одной из бывших союзных республик, ныне независимом государстве. И очень быстро сошелся с людьми, контролирующими наркотрафик. Через пару лет возникла идея использовать учение Гавриила как прикрытие для создания сети распространения наркотиков. Идея боссам приглянулась, Станкевич вернулся в Россию с новым паспортом, вполне надежным, и приступил к ее реализации. Набивал карманы бабками, но этого ему было мало. Хотелось уважения, восхищения и восторга, которых он, понятное дело, заслуживал куда больше, чем какой-то Гавриил. И появилась община. Правда, порядки он в ней установил на свой лад...

Заканчивался рассказ убийством Шерифа, который начал вызывать у Станкевича большие опасения.

— Просмотрев до конца запись, — продолжил бывший, — я связался с коллегами из соседней области. Оказалось, такой же диск они получили еще два дня назад. Само собой, отправились в общину, то есть на бывшую турбазу, и застали там душераздирающую картину: в доме Всеволода три трупа, он сам и два охранника, а вокруг них льет слезы осиротевшая паства. В дом граждане заглянули лишь за пару часов до этого. Длительное отсутствие «отца» их беспокоило, но нарушить его покой они не решались. Может, они его сами и шлепнули, а может, и правда в догадках терялись, кто это мог сделать. Однако требовали незамедлительно найти изверга, убившего святого человека. У коллег теперь работы невпроворот, а у меня приступ головной боли.

— С какой стати? — удивилась я.

— Я должен поверить, что ты здесь ни при чем?

— Олег Викторович, ты не заговаривайся, — вытаращила я глаза. — Может, с мозгами у меня не все ладно, но с законом я дружу. Агатка мне голову оторвет даже раньше, чем ты решишь это сделать.

Но слова бывшего впечатление произвели, и я терялась в догадках, кто мог убить Станкевича. На ум пришел Берсеньев. Если верить Олегу, убийство произошло в ночь с понедельника на вторник, а Берсеньеву в ту пору было не до того. В два часа ночи мы обретались в травмпункте, и до утра Сергей Львович вместе с Димкой лечили головы проверенным русским способом. Мой задумчивый и даже несчастный вид привел бывшего к мысли, что я действительно теряюсь в догадках, и с вопросами он больше не лез. Махнул рукой и удалился, а я продолжила гадание до тех пор, пока не появился Сергей Львович.

— Бывший приходил, — с места в карьер сообщила я.

— Который?

Я рассказала о диске и внезапной кончине Всеволода, а Берсеньев широко улыбнулся.

— Видишь, как все отлично сложилось. Загадок больше нет, злодей наказан.

— Но кто его убил?

— Понятия не имею. Кем бы он ни был, но если смог незамеченным пробраться в общину, минуя собак и охрану... В общем, заслуживает моего искреннего уважения. Можешь передать ему это при случае.

— Кому передать? — опешила я.

— Это я так, к слову, — засмеялся Берсеньев.

— То, что соседям в следственный комитет диск отправили — это понятно. Община на их территории. А бывшему-то зачем?

— Ну... думаю, для того, чтобы ты могла удовлетворить свое любопытство.

— Ты считаешь, его убил Стас? — спросила я, глядя Берсеньеву в глаза. Тот пожал плечами:

— Не стоило Всеволоду тебе грозить...

Стас... Он сказал, что уезжает на пару дней и просил Сергея Львовича присмотреть за мной. Он что, спятил? А уверенность все крепла. Он старался забыть свое прошлое, но остался самим собой, и видел лишь один выход, такой знакомый: нет человека — нет проблем. Получается, жизнь так ничему его и не научила... А еще тянуло душу чувство вины: если бы послушала его тогда, если бы не ввязалась в расследование...

Вслед за Берсеньевым явилась Агата, и Димка, конечно, тоже. И дружно принялись гадать, кто пристрелил Станкевича и его охрану. Сергей Львович высказал дельную мысль: врагов у убиенного немало, вот и решили сократить его жизненный путь.

— Есть еще родственники погибших в общине Гавриила, — напомнил он. — Если Денис смог докопаться до истины, мог кто-то еще...

— Фигня, — отмахнулся Димка. — Ты же понимаешь, это работа профессионала. Оружие с глушаком, никто выстрелов не слышал...

— Значит, кому-то из своих насолил, — отмахнулся Сергей Львович, теряя интерес к разговору. Агатка хмурилась, с подозрением косясь на Димку и даже на Берсеньева. Знай она, что Стас был в курсе расследования и помог нам по дороге с турбазы, точно бы поняла, в каких краях стоит искать мстителя.

— Хватит голову ломать, — махнул рукой Димка. — Отправили гниду на кладбище, и хорошо. Мне руки пачкать не надо. Кстати, сегодня пятница. Чего сидим-то как на похоронах?

Напоминание о пятнице чрезвычайно взбодрило Сергея Львовича.

— Кончину Всеволода надо отметить, — кивнул он и предложил в ресторан отправиться, но, посмотрев на мою физиономию, планы быстро поменял: — Я ненадолго отлучусь, а вы пока стол накрывайте.

Через час мы сидели за столом в моей кухне. Выпивку и закуску Берсеньев приволок в двух больших пакетах. Димка травил анекдоты, Агатка потихоньку отвлеклась от своих мыслей, а вот я в свои погружалась все больше и больше. Три дня назад меня в очередной раз по башке шваркнули. А могли и убить.

Я поднялась и пошла в комнату, сменила пижаму на джинсы и свитер.

— Ты куда? — удивилась Агатка, когда я из комнаты направилась в прихожую.

— Прости, сестрица, — серьезно сказала я. — И ты, Димка, тоже...

Они недоуменно переглянулись, а Берсеньев весело мне подмигнул.

— Ты куда? — рявкнула Агата, но я уже обулась, сняла пальто с вешалки, сгребла ключи от машины, которые лежали на консоли, и быстро покинула квартиру.

Выйдя на улицу, набрала номер Стаса. Он не ответил. Но впервые это не причинило боли. Берсеньев был прав, когда сказал однажды: пока мы живы, всегда есть надежда. Завтра тоже будет день... И послезавтра.

Литературно-художественное издание

АВАНТЮРНЫЙ ДЕТЕКТИВ

Полякова Татьяна Викторовна

Я СМОТРЮ НА ТЕБЯ ИЗДАЛИ

Ответственный редактор *О. Рубис*
Редактор *Т. Другова*
Художественный редактор *С. Груздев*
Технический редактор *Г. Романова*
Компьютерная верстка *Е. Кумшаева*
Корректор *Н. Овсяникова*

ООО «Издательство «Эксмо»
127299, Москва, ул. Клары Цеткин, д. 18/5. Тел. 411-68-86, 956-39-21.
Home page: **www.eksmo.ru**   E-mail: **info@eksmo.ru**

Подписано в печать 27.09.2012.
Формат 84х108 $^1/_{32}$. Печать офсетная.
Гарнитура «Таймс». Усл. печ. л. 18,48.
Тираж 45100 экз. Заказ 9847.

Отпечатано в ОАО «Можайский полиграфический комбинат»
143200, г. Можайск, ул. Мира, 93
www.oaompk.ru, www.оаомпк.рф тел.: (495) 745-84-28, (49638) 20-685

ISBN 978-5-699-60287-2

ВЫСОКОЕ
ИСКУССТВО ДЕТЕКТИВА

ВЫСОКОЕ ИСКУССТВО ДЕТЕКТИВА

ТАТЬЯНА
ГАРМАШ
-РОФФЕ

УКРЫТЬСЯ
В ОБЛАКАХ

ВЫСОКОЕ ИСКУССТВО ДЕТЕКТИВА

ТАТЬЯНА
ГАРМАШ
-РОФФЕ

ЗОЛОТЫЕ
НИТИ СУДЬБЫ

ТАТЬЯНА ГАРМАШ-РОФФЕ отлично знает, каким должен быть настоящий детектив, и следует в своих романах законам жанра. Театральный критик, она умеет выстраивать диалоги и драматургию чувств. Неординарная личность, она дарит часть своей харизмы персонажам. Непредсказуемость сюжетных поворотов, точность в логике и деталях, психологическая достоверность в описании чувств, — таково **ВЫСОКОЕ ИСКУССТВО ДЕТЕКТИВА** Татьяны Гармаш-Роффе.

Вы можете обсудить роман и пообщаться с автором на его сайте.

Адрес сайта: www.garmash-roffe.ru